凌越 著

为经典辩护

南京大学出版社

目录

上 辑

下　辑

上
辑

探究俄罗斯文化的底色

讲起俄罗斯文化,脑海里会立刻浮现出一长串伟大人物的名字——普希金、果戈理、托尔斯泰、屠格涅夫、陀思妥耶夫斯基、契诃夫、列宾、柴可夫斯基、里姆斯基-科萨科夫、佳吉列夫、斯特拉文斯基、普罗科菲耶夫、肖斯塔科维奇、夏加尔、康定斯基、曼德尔施塔姆、阿赫玛托娃、纳博科夫、帕斯捷尔纳克、梅耶荷德、爱森斯坦等等,这个名单足以让我们产生由衷的敬意。显然,这些名字是俄罗斯文化中最华彩的部分;反过来说,作为一种更笼统的俄罗斯文化一定有某种特质催生出如此绚烂的俄罗斯小说、戏剧、音乐、绘画。《娜塔莎之舞》正是试图从文化的方方面面去探究俄罗斯文化的底色,去厘清"种种俄国借以理解自身民族的概念思想"，因为"如果我们观察足够仔细，或许可以窥见这个民族的内心世界"。

敏锐的读者可能已经注意到上述那一串光辉的名字，全都是 19 世纪以降的文化名人。俄罗斯虽然有一千多年的历史，甚至在 16、17 世纪已经展示了它对外攻城略地、迅速扩张的惊人能力，但是 18 世纪以前的俄罗斯在文化方面完全乏善可陈。1802 年，诗人和历史学家尼古拉·卡拉姆津编了一本《俄罗斯伟大作家名录》，从远古的吟游诗人搏扬一直到作者生活的时代，总共也只有 20 人。18 世纪俄罗斯文学取得的最高成就——康捷米尔公爵的讽刺作品，特列季阿科夫和苏马罗科夫的颂歌，罗蒙诺索夫和杰尔查文的诗歌，克尼亚兹宁的悲剧和冯维辛的喜剧，和同时期的英法德文学成就相比，明显是微不足道的。与文学的低品质相呼应，在 18 世纪以前并不存在富丽堂皇的贵族之家，大多数沙皇的臣僚都住在木头制成的房子里，并不比农民的小木屋大多少，家具也非常简陋，用的是陶罐和木罐。据 17 世纪 30 年代派驻俄罗斯的特使荷尔斯泰因公爵亚当·奥莱留斯描述，很少有俄国贵族睡得起羽毛床垫，相反，"他们躺在铺了垫子、稻草、席子或者衣服的长凳上，冬天则睡在炕上，跟仆人、鸡和猪躺在一起"。这场面同时期无论是西方的哈布斯堡王朝还是明清帝国的贵族都是难以想象的。

可是仅仅过了一两百年，俄罗斯已是牛人辈出。那么，在这一两百年间俄罗斯一定发生了具有转折意义的重大事件，从而扭转了俄罗斯在文化上持续多个世纪的颓势，甚至后来居上，产生了托尔斯泰和陀思妥耶夫斯基这样的世界性文化伟人。《娜塔莎之舞》的作者费吉斯显然认为这一具有转折意义的重大事件正是彼得大帝在涅瓦河口建城，因此，这本卷帙浩繁的俄罗斯文化史起首就是"1703 年春天一个雾蒙蒙的早晨"。那天，沙皇彼得骑马带着十几个随从正穿过涅瓦河的入海口——一片荒凉的沼泽地。眼前宽阔的河流蜿蜒流入大海的景象触动了沙皇彼得，当他们来到岸边，沙皇跳下马，用随身佩带的刺刀割下两块泥炭，将它们在沼泽地上摆成十字形，彼得说："这里应该建一座城。"建造彼得堡的过程极尽奢华，"彼得堡的教堂采用朴素的古典巴洛克风格，和莫斯科色彩鲜艳的洋葱式圆顶迥然而异，它们是伦敦的圣保罗大教堂、罗马的圣彼得大教堂和里加那些尖顶教堂的混合体"。即使在和瑞典人激战正酣的那几年，彼得也经常过问修筑细节，"为了使夏园'胜过凡尔赛宫'，他下令从波斯运来牡丹和柑橘树，从中东运来观赏鱼，甚至从印度运来各类鸣禽"。

费吉斯如此细致地描述建城的诸多细节，显然不仅仅在于彼得堡的恢宏和精致，而是因为彼得堡不只是一座城市，更是一项影响深远的乌托邦工程，目的是从文化上将俄罗斯人重新塑造成欧洲人。"彼得堡文化"的每一方面都是为了否定"中世纪"的莫斯科公国。彼得认为，为了成为彼得堡公民，必须将莫斯科那些"黑暗"和"落后"的风俗抛弃，作为一个欧洲化的俄罗斯人，跨进西方进步和启蒙的现代世界。

可以说彼得堡建城时期正是俄罗斯历史上前所未有的"全盘西化"时期，这种自上而下的文化改造显然卓有成效，俄罗斯贵族——以舍列梅捷夫家族为代表——迅速摆脱了 18 世纪以前寒碜的生活方式，优渥的生活使他们得以从物质和精神两方面拥抱以法国为代表的西方文化。费吉斯在书中列举了一份舍列梅捷夫家族的购物清单，几乎所有的东西都是从西欧进口的，即便是那些俄罗斯随处可见的基本物品（橡木、纸张、蘑菇、黄油）也是国外的好，虽然要花更多的钱。在贵族的豪宅里，楼上的沙龙属于一个精神上的欧化世界，每一座重要的贵族之家都有自己的沙龙，作为举办音乐会和化装舞会的场地。俄罗斯的女人在西化方面更是走在男人前面，到18世纪晚期，许多贵族妇女和女孩都能流利地说七八种语言，弹奏几种乐器，并对法国、英国、意大利的浪漫主义作家和诗人了如指掌。

整个欧化教育的观念，造就了一定程度的世界主义，费吉斯认为后者是俄罗斯文化中最持久的优势之一，它使那些受过此类教育的阶层可以从更广阔的欧洲文明的视角观察他们身处的世界，"这是19世纪俄罗斯民族文化取得登峰造极成就的关键"。普希金、托尔斯泰、屠格涅夫、柴可夫斯基、佳吉列夫、斯特拉文斯基——他们说到底都是由与生俱来的俄罗斯属性和一种外在的欧洲文化身份相互摩擦、挤压，在一种近乎撕裂的氛围中共同造就的结果。

从更长远的视角看，彼得推动的西化运动好像一枚钉子，硬生生砸进俄罗斯文化古老的近乎麻木的躯体，强烈刺激了俄罗斯民族意识的觉醒。当然，这种来自外部的强刺激也带来一种危机意识，一种对本民族文化固执的坚守。向外、向内两种力量的对垒与融合，加之俄罗斯幅员辽阔的地域、深厚的东正教文化传统、某种具有开拓性的民族性格，所有这些因素合力促成了19世纪俄罗斯文化的强劲发展。

16、17世纪以后，西欧文化逐渐在世界范围内取得领先地位，在世界许多地方西欧文化都不乏追随者，可是为什么只有在俄罗斯才结出了丰硕的成果？换言之，向西欧先进文明学习并不必然结出文化上的硕果。那么，在俄罗斯文化传统内部一定有某种特别的能量支持了它在19世纪的爆发——在西化运动的刺激和催化下。《娜塔莎之舞》第二章《1812年的孩子》在我看来正是在努力探寻俄罗斯文化内部那隐藏很深却至关重要的爆发性力量。和1703年彼得决定建造彼得堡一样，1812年也是俄罗斯历史上极为重要的年份。这一年，拿破仑大举入侵俄罗斯，8月攻陷莫斯科。就在拿破仑驻扎克里姆林宫后不久，有人在它东面围墙根的摊位放了把火。火是莫斯科市长罗斯托普钦伯爵下令放的，目的是断绝法军供给，迫其撤军。莫斯科随即陷入火海，拿破仑被迫撤离，据说他一边从火海中冲出来，一边不停地表达着对俄罗斯人牺牲精神的钦佩："多么伟大的民族！这些斯基泰人！多么决绝！这些野蛮人！"大火一直烧到 1812 年 9 月 20 日，莫斯科城五分之四的建筑付之一炬。三个星期后，下起了第一场雪，冬天早早来临，法国人在这座烧光的城市里什么补给也指望不上，只好撤退。

在击败四十万法国大军的过程中，俄罗斯的农民游击队发挥了至关重要的作用，他们的爱国热忱感动了像谢尔盖·沃尔孔斯基这样的年轻贵族将领；另一方面，拿破仑的入侵也动摇了这些俄罗斯贵族的法国情结。1813—1814 年，沃尔孔斯基带领一支由农民组成的军队追击拿破仑直至巴黎。在巴黎，他加入了夏多布里昂和邦雅曼·贡斯当等政治改革家圈子，又到伦敦旁听了下议院对乔治三世精神问题的讨论，由此领会了君主立宪制的运作原则。

这次亲临其境的短暂接触，深刻影响了沃尔孔斯基的思想，使他坚信人人皆有尊严——这是十二月党人的基本信条，是他们反对专制政府和农奴制的基础。1825年 12 月，十二月党人的起义以失败告终，彼斯捷尔和雷列耶夫等领头的五人被处以绞刑，沃尔孔斯基因为和皇室的密切关系免于一死，和其他十二月党人一起流放西伯利亚，而他的妻子玛丽亚也和其他十二月党人的妻子一样放弃优渥的生活，追随自己的丈夫到生活极为困苦的西伯利亚。十二月党人悲剧性的命运在俄罗斯近代史上是浓墨重彩的一笔，它不可避免地成为俄罗斯诗人、作家和画家创作的主题之一，普希金在《寄西伯利亚》等诗作中热情地赞颂过他们，而在托尔斯泰的巨制《战争与和平》中，沃尔孔斯基化身为具有理性主义情怀的博尔孔斯基。在费吉斯看来，十二月党人起义以及随后的悲剧命运，显然给俄罗斯文化注入了一腔热血和一颗强健的魂灵。自此，俄罗斯文化中民族意识觉醒等所有重要议题都将在一张色彩浓烈的画布上得以讨论，并给俄罗斯文化带来一股内在的强劲力量。

如果说彼得堡是俄罗斯拥抱西方文化的桥头堡，莫斯科则被认为是俄罗斯传统生活方式的中心。一句俄罗斯谚语对这两座城市做了精确区分："彼得堡是我们的头，莫斯科是我们的心。"前者体现出俄罗斯文化中克制、禁欲的一面，后者则将俄罗斯文化中狄奥尼索斯式的激情和放纵演绎得淋漓尽致。"莫斯科是一个俄罗斯的贵族，如果他想玩乐，他会痛痛快快地玩到倒下，根本不在乎自己口袋里还剩多少钱。"（果戈理语）自然，莫斯科的"俄罗斯性"是在欧化的彼得堡的反衬下得来的，对于斯拉夫主义者来说，彼得堡是与神圣罗斯灾难性决裂的象征，它是一个人工制造的怪物，"是一个建造在注定难逃一劫的人类痛苦之上的帝国"，相形之下，莫斯科则是一座地地道道的俄罗斯城市。

费吉斯以果戈理《彼得堡的故事》为例，来说明彼得堡在某些俄罗斯作家心中的印象。果戈理笔下的彼得堡是一座充满了幻象和欺骗的城市："噢，请不要对这条涅瓦大街抱有幻想……它全是骗人的，是个梦，完全不是看上去的样子。"《彼得堡的故事》里的人物都是悲哀而孤独的，被这座城市压抑的气氛逼促得喘不过气来，而且大多注定死于非命。陀思妥耶夫斯基对果戈理评价甚高，他断言俄罗斯文学都是从果戈理的"外套"中走出来的，他的早期小说受果戈理影响颇深（尤其是《双重人格》）。陀思妥耶夫斯基的彼得堡挤满了想入非非的人，通过描绘这座城市的拥挤不堪、经常从海上刮来的雾气、使人们生病的冷雨，作家的笔端流淌出现实。至少在早期阶段，涅瓦河上的幻境是陀思妥耶夫斯基小说中的一个中心意象，并使他拥有了创作上最初的自信。

　　与彼得堡相反，莫斯科则被视为一座脚踏实地的城市。这是一座饕餮之城，餐馆酒肆众多，人们经常彻夜纵酒狂欢，将整个贵族身家用于享乐的例子并不少见。莫斯科近郊舍列梅捷夫家族的奢华聚会非常有名，一年中总有那么几次，多达五万名的客人从莫斯科涌向库斯科沃，参加在那里举行的大型娱乐活动，各条道路都挤满马车，队伍一直延伸到莫斯科城内 15 公里。在《娜塔莎之舞》第三章《莫斯科！莫斯科！》中，费吉斯以穆索尔斯基的音乐、亚历山大·奥斯特洛夫斯基的戏剧和茨维塔耶娃的诗歌，来阐明莫斯科突出的狄奥尼索斯式文化激情如何锻造出美妙的文化产品。

　　穆索尔斯基是土生土长的彼得堡人，但几次莫斯科之行就使他深深爱上了这座城市，他敏锐地意识到莫斯科所蕴含的斯拉夫文化的热情正是他的音乐所需要的，事实上，他的杰作——钢琴组曲《图画展览会》就从古老的俄罗斯颂歌中获得不少灵感。奥斯特洛夫斯基的戏剧《大雷雨》中的莫斯科商人则是一种介乎斯拉夫主义者和西化主义者之间的人物形象，他们在新俄罗斯的欧洲文化中蓬勃发展，却设法保留了古老的文化。茨维塔耶娃是一个热情奔放的诗人，"她的每一行诗都透露出这座城市（莫斯科）的精神"，尤其是和古典而内敛的阿赫玛托娃（彼得堡诗人）比较时，茨维塔耶娃在诗中袒露胸膛般的真诚就显得更加突出。曼德尔施塔姆夫人曾经对莫斯科之于俄罗斯诗人的意义做过很好的总结："因为如果只有彼得堡而没有莫斯科，我们将不可能自由地呼吸，也不可能获得俄罗斯的真实情感。"

在历史上国家还未形成的时刻，俄罗斯人民的身份认同全都来自基督教。别尔嘉耶夫说过："俄罗斯已成为模糊的概念，而宗教却比任何东西更能够把俄罗斯人联系起来。"俄罗斯历史上各个时期的统治者显然也清楚这一点，他们非常注意借重宗教的权威来加强自己的统治。1472年伊凡三世迎娶拜占庭末代皇帝的侄女索菲娅为妻，将拜占庭宫廷礼仪引入莫斯科，同时采用拜占庭帝国双头鹰的标志为自己国家的国徽，而俄国教会则宣称莫斯科为"第三罗马"。正如费吉斯所言："关于俄国是从拜占庭帝国而非西方接受基督教这一点，不论如何强调都不算过分。"正是出于拜占庭的传统精神，俄罗斯帝国将自己视为一个神权国家，一个真正的基督教王国。教会势力在俄罗斯一直很强大，而相应的宗教仪式和宗教精神也深刻影响了俄罗斯人。俄罗斯是孕育基督教无政府主义和乌托邦分子的沃土，俄国宗教信仰的神秘根基，加上民族意识中的救世主情节，使得俄国民众对于在"神圣的俄罗斯土地"上建立一个纯粹的上帝之国抱有强烈的精神追求。

在这种背景下，俄罗斯作家对于宗教信仰的探讨也就再正常不过，而且是俄罗斯最重要的作家们最关心的几个核心主题之一。果戈理的《死魂灵》就被当作一部有宗教指导意义的小说，它的写作风格带有强烈的以赛亚精神特质，果戈理在创作这部小说时，显然沉浸在自我预言的宗教狂热之中。陀思妥耶夫斯基后期几部堪称伟大的小说——《罪与罚》《白痴》《群魔》《卡拉马佐夫兄弟》——都可以视为理性与信仰的对话，两者之间紧张的关系在他的小说中一直没有消解。陀思妥耶夫斯基认为真理就蕴藏在理性与信仰之间。同样，信仰的必要性也是契诃夫文学创作的中心思想，契诃夫小说和戏剧中的许多角色，都持有工作以及科学能够改变人类生活的信仰。这些作品——《六号病房》《万尼亚舅舅》《樱桃园》等——充满了基督徒式的人物，他们怀着对未来美好生活的向往，忍受着眼下的痛苦与磨难。而对于托尔斯泰来说，上帝就是爱，有爱的地方就有上帝，每个人神圣的核心就是拥有同情和爱他人的能力。

众所周知，从 13 世纪到 15 世纪中叶差不多 250 年的时间里，俄罗斯实际上在蒙古可汗的掌控下。这一段被蒙古征服的历史，对俄罗斯文化影响深远。和几乎所有民族都有意淡忘或淡化自身被征服奴役的历史一样，俄罗斯对自己被蒙古征服也一样讳莫如深，至少是怀有很深的敌意。普希金曾在自己的诗作里说过，蒙古人来到俄罗斯时"既没有带来代数，也没有带来一个亚里士多德"，他们使俄国陷入"黑暗年代"。俄国历史学家索洛维耶夫在其 28 卷的巨著《俄罗斯历史》中，只花了三页篇幅来讲述蒙古人的文化影响。

这些从民族情感上可以理解，但并不是事实。首先，许多俄罗斯人都有蒙古血统，著名的有屠格涅夫、布尔加科夫、阿赫玛托娃、别尔嘉耶夫、布哈林等。其次，许多俄罗斯特色食品——抓饭、鸡蛋面、奶渣等——都来源于高加索地区和中亚，而俄国人对马肉和发酵的马奶的热衷，毫无疑问是蒙古部落遗传下来的。

另外，尽管东正教在俄罗斯具有统治性地位，但是来自亚洲的古老的萨满教依然有自己的势力范围。当19世纪年轻的俄罗斯浪漫主义者急于找到一种能将俄罗斯和西方区分开来的根源时，来自亚洲或者说蒙古的影响则被放大。高加索地区的高山和西伯利亚广袤的荒原都成为俄罗斯文化寻求自身强健基因的来源，从这个角度看，普希金、莱蒙托夫、巴拉基列夫对于高加索狂野景观的热爱就有其必然性了。

总体而言，《娜塔莎之舞》是一部"好看"的文化史，这种好看和费吉斯文学化的表述方式有关，也和这本书的写作特点有关。这不是一部平均用力的文化史，事实上，费吉斯在写作过程中一直在灵活地调节焦距，在重要的事件上他会不惜笔墨，娓娓道来，而在不那么重要或者对本书主旨推进无益的事件上他会果断放弃，一笔带过。因此，这本书尽管视野恢宏，时间跨度很大，却是一本细致到发丝的结实的文化史，它在读者中良好的口碑很大程度上得益于此。

这本书由一组刻画细致入微的群像构成，潮水般涌来的细节携带着情感，一瞬间就把读者淹没了，使他们完全笼罩在俄罗斯历史上众多杰出文化人物命运的光照与幽暗之中，情不自禁地为这些伟人扼腕或赞叹。整本书就像一串珍珠，以对俄罗斯民族意识觉醒的辨析为线索，串联起俄罗斯文化史上一长串伟大人物的高光时刻，诸如沙皇彼得决定在涅瓦河口建城，十二月党人起义失败被流放，莱蒙托夫在高加索地区的漫游，托尔斯泰之死，契诃夫在萨哈林岛，陀思妥耶夫斯基在鄂木斯克劳改营，茨维塔耶娃之死，斯特拉文斯基重返俄罗斯等等。这些俄罗斯文化史上的重要时刻本身的戏剧性，给整本书带来一种炫目的色彩。

为地上天堂打下第一根桩

　　在阅读《到芬兰车站》之前，我们需要再一次确认埃德蒙·威尔逊的"文人"身份。这个词至少包含两层含义——看文章和写文章，这些都是威尔逊乐于做的事情，并且潜在地蕴涵了威尔逊对于"自由"的渴望。也就是说，他的阅读和写作都紧紧追随自己的好奇心，简单又执着。他一辈子对于学院里的学者都持一种蔑视态度，他不喜欢白璧德、莫尔等人的新人文主义，在和他们的论战中，他以一贯的直率语气宣称：白璧德是"一个老派的自命不凡之徒和迂夫子，一个狂热的道德家"，他提出了一种"美学上愚蠢的哲学"。莫尔则是"老派的清教徒，丧失了清教徒神学思想而没有摆脱清教徒的教条主义"。

对于 20 世纪中叶"兵强马壮"的新批评派，威尔逊也主动保持距离。他浩如烟海的著作甚少提及当时如日中天的新批评诸将，唯一的例外大概要算特里林的第一部书《马修·阿诺德》。威尔逊为此书写过书评加以称道，但是特里林也很快以自己的道德评论视角同新批评拉开了距离。同属新批评派阵营的韦勒克在《近代文学批评史》第六卷中曾不无懊恼地写道："威尔逊从未详细探讨过任何一位新批评派人物，我发现的只是敷衍性的偶尔涉及。"在威尔逊看来，学院派学者在过于狭窄的议题里浪费生命和才华，那显然是另一种无法忍受的功利主义。他不愿意被教授的头衔框住自己的视野，他对什么议题感兴趣，就会投入自己全部的热情，去阅读，去写作。

"文人"的身份决定了威尔逊只给报刊写作，这些报刊——《新共和》《纽约书评》《纽约客》——对于社会文化思潮显然比学术杂志敏感，而且要求更流畅生动的文笔。这些报刊的潜在读者是大众，他们不像学术杂志的读者对所评书籍有基本了解，他们显然和威尔逊一样对于学院学者在学术术语里捉迷藏的游戏毫无兴趣，性感的批评语言往往能够直接打动他们。给一本新出版的书写一篇推介文章实在是太自然的事，理由的自然有时也顺便把文笔的自然传递给文章本身。威尔逊多年在每周截稿期限的压力下写作，但没什么能说明他需要怎样的条件才能写得更好。截稿期限的压力推动思绪前进带来文字的跃动，而写永远比想会产生更多的灵感。如果说学者们的高头讲章是在时间余裕的前提下在美妙的象牙塔里从容写就，那么，威尔逊的许多批评则是在编辑催稿的电话声中，在子弹呼啸的现实战壕里一挥而就的，它们拥有一种奇特的被时间捆扎之后的性感，它们经受过严酷的考验，不容小觑。

威尔逊20世纪二三十年代所写的97篇文章，后来以《光明之岸》结集出版。美国文学史家迪克斯坦后来在《途中的镜子》一书中评论道："很难想象比这更富有激情的时代文学编年史了。"威尔逊立志要为大众写作，大众也把巨大的名声和影响力回赠给他。

威尔逊在1959年说："我自视就是一个作家和报章作者。我在历史方面的兴趣和在文学方面的兴趣不相上下。"但威尔逊从来没有觉得报章作者是浅薄的同义词，这体现出威尔逊一贯的过人自信。在和美国20世纪上半叶居于主导地位的两大批评流派划清界限后，威尔逊为自己找到了契合自身观念的小小传统，那就是 1920 年代奋起反对"温雅传统"的那群批评家，具体说就是门肯、布鲁克斯和纳桑。威尔逊少年时代就沉迷于门肯和纳桑编辑的著名杂志《时髦圈子》，"惊讶地发现署名门肯和纳桑的人所写的大胆而又极其有趣的批评文章"。后来，威尔逊对门肯赞美有加："他是现代美国——它的知识、它的才智、它的趣味的开化意识的化身，认识到它的风俗和心智的粗俗以及在惊恐和懊恼中发出的呐喊。"他还赞誉门肯是爱伦·坡以来"我国最伟大的从事新闻工作的人物"。当然，对威尔逊最直接的影响则是门肯将文学批评与社会批评相融合的能力。换句话说，文学批评如果没有社会批评视角的补充，难免会沦为麻痹意志或孤芳自赏的物件，而如果欠缺文字在审美方面的细腻感受，社会批评也会堕入粗俗。只有将两者结合起来，它们互相才能寻获可靠的支撑。

一种内在的热情贯穿着威尔逊的整个写作生涯，尽管他后来那些专著的主题看起来有些凌乱，比如当他在 1931 年出版一举奠定他文学批评家地位的《阿克塞尔的城堡》（研究象征主义文学的杰作）之后，并没有沿着文学批评既有的成功轨道继续前行，而是在 1940 年出版了《到芬兰车站》。这是一部研究法国大革命直至十月革命这一重要的历史时期内，那些革命家的生平以及革命思想演变的著作，基本可以归入历史著作的行列。1955年则出版了对死海古卷的研究（《死海古卷：1947—1969》）。1962年出版的《爱国者之血》是一部回归美国文化的著作，主要研究南北战争时期的文学。

这些著作的主题似乎缺乏内在的逻辑，可如果我们了解威尔逊写作的方式通常是"毕其功于一役"，那我们就不会对此大惊小怪了。他对某个议题感兴趣，就会大量阅读与此议题相关的书籍，然后通常以一本专著做一个了结，再轻装上路直奔另一个崭新的主题。他对于事实真相的渴求，使他可以在著作中多层面地呈现某个议题的不同侧面。而如果我们了解到威尔逊更善于从社会视角、传记和心理层面评论文学，那么对于威尔逊在30年代花费大量时间研究19世纪革命史就不会感到奇怪。在《创伤与弓》一书中，他直言不讳地写道："伟大的小说家必须向我们显示主要的社会力量，或者是无法控制的命运遭遇，或者是人类精神的各种对抗性冲动，以及相互之间的不断争斗。"以此为基础，威尔逊投身到对"斗争"本身的研究实在是水到渠成的事。

对于自象征主义以来西方现代派文学的自闭倾向，威尔逊从来没有掩饰过自己的不满：象征主义是"一种消沉，一种慵懒，一种向内生长而且有时发生恶化的活力意识"。在给名编辑帕金斯的一封信中，他的观点清晰明确："我相信，任何倾向于麻痹意志的文学运动都有一个严重缺点，那就是阻止文学成为行动；我认为现在是时候来反击这种运动了。"如此，历史写作及行动的议题自然在20世纪30年代吸引了威尔逊的注意力。在威尔逊全部文字的背后始终有一种不曾褪色的批判色彩，始终有一种改造社会的政治热情，而文学如果不带来善的举动，不导致社会的改造，也就不会让威尔逊心悦诚服的青睐。

当然，威尔逊对于19世纪革命史的强烈兴趣也是形势使然。1929年，纽约股市大崩盘带来持续数年的大萧条，使西方大多数知识分子向左转，威尔逊自然也不例外。眼前哀鸿遍野的事实似乎证明了马克思关于资本主义发展悖论的预言，而同时期苏联经济的持续走高则形成鲜明对照。如果资本主义必将没落，共产主义是否就是人类未来的正确之途？威尔逊身体力行，一方面在海边度假胜地普鲁文斯镇攻读左派书籍；另一方面，

1935 年在遍览各种社会主义书籍之后，申请到一笔奖金，在苏联境内走了一遭，逗留数月并写下一篇报道，其中流露出从左翼迷梦中醒悟的迹象，不过还是断称"你在苏联感觉到自己生活在天下道德的顶峰"。书籍和见闻从两个方面继续推动威尔逊展开对社会主义革命史的研究，直到 1940 年《到芬兰车站》的出版。

总体而言，《到芬兰车站》是一部历史著作，但和一般历史著作着眼于史实不同，威尔逊在史实之间插入了一个中介物——书籍。这是威尔逊写作书评的惯性？也许吧，要知道那些年威尔逊几乎对每一本重要的文学新著都要发表评论，他或许已经习惯了从一本书开始展开他的思维之旅。对作者生平的好奇，对语言风格的分析，尤其在对"语言中的事实"的细微辨析中，威尔逊几乎触到了历史哲学和语言哲学最敏感的交汇点。历史事实某种程度上依赖于叙述的方式，由此得来的史实既复杂又准确，而背后起支撑作用的则是历史观——某种看待历史的方式，如果只是单向地叙述史实断不会有如此复杂深入的思考。所有这一切混合成威尔逊独有的多维度思想，既包含着观念也容纳了情感。说到底，威尔逊的真正兴趣在于——什么样的观念导致行动并进而改变社会。如果只关注历史细节，那只是关注到行动本身，不可能将观念、行动、社会三者之间的复杂关系厘清。

在《到芬兰车站》第一部中，通过对米什莱、勒南、丹纳有关法国大革命历史叙述的分析，威尔逊试图获得某种富有弹性的史观。他这样评论米什莱的《法国大革命史》："（米什莱）在处理他的题材时，一路反复交叠，就像在编织一条绳子一般：三级议会节节逼近，取得重大进展；王室日益昏聩无能；战争技术的更新发展；揭开启蒙运动的几本重要著作；新教徒被迫害的插曲，等等。然而，如果说这样的手法像在编织绳子却又显得粗枝大叶，因为这之间更为吸引人的则是一种活生生的生命意象之展现，充满智慧的探索以及巧妙的铺叙手法，两者融为一体。"威尔逊这样评论勒南的名著《基督教的起源》："勒南要告诉我们，让我们铭记于心的是，所有的教条、观念以及象征的东西，在不同时代以及不同的人手上，会不断变化，他以一种无人能及的敏锐智慧娓娓道出耶稣故事和教训如何在历史递嬗中，不断地变化糅合成为崭新的东西。"他进而感慨："我们今天所获得的观念像几条源远流长的细丝，互相交织在一起，实在值得去仔细分析研究。"而《到芬兰车站》显然就是要厘清这几条"源远流长的细丝"。威尔逊这样批评丹纳写作历史的方式："丹纳把历史放进机器搅拌，让历史现象自己流出来，所以同一件事的所有案例都归纳在同一章节中，他以大而化之的手法处理历史，不在他一般性归纳范畴之内的事情，就一概不会出现，这的确只有表面功夫，不可能看得到深度。"基于此，若想在《到芬兰车站》中找到一两条综合性的观念恐怕不太可能，对于历史复杂性和观念复杂性的尊重显然是威尔逊写作此书的基础。

　　另一值得注意之处是，威尔逊在评论他所喜欢的作家学者时说的话经常可以用在他自己身上。这一点不奇怪，人们往往会在他人身上看到自己的身影，从而引发最深沉的共鸣。比如，在评论成熟期的米什莱时，他写道："在许多方面，他很像小说家巴尔扎克，反而不像一般的历史学家。他有小说家的社会观察力以及掌握角色的能力，同时又有诗人的想象力和热情。""他给人的印象是，他绝对不同于眼下大学研究所培养出来的只专精一个小领域学问的那种学者，我们觉得他好像什么书都读过，好像遍览过所有博物馆，参观过所有绘画展，私下访谈过所有显赫的权贵人物，并探索过欧洲各大图书馆和档案室，全部收归于自己囊中。"同样，威尔逊也无意成为刻板描述历史事实的"一般的历史学家"，无意成为在知识的一隅抱残守缺的大学学者。

通过对几位杰出的法国史学家作品的精到分析，威尔逊逐渐带出自己观察历史的方法论：一种充分考虑到社会各因素复杂作用之下的，对于几种源远流长的历史和思想观念之线的考察。之后则借由对于作家法朗士的分析，带出本书主旨："我们有必要回溯与资产阶级改革完全相反的社会主义发展。"因为资产阶级主导的法国大革命已然式微。到这里，本书的大幕才算正式拉开。

威尔逊把社会主义观念之细丝上溯到法国大革命后期赫赫有名的"平等会"领袖巴贝夫。熟悉西方思想史的学者对此可能会有异议，因为更早的启蒙运动中就有社会主义的先兆。卢梭说私有财产是"神圣的"，但是在一段令伏尔泰震惊的文字中，他把后来一切罪恶的根源都归结为最早的抢占行为："某个人说，'这是我的'，然后就把它抢走了。"这句话孕育出后来的社会主义者蒲鲁东的名言："财富即偷窃。"当然，启蒙思想家头脑里的社会主义种子还没有真正萌芽，和他们所提倡的个人主义主流相比还十分微弱，威尔逊将这个暧昧不明的源头弃之不顾也就可以理解了。无论如何，在人类历史上，巴贝夫所率领的"平等会"首先集中提出了许多社会主义主张，威尔逊因而在书中不惜篇幅大量引用他们的主张，以及巴贝夫在法庭上激情四溢的抗辩（尽管第二天他就被押上了断头台）：

> 我一直想把最好的东西——自由，一切良善的根源——遗留给你们，可是我已经可以预见到未来只有奴役，我只能遗留给你们苦难，此外别无其他！我甚至连我的公民美德，对专制暴政的痛恨，对自由和平等的热烈奉献，以及对人民的热爱，这些都没办法遗留给你们，因为这些只会给你们带来祸害。

巴贝夫抗辩中热烈的理想主义激情一定深深打动了威尔逊，事实上，在19世纪那些著名的革命者身上，这种激情是一以贯之的，仿佛有一束不熄的神秘火焰在19世纪的暗夜中传递，其目的则是要点燃一场颠倒乾坤的伟大革命，迎接一个标志着人类历史终结的理想社会。显然，某种坚韧的道德激情是威尔逊写作《到芬兰车站》的最直接动力，同时也成为整本书的观察对象，连同这些社会主义者、革命者动荡的生平和激进的思想。的确，思想和思想者是融为一体的，让一个历史人物在文字中复活，这个人物所携带的思想就历历在目了，并同样拥有和人性一样复杂凌乱的纹理。

这样的叙述策略将威尔逊和通常的思想史家区别开来，他没有像后者那样固守于观念本身的辨析——老实说那也不是威尔逊的长处——而是有意扩大对观念的观察范围，如此，思想者本人的生活以及更广阔的社会环境，都会一如既往地纳入他的写作视野。威尔逊深湛的文学功底终于派上用场，他在描述和议论之间自由穿插，两种笔调互为映衬，将"梦想那撩人的美丽"纤毫毕露地予以呈现。作为菲茨杰拉德的大学同窗好友，小说家之梦一直萦绕在威尔逊的学术生涯中，这使他的历史叙述从小说叙述中借鉴良多，一种富有意味的细节营造遂主导了全书。也许正因为这一点，这样一本"主要想探讨一个重要的历史阶段如何形成，一个基本的突破如何发生，以及现阶段人类历史如何因而产生重大变化的书"，竟是变得如此好看。书中人物栩栩如生，马克思、恩格斯、拉萨尔、巴枯宁、列宁、托洛茨基似乎正从文字里走出来，带着他们特有的装束、表情和步态，而他们的思想和观念似乎还浸染着刚刚产生它们时的烟草和煤油灯燃烧的味道。这些百年前的思想突然被扔到读者面前，似乎正冒着降生时的热气，它们没有被虔诚的信奉者僵硬的解读所扭曲，还携带着刚出炉时的道德热情和绰约风姿。

《到芬兰车站》的重头戏是关于马克思、恩格斯、列宁生平和思想的介绍，相关章节占据全书三分之二的内容。宽裕的篇幅、从容的笔调逐渐刻画出三位"革命大导师"的鲜活形象。对于中国当代读者而言，他们的鲜活格外让人讶异。多少年来，三位导师在教科书里形象高大但缺乏生气。威尔逊在情感上是敬佩他们的，对于他们试图改造社会的理想显然持认同至少是同情的态度，但威尔逊没有匍匐在导师脚下，他对于他们的敬佩是平等的人与人之间的敬佩。在这种敬佩里他杜绝盲目与崇拜，如此，他的观察也就更客观一些，他笔下的导师形象和真人大小是相当的，没有把他们当作纪念碑来描摹。在材料的使用上，威尔逊没有囿于教条的框架，和往常一样，他阅读能找到的一切资料——专著、传记、书信、评论，甚至警方的秘密报告——只要这些资料有助于呈现写作对象性格和思想上某种本质的东西。

对于从他眼前掠过的海量资料，威尔逊有一种猎人般敏锐的洞察力，他总能找到最有意思的细节和最生动的场景。威尔逊对于材料的敏感很像小说家对于生活的敏感——最有意思的细节自然蕴含着最复杂的意旨。这部《到芬兰车站》已经涉及历史和思想史的田地深处，并不是威尔逊惯有的领地，他缺乏专治西方思想史的那些学者（比如奥地利的弗里德里希·希尔和美国的斯特龙伯格）在更悠久的思想传统中考察社会主义思潮的能力。希尔曾在他的扛鼎之作《欧洲思想史》里这样评价马克思主义思潮："马克思和近代共产主义真正要求的是通过自觉发展的生产关系恢复古代社会中事物的关系。他的唯物主义恰恰是他的灵性追求的产物。"显然这是更为高屋建瓴的描述，也很具说服力和想象力。

《到芬兰车站》的优点在于其杰出的叙述能力，在于文学史家独特的审美视角，因此一样有过人的魅力。让我们看看威尔逊笔下的导师们——

这是马克思："他在女人和小孩面前绝不讲粗话，

也不随便开玩笑，如果有人开了不太高明的玩笑，他会显得不自在，甚至脸红。他很喜欢和他的小孩玩耍，据说在写《雾月十八日》其中几个较为辛辣的片段时，他的小孩正骑在他背上玩骑马游戏，还不断鞭打他摇晃着前进。"

这是恩格斯："年轻时代的恩格斯样子很迷人，他长得瘦瘦高高，一头棕色头发，两颗蓝色的眼珠炯炯发亮。他不像马克思一副冷酷深沉的样子，他的个性随和活泼，喜欢说笑话。在不来梅的时候，他每天击剑或骑马，至于游泳，他可以一口气在威塞河两岸间来回游四趟。"

这是列宁："短小精悍的身影，像牛一般的大额头，他坐在椅子上向前欠身或争辩，或滔滔不绝，或微笑，眯着眼睛，露出一副俄国式的精明样子，颇有语惊四座的气势，仿佛全身的精力都集中在嘴唇、眼睛和双手上面。"

一种活生生的气息扑面而来，而通常那些被捆束在精装书封里让人望而生畏的思想也随着这股气息自然流泻到读者面前。

夹叙夹议是威尔逊一贯的写作手段，他介绍导师们的经历、相貌、个性，同时带出那个时代的社会气氛与社会思潮，以及导师们的思想来源与发展脉络。有时候三者之间似乎有一种相互印证的内在逻辑，有时候则被欢快的语言之流随意裹挟。

作为以杰出的文学批评一举奠定学术地位的著名学者，威尔逊在论述导师们的哲学和社会学著作时，也习惯性地从语言风格上加以品评。他在书中数度赞叹马克思强有力的文字："对政治的敏锐观察实在是准确而又无微不至，充分显露其组织的才华，然后有条不紊娓娓道出其中奥妙，同时字里行间亦不断流露机智和变化多端的隐喻，把索然乏味的政治现象描述得意趣盎然，令人读来不忍释手，最后则是以悲剧笔调收场。"

悲剧的笔调让人止不住想起《到芬兰车站》第二十四章《马克思死在书桌上》。这一章讲述了马克思一家悲剧性的结局，他六个孩子中长大成人的三个女儿，艾琳娜和劳拉都以自杀告终，而马克思本人也难以抵挡时间的磨砺，死在自己的书桌前。这一章的文字哀婉动人，和马克思自信满满地为人类社会所规划的宏伟蓝图相比，两者之间有一道无法跨越的鸿沟，有一种几乎要绷断的张力，暗示了其宏大事业悲壮的底色，而对于英雄，死亡最终成就了他，并把自身变为奖章。

在威尔逊看来，列宁的文字要逊色许多："他所有著作显然还不考虑文学风格，他只要人相信他写的，他的目的在于说服对方，所以他的笔锋趋于严肃冷峻，毫不讲究修辞。"对于列宁的人品、道德，书中颇多赞许，只是在1971年撰写的再版序言中，威尔逊对自己当初的赞美笔调做出了解释——苦于资料的有限。

不管怎么说，威尔逊对于历史行动有一种迷恋，这是他多年来衡量文字的一把标尺。正是在这把标尺下，他对多数象征派作家语出不敬（除了最后弃绝写作的天才诗人兰波，他最后走向了行动），而对于社会主义者饱含激情的改造社会的论著则颇为偏爱。

在所有左翼思潮的论著中，就影响力和复杂程度而言，《资本论》都是首屈一指的，威尔逊也对它下了不少功夫，并以整章（第二十三章《马克思：商品的诗人和无产阶级的主宰者》）的篇幅专门评述这部巨著。威尔逊在别的章节中尽管不乏思辨，但居于主导地位的仍然是记人叙事，因此评论《资本论》这章就显得格外突出。和所有《资本论》的评论者不同，威尔逊首先将它定义为一部充满想象力的艺术杰作，认为将这部内容极为庞杂的杰作统摄为一个完美整体的正是"马克思的诗人气质"。当然，在书的另一处，威尔逊评论过马克思早年写给燕妮的那些情诗，但这回有所不同，唤起马克思诗人情怀的不再是儿女情长，而是对于整个人类历史的感怀。和第二十四章哀婉的语调不同，这一章尽管很长，但始终保持着激越的语调，我们可以清晰地感受到威尔逊在读这部著作时激动叹服的心情："首先吸引我的是作者的不凡洞见，这立即引起我的敬畏之心。""我发现马克思实在是个罕见的伟大讽刺家，他无疑是斯威夫特以后最伟大的讽刺天才。"诸如此类的揄扬之声不绝于耳。不过，大概也只有威尔逊会把马克思和斯威夫特相提并论，当然对此我已不再惊奇，因为在此之前马克思已被誉为"商品的诗人"，而且在另一处，威尔逊还提到马克思在致恩格斯的信中多次说过要向但丁看齐，决不借用别人的概念，而要自成一个世界。

作为《阿克塞尔的城堡》的作者，对于文风的敏感是很自然的事。更重要的是，威尔逊并非局限于此，而是顺着语言审美的幽径一窥思想深处的堂奥。于是，在最初的激赏之后，威尔逊也以自己被审美锤炼出来的敏锐嗅觉不断对《资本论》内在的矛盾提出诘问："其中最明显的一点，即历史学家的科学观点和先知的道德观点的冲突所造成的矛盾。"所有这些诘问都是高质量的，都是建立在海量阅读以及敏锐洞察力之上的。但威尔逊仍然心悦诚服地宣称，《资本论》是马克思经年累月孕育出来的结晶，"是成为人类世界战斗的绝佳武器"。

威尔逊对于列宁的著作虽然评价不高，可列宁正是威尔逊所赞赏的那类历史行动者，他们以超凡的勇气和毅力将自己的梦想付诸行动，在人类梦想的卷轴上画下了浓墨重彩的一笔。对于这位地上天堂的筹建者，威尔逊的笔触近乎"溺爱"："列宁的确不失为一个性情良善的人，也不失为一个完美的斗士。"诸如此类的溢美之词在《到芬兰车站》第三部中比比皆是。对于马克思，威尔逊在敬佩之余不忘指出其个性方面的弱点，这是有抱负的批评家必须具备的平衡能力，力求客观永远是溢美之词的解毒剂。但大概是因为列宁即将到达"芬兰车站"这一历史性时刻让威尔逊激动不已，以至于失却了他一贯秉持的稍带挑剔的批评眼光。

多年后，威尔逊不得不为他三十年前过于激动的笔触做出澄清和解释。但在写作时，列宁等一干流亡人士踏上驶往圣彼得堡芬兰车站火车时的激动心情被完整地传递给写作者，威尔逊巨细靡遗地描绘着火车上的情景：列宁的动作、神情，和别人的交流，以及站在餐车桌子上的演讲等。在威尔逊看来，那是神圣的时刻，人类梦寐以求的地上天堂在俄罗斯的土地上打下了第一根桩，其意义完全是划时代的。

这是差不多一百年前的事了，现在回头看，这一切仿佛仍是一个梦。

从"地下"窥探启蒙运动

在《旧制度时期的地下文学》的开篇部分,美国法国史专家罗伯特·达恩顿即亮出自己研究启蒙运动的基本方法:有别于从几位主要启蒙思想家的惯常视角观察整个运动,而是别开生面地从自己所掌握的珍贵史料中潜入启蒙运动的底层,去呈现那些活生生的细节。因为"对于18世纪精神史的鸟瞰,已经得到经常和完备的描述,因此,开辟出新的方向,深入启蒙运动的底层,甚至是潜入其地下社会",对于完整而准确地呈现历史真相这或许是一个有益的补充。

视角从鸟瞰转变为近距离审视,必将扭转人们的刻板印象,而通过把事物置于陌生的光线下,一系列原生态历史草图也将比一个庞大但细节模糊的全景图更能有效地描述这个世界。

这个立意求新的主意尽管让人眼前一亮，但是通过何种媒介潜入历史底层则是更加考验历史学者的问题。而这把向下的梯子对于达恩顿来说，就是保存于瑞士纳沙泰尔市立图书馆的纳沙泰尔印刷公司的文件。该印刷公司是启蒙运动时期在法国边界附近出现的众多出版社中的一个，这些出版社是为了供应法国所需要的盗版和违禁书籍而出现的。这些文件包含着关于18世纪出版社生存状况的最丰富的信息，在书的前言中，达恩顿道出了阅读这些之前尚无人问津的档案材料时的感受："这是一种特别的感觉，它们是否出自巴黎的阁楼，一个年轻的作者在那里奋笔涂鸦，他的眼界悠游于文坛和一楼房东太太的威胁之间？他们是否会令人想起偏远山区造纸者的辛劳，在诅咒着天气毁掉了他们的身体，邮差送错了信件？……这些文件可以带你进入一家印刷所，在那里，工人在印刷机前弯腰弓背地劳作；或者带你到柜台前，那里摆放着煽动性的书籍；或者是巡回的路线，商人沿着它们在马背上传播启蒙运动。"

经过仔细阅读，达恩顿决定参考法国的补充材料——警方、巴士底狱以及书商行会的档案，着手研究

18世纪法国书籍的写作、印刷和流通，而其深层动机则在于考察它们对启蒙运动究竟起到了怎样的作用。《旧制度时期的地下文学》是这一庞大写作计划《秘密文学作品大全》三部曲的第三部。第一部《启蒙运动的生意》讲述狄德罗《百科全书》的出版史，第二部《法国大革命前的畅销禁书》关注18世纪法国地下图书市场热销的书籍本身——书的鉴定、书的扩散以及书的文本，第三部则是对普遍的图书出版与销售的研究。

事实上，《启蒙运动的生意》对于达恩顿关注的最重要的主题——启蒙运动究竟如何深入地渗透进法国社会——有更为切实的回应。《法国大革命前的畅销禁书》由于将重点放在禁书的内容（这本书的第四部分"'哲学书'简编"节选了三部当时最走红的禁书《开放的特丽莎》《2440：一个梦想，假如梦想不虚》《杜巴利伯爵夫人轶事》），引起读者的好奇心自是不在话下。《旧制度时期的地下文学》虽然也有一个颇具魅惑感的书名，但它对于当时整个书籍市场的描述却时时透出严谨的学术色彩。

因为是一系列的"原生态草图"，所以《旧制度时期的地下文学》各章节间缺乏纵向一致的逻辑链条，因受所掌握材料的限制，它们更像是一个个在同一层面上展开的历史横切面。

第一章《高贵的启蒙，卑下的文学》立刻将启蒙运动带入尘世，而非教科书上描述的那种纯净的舆论氛围。从18世纪作者的视角审视，这些梦想着功名和金钱的狂热作者都是有血有肉的人，他们想要养家糊口，出人头地。达恩顿以如今并不算很有名的启蒙运动全盛期的哲学家絮亚尔为例，描画了那些掌握特权的靠年金养肥自己的学术精英们，他们业已爬到社会顶层，享受每年一万或两万里弗尔（这在当时是一笔巨款）的收入，以及旧制度最后的时光里的所有快乐。另一方面，大量散布在格拉布街上的作者却陷入文学无产者的状态中。这些被伏尔泰称为"衣衫褴褛的乌合之众的文学贱民"哪怕稍备才具就梦想着成为哲学家。他们从外省涌入巴黎，自己无力从事任何有益的工作，靠写诗和梦想生活，经常死于穷困潦倒。

小克雷比永，一个巴黎警方的书籍审查官员，每年给四万到五万本诗歌小册子签发警方许可证。但是其中绝大多数作者根本没有出路，因为绝大多数机会都被旧制度中无处不在的特权阶层剥夺了，他们陷入穷困之中，并非因为他们的早期作品比较激进，而是因为以垄断为特征的旧制度阻止他们进入市场。在这个过程中，那些蜗居在阁楼上的文人仇恨旧制度的激情被点燃，恰恰是他们构成了大革命的生力军。他们在激情中裹挟着启蒙思想的碎片和个人欲望的洪流，伴随着革命，一代新的精英被创造出来，而他们在穷困潦倒时炮制的大量小册子，则为他们日后在国民大会上滔滔不绝的发言拟好了底稿。

第二章《格拉布街的密探》挑选出格拉布街上狂热小册子作者之一的雅克-皮埃尔·布里索作为研究个案。布里索是大革命时期吉伦特派的领袖之一，自1779年8月31日以来，他一直与纳沙泰尔印刷公司通信，这些信件记录了布里索转变为一个小册子作者的过程。布里索最初的信件激荡着年轻人的热情，他立志要成为一名哲学家，但到1784年他的热情便消弭于沉重的财务负担之下。书中引用了布里索1784年10月22日寄给纳沙泰尔公司的一封信，以下是其中的一个片段：

　　我正采取步骤使我的《法律哲学藏书》在法国

获得许可，并且很肯定我能够得到这一恩惠。为
此，请立即通过贝桑松的驿站马车寄两套已装订的
第六卷到第九卷给巴黎警察总监勒努瓦先生，以及
第十卷，如果已经付印的话。

它表明，布里索能够从警方手中将之前被扣押的书籍弄
出来，而且很可能是通过巴黎警察总监勒努瓦的关系。
在达恩顿看来，这封信大致可以解决一个聚讼纷纭的问
题，即布里索有没有做过旧制度时期警方的密探，并从
中获利。

随着大革命时期雅各宾派和吉伦特派越来越激烈的
斗争，对于布里索充当过警方密探的指控一直没有中
断，当然，布里索的反驳也总是底气十足，充满了英雄
式的悲壮色彩。他不断地要求指控者拿出证据，因为他
知道，关于他的警方记录已经因为巴士底狱的陷落而消
失了，他的密友曼努埃尔（大革命后接管警方部门）将
记录交给了他，"同时告诉我，没有任何关于我的东西
应该留在警察的牛粪堆里"。

达恩顿通过收集到的各种资料，以及对这些资料本
身的缜密分析，已基本将布里索充当过警方密探的指控

坐实，但达恩顿的目的似乎又不仅仅在于吸引眼球的揭秘报告，而是从深层心理来观察这些革命者进行革命的隐蔽动机。无论如何，是旧制度本身培养了它自己的掘墓人，而其阴暗的统治也培养了那些不计后果的阴暗的反抗者。"密探活动败坏了他，在败坏他的过程中，证实了他对旧制度的仇恨。他肯定唾骂过那些控制这个体制的人，他们先是妨碍了他获取荣誉的努力，接着又把他变成密探，以此来羞辱他。"

第三章《逃亡中的小册子作者》的主角叫勒塞纳，如果不是因为他在长达四年的时间里（1780—1784）和纳沙泰尔公司频繁往来的生意信件，如果不是达恩顿以这些信件为原材料撰写学术著作，他将完全消失于历史的茫茫黑夜中。勒塞纳是那个时代一个极为普通的雇佣文人，他们怀揣着梦想和自己苦心撰写的各种异端小册子，四处寻找出名和赚钱的机会，但最终作为个体的他们都彻底泯灭了。达恩顿指出，也许正是这些雇佣文人完成了将启蒙观念通过哲学家的思考而传递到读者手中的过程。勒塞纳们汇编、浓缩、推广和兜售启蒙运动，犹如他的生命取决于它——事实也的确如此，因为启蒙运动就是他赖以糊口的食粮。

根据纳沙泰尔公司保存的信件，勒塞纳是由另一位著名学者达朗贝尔推荐给纳沙泰尔公司的，此后勒塞纳每周至少写一封信给纳沙泰尔公司，不断地给他们提供各种出版书籍和杂志的建议。同时，他在信中还不忘将自己打扮成正直的文人共和国的公民，并和他的合作者在给纳沙泰尔公司的信中担保彼此的美德，但很快他们就因为战利品而分裂，并在随后给纳沙泰尔公司的信中诋毁彼此的道德。

如果有更多的才干、金钱和运气，勒塞纳有可能成为一个受尊敬的哲学家神父，但"我们被受诅咒的环境驱使，驱使得非常残酷"，他堕落为一个逃犯和弃儿，在肃杀的冬天步履蹒跚地奔波在乡间，靠施舍过活，用化名东躲西藏，以逃避密探的追捕。

就勒塞纳而言，他是否在大革命中起过作用现在不得而知，因为他在1784年失踪了，但是这个籍籍无名的狂热小册子作者仍旧具有代表性，他在信中流露出的狂躁气质和隐藏的愤恨情绪恰好解释了大革命产生的深层社会原因——那是对一个腐败已渗入每一个人内心的制度深深的本能的仇恨。

第四章《外省的地下书商》和第五章《跨越边境的

印刷所》主要介绍纳沙泰尔公司的运作情况，因为缺少富有戏剧性的中心人物，也就没有前两章那么吸引人，但是这两章对于那个时代文化氛围的形成以及图书交易的细节，仍然有细致的交代。

第六章《阅读、写作和出版》显然是总结性章节，达恩顿试图将被离奇的历史人物和揭秘性的历史文件引开的注意力，转回到他撰写这本书的中心议题——旧制度下的文学是什么性质？在 18 世纪，谁生产书籍？谁阅读？他们是什么人？并以此为基础去尝试理解启蒙运动的文化和社会背景。全书的结尾部分非常有力："这是怎样的情形啊！一个将其最先进的哲学与其最低劣的色情作品相提并论的政权，是一个自我削弱的政权，一个自己制造地下社会的政权，一个鼓励哲学堕落为毁谤作品的政权。"

作为一部历史著作，在方法论上，《旧制度时期的地下文学》显然受到了法国年鉴学派的影响。在年鉴学派看来，来源于叙述的资料（所谓正史）只是提供了一个编年的框架，他们更看重那些当时的目击者无意识记下的证据，因为这类史料更为可靠，尽管仍然要对其进行辨析。达恩顿所采用的纳沙泰尔公司的档案材料正是无意识留下来的材料，它们在达恩顿缜密的分析下，呈现出极为鲜活生动的历史画卷，让我们对启蒙运动的历史有了富于质感的了解，而不是仅仅纠缠在几个正确的观念和几个著名的事件之中。

在有关对历史采取"评判"还是"理解"的研究态度上，达恩顿显然站在年鉴学派所倡导的"理解"这一立场上。通过所掌握的材料，达恩顿了解了布里索、勒塞纳们有违道德的秘密，但是达恩顿并不急于给出道德评判，而是强调"基于新的资料来源，重新审视布里索的生涯，会给他的传统形象增添一些阴影和鲜活色彩。这样做，不是为了揭露回忆录（布里索自己的回忆录）背后赤裸裸的个人，而是为了理解大革命的形成，理解那个他被视为典型的年代"。

一部英国早期工人运动的史诗

"我想把那些穷苦的织袜工、卢德派的剪绒工、'落伍的'手织工、'乌托邦式'的手艺人，乃至受骗上当而跟着乔安娜·索斯科特跑的人都从后世的不屑一顾中解救出来。"英国历史学家汤普森在《英国工人阶级的形成》前言中的这句话是理解此书的关键。无论东西方，早期历史学基本都围绕帝王将相的生平伟绩展开，人数众多的人民是没有什么地位可言的，其面目要么模糊不清，要么被简化，他们是历史里的乌合之众，嘈杂、混乱、盲目，跟在精英屁股后面亦步亦趋。到19世纪，主要受法国启蒙思想运动影响，自由、民主、平等的概念开始慢慢侵入人们的思维脉络，普通民众的形象——尤其是他们作为个体的形象开始引起历史学家的重视和兴趣。法国著名的年鉴学派是此种思潮的集大成者，他们善于利用以前历史学家通常忽视的那些历史文献——包括从久远年代流传下来的公文、信件、档案等，试图勾勒出一幅更细致更全面的历史图景。在这幅图景中，普通人的形象开始展现，他们之合力对于历史走向之动能开始被重视，而年鉴学派历史学家的潜台词则是："这样的历史才是真正的真实的历史。"

汤普森在写作《英国工人阶级的形成》时使用了海量材料，其中最重要的是《内政部档案》（尤其是其中的第40和42卷），《枢密院档案》和《财政部司法处档案》则提供了伦敦通讯会、抢粮风潮的许多细节。使用较多的材料还有设菲尔德档案馆保管的《菲茨威廉文件》《拉德克利夫文件》《针织工文件》。此外，他还翻阅了大量英国19世纪上叶出版的报刊资料，从科贝特的《政治纪事报》《泰晤士报》《利兹信使报》《诺丁汉评论》等数十种报刊小册子中寻找和自身论题相关的资料。这些一手资料的大量使用，赋予《英国工人阶级的形成》一书鲜活热辣的气质，工人们仿佛从历史凝滞的尘垢中苏醒过来。另一方面，这种研究路径显示了法国年鉴学派的清晰影响，和那些历史学家一样，汤普森希望自己能够潜入历史的毛细血管，溯源而上，最终进入那个年代工人运动历史的心脏。

《英国工人阶级的形成》另一个更重要的理论来源是马克思主义，汤普森是公认的英国马克思主义历史学派的代表人物，此书也被视为马克思主义历史学的代表作，因为从总体上说此书是用阶级分析和阶级斗争的观点来解释历史的。可是，我们在书中并没有看到对马克思主义理论的刻板理解，和西方马克思主义许多杰出学者一样，汤普森只是在宏观层面借用了马克思主义的主体框架。在他们看来，马克思主义只是一种思想资源，一种观察事物的独特视角，而不是僵死的教条。他们认为马克思的思想并不构成一个理论统一体，虽然其中有许多闪光的思维火花。有内在连贯的马克思，也有彼此矛盾的马克思。西马学者更看重的是马克思对于历史的理解能力，而不是指向未来的"科学社会主义"。

基于对流动的社会状态的强调，汤普森对于"阶级"有自己的理解，他在前言中写得明白："我说的阶级是一种历史现象，它把一批各个相异、看来完全不相干的事结合在一起，它既包括在原始的经历中，又包括在思想觉悟里。我强调阶级是一种历史现象，而不把它看成一种'结构'，更不是一个'范畴'，我把它看成是在人与人的相互关系中确实发生（而且可以证明已经发生）的某种东西。"这种说法显然是针对静态的"阶级分析"，汤普森强调历史关系时刻处在流动中，"是一股流"，企图让它在任何一个特定的时刻静止下来并分析它的结构，根本是不可能的。"最精密的社会学之网也织不出一幅纯正的阶级图形，正如它织不出'恭敬'和'爱慕'这些概念一样。"

在这里，汤普森又和大多数所谓的西方马克思主义学者一样，对于马克思主义中某种言之凿凿的东西深怀疑虑，对于将社会分为泾渭分明的作为剥削者的资本家阶层和作为被剥削者的劳工阶层不以为然。在汤普森看来，阶级觉悟是连接人们客观阶级地位和主观认知之间的重要纽带。"阶级觉悟是把阶级经历用文化的方式加以处理，它体现在传统习惯、价值体系、思想观念和组织形式中。"换言之，阶级并不是一个客观存在，它首先是一种关系，它的形成除了人这一主体外，还必须有观念和思想意识作为人与人之间关系的凝合剂。无产者的"存在"并不当然意味着工人阶级的存在，无产者只能"组织成为阶级"。

以这个基本认识为出发点，汤普森把工人阶级的"经历"看作工人阶级"形成"的关键。同样在前言中，汤普森写道："阶级是社会与文化的形成，其产生的过程只有当它在相当长的历史时期中自我形成时才能考察，若非如此看待阶级，就不可能理解阶级。"也就是说，经历是存在与觉悟间的纽带，没有经历——具体地说，没有工人为维护自身利益的抗争，阶级意识就不会出现，觉悟也不会生成，阶级也就不可能形成。因此某种程度上，英国工人阶级形成的历史就是英国工人阶级经历的历史，当我们在书中看到汤普森巨细靡遗地描写工人生活的方方面面时也就不足为奇了。这些描写不仅包括工人的劳动条件、生活水平、政治活动，也包括工人的宗教情感和文化娱乐方式等。似乎还冒着热气的普通民众的话语就此进入书中，在展示工人具体而微的生活状态的同时，也把"形成"这个抽象的词语变成了具象。

书的第二部分具体描写了工业革命时期不同工人集团的亲身经历，这一部分内容之丰富，体现了汤普森扎实的治学功底。以第十章《生活水平和经历》为例，汤普森详细分析了当时工人的饮食、住宅、日常生活等诸多方面。关于饮食："啤酒的人均消费量在 1800 到 1830 年之间下降了，……收税的结果无疑大大减少了家庭酿酒和家庭饮酒的量。到 1830 年，茶叶也被当作生活必需品，穷得买不起茶叶的家庭往往向邻居购买煮过一次的茶叶，甚至把沸水倒入烧焦的干面包来冒充红茶颜色。"关于住家："18 世纪末有一些农场工人全家住在只有一个房间的小房子内，潮湿，地面低于地平面。"关于童工："即使我们把有关虐待狂工头的故事暂且放在一边不说，一群儿童也必须每天工作到晚上七八点。在每天的最后几个小时里，孩子们哭着，或站在地上就睡着了，手掌被纱的'接头'磨出了血，就是他们的父母也会打他们一巴掌，让他们醒来，况且还有手持皮鞭的工头在来回巡视着。"尽管汤普森力求客观，但是读者不难感受到渗透在字里行间的那份悲悯和激愤。与经典马克思主义对剥削者激烈的批判不同，汤普森在书中主动抑制自己的情感，力求用事实本身说话。他惯用当时工人第一手资料，通过他们之口表达自己的愤怒。所有这些，都赋予此书浓重的道德感——不是蛊惑式的，而是弥漫式的。

　　书的第三部分主要"谈人民激进主义的历史，从卢德运动开始，到拿破仑战争结束时那些可歌可泣的年代"，实质上是写 19 世纪最初 30 年工人阶级的政治史。"激进主义"对于汤普森来说意味着一种豪放磊落却又目标不确定的运动。"在 1807 年，激进主义意味着运动的勇气和论调，同激进主义致力的任何原则相一致。它意味着不妥协地反对政府，蔑视软弱的辉格党，反对限制政治自由，公开揭露腐败和'皮特体制'，以及一般地支持议会改革。"

汤普森继续怀着"理解的同情"去描述工人阶级有组织反抗的经历，他将 19 世纪最初 30 年的工人阶级抗争运动几乎搜罗殆尽：从一直掌握在激进派手里的威斯敏斯特选区到被送上断头台的德斯帕德，从以暴烈的产业冲突为特征的卢德运动到反结社立法，从剪绒工和织袜工的反起毛机斗争到伦敦的改革运动——所有这些抗争风潮汤普森都给予充分关注，在他敏感细致的文笔下，这些运动连接为起伏的波浪，不断冲击着社会腐败的肌体，带着悲壮的希望。"到那时，自由的光荣业绩将凯旋。"

在对德斯帕德执行死刑的描述中，汤普森将这种抗争运动的承继做了富有隐喻的描写："在那些目睹行刑的人中，有个叫杰里迈亚·布兰德雷思的青年工匠。14年后，他自己的头也要在德比城堡前的一群人面前高高举起：'来看这逆贼的头。'"从德斯帕德到布兰德雷思，工人抗争的传统绵延不绝，但由于正统史观将其视为异端，这些活动在汤普森之前很少有史家会认真对待，遑论怀有同情心和理解力的对待。

书的第三部《工人阶级的存在》的高潮部分出现在第十五章《蛊惑家和殉难者》的最后三节——《布兰德雷思和奥利弗》《彼得卢》《卡图街密谋》。从结构上看，对布兰德雷思及其参与的彭特里奇暴动浓墨重彩的描写，是对第三部开始部分有关德斯帕德死刑描写的呼应。在气势上，由于之前详尽的铺垫，到第十五章最后三节，汤普森手中之笔已如离弦之箭，加速度地营造出整本书史诗般恢宏的气度。难怪有学者感慨："读汤普森书的这一部分，如同读一部英国工人的荷马史诗，其可歌可泣，英勇悲壮，令人泪下。"

在汤普森笔下，工人领袖悲壮的面容和政府奸细的丑恶嘴脸如浮雕般凸显在波澜壮阔的历史图卷上，其中有献身的勇气，有卑鄙的告密，有无助的理想，有救赎的努力，谁敢说这样的史实会亚于惊心动魄的史诗和悲剧？自然，读者获得的所有这些强烈的感受都建立在汤普森笔力沉雄的词句基础上。不少论者不约而同地提及汤普森出众的文笔并非偶然，他的朋友、英国著名学者佩里·安德森在一篇纪念老友的文章中，赞许"爱德华（汤普森名）是当时最伟大的修辞家"，惯于在充满模仿、浪漫的表达方式和雅致闲逸的笔法间自由变换。的确，汤普森年轻时的梦想是和父亲一样当一个诗人，成为著名学者后，他的文学梦并未泯灭，还写了两首颇具水准的长诗——《名为选择的地方》《权力与名义》，而他卖得最好的作品竟然是一部小说《塞高文集》。深湛的文学修养显然对汤普森的学术著作助益多多，不仅增添了其历史著述的文采，更赋予他学术观念上的柔韧。

《布兰德雷思和奥利弗》这一节以对比的手法（经典悲剧所擅长的手法）勾勒出工运领袖的勇敢坚定，以及打入工运领导层内部的政府奸细奥利弗的狡诈残忍。发生在1817年春夏之交的彭特里奇暴动有一个奇怪的特征：暴动的准备在诺丁汉、设菲尔德、伯明翰等好几个地区进行，但唯一能被人确认的伦敦联络员奥利弗后来被证实是政府特务。这个奥利弗极尽煽风点火之能事，目的则是设置圈套，将工运积极分子一网打尽。汤普森对于奥利弗可谓深恶痛绝，他用臭名昭著来形容奥利弗，并一再借用他人之口批驳这个小人："约翰·韦德曾在《女怪》中把奥利弗事件说成是'历史上所记载的最可鄙的做法'。十年之后，弗朗西斯·普雷斯写道：'我简直无法用适当的语言来表达我对这种卑鄙至极的无耻小人的行为的感想，这无异于卑鄙的谋杀行为。'"相反，对于工人领袖布兰德雷思，汤普森则饱含同情。他还对自由派学者哈蒙德夫妇（20世纪初著有产业工人三部曲《乡村工人》《城市工人》《技术工人》）的观点进行辩驳。哈蒙德夫妇虽然较早开始关注下层劳工生活，但在他们笔下，布兰德雷思是"一个半饥半饱、未受教育而且没有工作的针织工，随时可能提出不知多么狂妄的建议"。汤普森毫不含糊地批评此种看法是轻蔑的描写，进而引用布兰德雷思写给妻子的信来为他正名："我将在死亡的阴影中毫无惧色地通往永生；为此我希望你像我一样对着自己的灵魂向上帝发誓：我们将会在天堂相聚。"随后，汤普森从为暴动领袖正名逐渐过渡到为暴动本身正名："我们可以把彭特里奇起义看作历史上最早的、没有中等阶级支持的、完全无产阶级性质的起义之一。"

然而，对于两年之后（1819 年 8 月）的彼得卢大屠杀，彭特里奇暴动不过是序曲而已，或者可以说后者是前者的直接原因。要求自由和权利的呼声在彭特里奇暴动之后愈演愈烈，尤其在人们目睹了政府特务的种种卑劣手段之后，到了 1819 年，"国内几乎每一条街或每一根柱子上都张贴有煽动性的标语口号"。在彼得卢事件发生前数周，在各个地区中心出现了几十次小型集会以及引人注意的示威游行，社会气氛正朝着危险的方向持续发展。对此，腐败的旧制度要么对呼吁改革的工人作出让步，要么实行镇压，因为当时的中等阶级改革者还不够强大，还不能提出一个较温和的方案，惨剧的发生无法避免。受到政府暗中支持的曼彻斯特所谓义勇骑兵（骑在马上的曼彻斯特的工厂主、商人、酒馆老板和店主）和正规军（骠骑兵）联手在街头砍杀游行示威的工人，造成 11 名工人伤重而亡，数百人受伤，其中包括一百多名妇女和小孩。

　　彼得卢大屠杀的意图显然是遏制公共集会的权利，但结果完全超出腐败政府的预想，进一步激发了工人的抗争。"人们愤愤不平，使得那些以前从未出现过激进组织的地区产生了激进组织，甚至在深受'保王党人'

影响的地区也出现了公开的示威活动。"

19世纪初的英国工人以暴力抗争悲剧性地宣示了自身的"存在"，但是从存在到阶级意识的最终形成，还有一个关键性的观察和自省的过程，因而汤普森将这部巨制的最后一章命名为《阶级意识》。

汤普森细致地论述了当时工人的文化水平："每三个工人中就有大约两个人多多少少有点阅读能力，当然能写的人还很少。"在汤普森看来，发表抽象连贯的议论的能力绝非与生俱来，而这又是接受和消化激进意识形态的前提。因此，汤普森在书中详细介绍了各种宣扬激进思想的读书会，与此相应，各种激进出版物（最著名的有科贝特的《两便士论文》和卡莱尔的《挑战者》）也大批量发行。

渐渐地，大体上局限于激进知识分子中的理性启蒙热潮被那些具有福音传教士般热情的工匠和某些技术工人所继承，他们又把这种文化带给更多成员。最初的精英思想慢慢下沉到普通劳工的意识中，阶级意识因此在广大人群中得以形成。

当然，所有的抗争都不是轻而易举也不是一蹴而就的。在本章中，汤普森仍旧列举了大量例证来说明个人的声音是如何汇为时代洪流的，其中赖特夫人的例子尤为感人。赖特夫人是诺丁汉的一名花边修剪工，卡莱尔自愿队员之一，因销售卡莱尔的一篇《宣言》而受到起诉。赖特夫人为自己做了长篇辩护，中间几乎没有人插话，辩论结束时，"赖特夫人请求允许她下去给正在哭泣的婴儿喂奶。请求被允许，她离开法庭20分钟。当她走过城堡咖啡屋时，聚集在那里的数千人向她鼓掌喝彩，所有人都叫她别灰心，坚持住"。激进思潮在当时的影响力由此可见一斑。

工人的抗争行动显然受到了激进思潮的影响，反过来这些汇聚众人行动而成的"时代经历"又在继续锻造着激进思想。在书的末尾，汤普森通过分析那个时代几位重要的激进思想家——科贝特、卡莱尔、韦德和加斯特——的思想，总结了劳工阶层新的阶级意识不同的面向："一方面，不同职业和不同文化水平的工人已经意识到他们有着共同的利益。另一方面则是意识到工人阶级或'生产阶级'自身的利益同其他阶级的利益相对立，而且其中还包含着日益成熟的建立新制度的意识。"这些簇新的阶级意识在貌似平静的年代（书中所论述的19世纪50年代）开始发芽成长，社会主义者和共和主义者在底层劳工那里借助客观形势都在推行他们的主张，平等与民主的原则贯穿工人抗争运动始终。

今天当我们在电视直播里看到英国上下院的争论，联想到书中许多因争取这一平等权利而被绞杀被惩处的工人领袖时，不免唏嘘——没有这些先行者，就不会有英国今天的政治文明。通过此书，我们可以清楚地看到，英国的政治文明正是劳工阶层与知识阶层通过血和泪，通过点点滴滴的据理抗争一点点争取得来的，它永远不会是天上掉下来的馅饼。的确，如汤普森在书的末尾所说，英国早期工人们"50年的历程以无比的坚韧性哺育了自由之树，我们可以因这些年英雄的文化而感激他们"。

另一方面，作为那些后发国家的读者，也许在这本书里可以读到更多——后发国家的工业化进程姗姗来迟，存在的各种问题几乎是英国两百年前诸多社会问题的翻版。正如汤普森在书的前言里坦承要为还处在工业化早期的亚洲和非洲国家工人运动提供理解的资源，是他写作此书的重要缘由之一。

在吉本和蒙森的夹缝间

　　以一本书的篇幅来书写"古罗马"这一庞大主题，立刻会给人捉襟见肘之感，哪怕仅仅是描述这一幅员辽阔、绵延一千多年的帝国的某一方面，都会显得局促。所以英国史学家斯托巴特明智地将自己一卷本的罗马史命名为《伟大属于罗马》，不仅是因为书名醒目，也是借以明确自己写作的重点在于罗马的"伟大时期"，即公元 1—3 世纪这个较短的时期。在此时期，罗马完成了对希腊思想的借鉴和传承，无论国力、疆域还是文化，这一时期的罗马都处于巅峰。斯托巴特将文明的进步作为主要研究对象，因此除了对政制、军事的描述之外，还对罗马这一时期的文学、建筑、艺术等给予了充分关注。

斯托巴特将自己的写作范围局限在公元 1—3 世纪，可是细读其书，我们会发现斯托巴特这一明智之举其实也有着没有明说的更深层的原因。美国耶鲁大学文学教授哈罗德·布鲁姆在其成名作《影响的焦虑》中，曾阐述过强力诗人对后世诗人的某种负面影响——后世诗人因要避开经典诗人无所不在的影响力而陷入创新的焦虑之中。其实，这种焦虑不止局限于文学领域，对于所有希望有所创见的人文学者，焦虑都是无所不在的。

　　在我看来，斯托巴特将《伟大属于罗马》一书描述的历史时期限定在公元 1—3 世纪，除了主题的需要，也是"影响的焦虑"的体现。众所周知，关于罗马史，近代以来有两部杰作——一部是英国 18 世纪史家吉本所著的《罗马帝国衰亡史》，一部是德国 19 世纪史家蒙森所著的《罗马史》。《罗马帝国衰亡史》共六卷，纵横千年，规模宏大，高潮迭起。从 1764 年 10 月吉本在古罗马废墟卡皮托山上萌生写作此书的想法，到 1787 年 6 月 27 日吉本穷二十余年光阴才完成这一巨作。虽然吉本对于罗马衰亡的解释——诸如基督教的传布、蛮族入侵、皇帝的失政、军队的跋扈、公民精神的沦丧、社会的奢侈腐化等——并无创见，对于史料也如后来蒙森批评的那样不屑投入琐细的研究，但是吉本在一个启蒙的叙述架构内，统合近世学者的考证成果，将其建构为一个创造性的整体，其笔力之雄健，思想之沉郁，让后世读者屡屡为之叹服。时至今日，英国当代著名史家特雷弗·罗帕认为，《罗马帝国衰亡史》仍然是英语世界最伟大的历史著作。

蒙森是吉本之后公认的最出色的罗马史研究者，他的《罗马史》并不欠缺精彩的历史叙述，比如有关迦太基名将汉尼拔远征意大利的叙述就荡气回肠，颇具吉本史笔之神韵，但他最突出的优点是对史料的辨析。在第九章《埃特鲁斯坎人》中，为了论证埃特鲁斯坎人与希腊、拉丁人是截然相异的种族，蒙森以埃特鲁斯坎人的语言和拉丁语、希腊语做比较。"埃特鲁斯坎语的语尾和单字，意义已经考订的不多，其中与希意语绝不相似的占去了大半。"这样的论证方式既新颖又雄辩，有很高的学术价值，尽管在可读性方面可能不及吉本文学性很强的历史叙述。

蒙森在罗马史上的另一贡献在于对古罗马铭文的收集和运用。古罗马自己的史学家如李维、塔西佗、苏维托尼乌斯等都有著作传世，但他们对于史料的运用往往有不严谨之处，颇招后人非议。斯托巴特在《伟大属于罗马》一书中也指责《罗马十二帝王传》作者苏维托尼乌斯"能获取最有价值的原始资料，但在使用这些材料时缺少批评能力，他自己本能的偏爱是对丑闻的猎奇，他所触及的没有一样不是被他污损的"。而铭文作为刻在古建筑和器物上而留存下来的文字，提供了没有被后世史家"玷污"过的第一手资料。蒙森耗费二十多年编辑的《拉丁铭文大全》为这项开拓性研究奠定了基础，而他自己的《罗马史》也从中受益。

斯托巴特对于吉本和蒙森景仰有加，在《导论》中，斯托巴特明确写道："对于罗马帝国，没有哪一部作品能取代或试图取代《罗马帝国衰亡史》。"斯托巴特在书中多次引用蒙森的观点，称蒙森的《罗马史》是"伟大的史书"，哪怕和自己的观点相左。斯托巴特对于蒙森的批评也是相当温和的，全然不似他对那些古罗马史学家的不屑态度。对于吉本和蒙森，斯托巴特表达了足够的敬意，但他也不失自信地强调："本书不只是一个汇编，因为它有作者自己的观点。"

吉本和蒙森的罗马史在重点论述的历史时期上各有侧重。《罗马帝国衰亡史》主旨在于说明罗马帝国一千三百多年由盛而衰的过程，因此吉本从奥古斯都在位时的罗马帝国写起，但这部分文字只有一千来字，是一种极简单的概述，很快即转入对安东尼时代罗马帝国军事和疆域的描述。蒙森的《罗马史》严格来说应该称作"罗马早期史"，他从"人类最初迁入意大利"写起，一直写到公元前44年3月15日恺撒被刺死于元老院的台阶上为止。蒙森后来也尝试扩充《罗马史》的内容，试图将罗马帝国的衰亡也包括进去，但未获成功。有人说那是因为"蒙森无法同情或理解那些帝王，因此也无法刻画他们"，但更大的可能是他已经受到"影响的焦虑"的煎熬——如何摆脱吉本皇皇巨著的影响对于蒙森来说也是一个问题。

蒙森和吉本的杰作共同建构了从远古到15世纪中期罗马帝国灭亡这一漫长的历史时期，但在两部著作的结合部位有一些焊接不良的松脱之处，那正是斯托巴特在《伟大属于罗马》一书中着重描述的时期——公元1—3世纪，其核心是奥古斯都统治时期。这绝非偶然，斯托巴特希望自己的著作能够充实这一段较薄弱的研究。

也因为这个原因，《伟大属于罗马》对于王政时期的意大利以及共和国时代的罗马都用笔较简，三次布匿战争数页就交代完了，而对吉本花费数百万言描绘的罗马帝国衰亡的过程，斯托巴特只是在最后的"跋"中一笔带过，原因是"考虑到读者可能会遵循古希腊人的箴言和愿望去探究盖棺定论之前的结局，有必要增加一些页码，对最后的场景作非常简短地概括"。这本书的主角无疑是奥古斯都，斯托巴特花费一百多页篇幅，细致描述了奥古斯都的为人、他所处的那个伟大时期的政治军事制度和文学艺术成就等。其他的配角则包括马略、苏拉、庞培和恺撒。这是罗马共和国向罗马帝国转变的关键时期，种种事件本身极具戏剧性，人物也是个性各异。

当然，从史学影响的角度侧重这一段历史的描写只是原因之一，另一个原因是斯托巴特对于奥古斯都等人在历史评价上所遭受的不公感到不平，欲还他们一个公正的历史评价。这一时期的罗马在文治武功方面都达到或接近于巅峰时期，可是后世史家包括古罗马史家塔西佗和苏维托尼乌斯以及后来的孟德斯鸠、吉本本人因为对于君主专制政体的厌恶，对恺撒和奥古斯都等人都颇有微词甚至大加挞伐。塔西佗用挖苦的短诗把奥古斯都勾画成诡计多端的专制统治者，说他"用礼品收买军队，用廉价谷物收买平民，用祈祷和平来赢得世界"。苏维托尼乌斯则在《罗马十二帝王传》中将奥古斯都描写成自私的伪君子。最激烈的抨击来自法国18世纪的大学者孟德斯鸠。在《罗马盛衰原因论》中，孟德斯鸠直率地指出："奥古斯都恢复了秩序，这就是说，一种持久的奴役，因为在人们刚刚篡夺了统治权的自由国家里，凡是可以建立起一个人的无限威信的东西都被称作秩序。凡是可以支持臣民的正直的自由的东西都被称作骚动、倾轧和不良的统治。"吉本的态度要隐晦一些，但显然也认同塔西佗和孟德斯鸠的观点。

对于所有这些批评意见，斯托巴特都给予反击。在第四章《奥古斯都》的开篇，斯托巴特开宗明义："奥古斯都以这样一种方式设计了在西方世界持续五个世纪在东方近十五个世纪的君主制。以其后果来判断，奥古斯都所做的工作明显是政治才能尽善尽美的展示。当我们考虑到获得结果的途径或方式时，我认为应当把奥古斯都作为世界历史上最伟大的政治家来敬仰。"因此，当孟德斯鸠认为奥古帝都因为怯懦才赢得军团士兵的支持，在斯托巴特看来这恰恰是奥古斯都低调的表现：

"奥古斯都在当时没有专为自己作传的传记作家，甚至也没有研究他的非常有名的古代或现代的历史家。"从中我们不难看出斯托巴特写作此书的潜在动机，尽管他说的也并不完全属实。至少，我们知道古罗马著名传记作家普鲁塔克曾在《希腊罗马名人传》中专为奥古斯都作过传，只是后来遗失了。斯托巴特指责塔西佗和苏维托尼乌斯对奥古斯都有过草率的攻击，但他的褒扬也往往没有扎实的史料作支撑，甚至有揣测的痕迹："他（指奥古斯都）一定拥有果断而冷静的天赋。他必然能克服最可怕的困难，战胜来自陆地和海上的所有公开的敌人和叛军围攻的险境。"

这样稍嫌勉强的辩护难免不让人想起法国近代史家马克·布洛赫在《为历史学辩护》一书中的那段名言："人们重视汇编荣誉名册，轻视搜集随笔记录，种种因素使历史学天然地蒙上了一层反复无常的外表。空洞的责难，然后又是空洞的翻案。"《伟大属于罗马》正是一本立足于为奥古斯都、恺撒们翻案的书，但是很可惜其中并没有多少具有说服力的新史料予以支撑。事情还是那些事情，只不过斯托巴特调整了一下观察视角和语气。比如当别的史家举出奥古斯都穿着罩着铠甲的长袍出席元老院会议以讥讽其奸诈时，斯托巴特则以此说明奥古斯都为人谨慎。当别的史家批评奥古斯都没有勇气再去开疆拓土，斯托巴特则辩护说："经历整个一代的内战而精疲力竭的罗马世界，迫切渴望休养生息。"

整本书都充满了辩解的语气，可稍微让人失望的是，这种辩解主要不是针对事实的辨析，而是针对历史上众多史家的观点展开的。如此，《伟大属于罗马》的新意就主要体现在修辞上，而不在史实上。还是马克·布洛赫说得好："过去的偏爱和现在的成见合为一体，真实的人类生活就会被图解成一张黑白分明的画面。要窥见前人的思想，自我就应当让位。而要说出我们的观点，只要保持自我就行了。褒贬路德要比研究路德的思想容易得多。"我们马上就可以套用布洛赫的话说，褒贬奥古斯都要比研究奥古斯都容易得多。

以此为标准我们可以发现，《伟大属于罗马》的硬伤其实正在于其正面的研究被观点的辨析稀释了太多，而这种思辨色彩也多少干扰了对于史实的叙述。尽管斯托巴特给予公元1—3世纪的罗马充分关注，但其中的史实描述仍然是一种简单的概述，更不要说像《罗马帝国衰亡史》那样传神、动人的叙述了。

无论吉本还是蒙森，在他们的罗马史中，都不同程度地做到了兰克意义上的"如实直书"，并带着自己谦卑的理解和情感。而《伟大属于罗马》的叙述则屡屡绊倒在纠缠不清的观念辨析上，似乎整个罗马被额外披上了一层观念的面纱。这种朦胧带来的不是美丽，而是让人沮丧的模糊。

　　《伟大属于罗马》还有一个特点是它对罗马帝国初期的文学艺术建筑给予了充分关注，从中也显露出作者高人一筹的文学艺术修养。过去的史学家主要关注点都在政治军事经济等方面，像普鲁塔克的《希腊罗马名人传》所选择的传主就主要以君王、将帅、权贵和辩士为主，柏拉图、亚里士多德都入不了他的法眼，在遗失的篇目中我们倒是惊讶地发现古希腊颂歌诗人品达的名字，可这也更增添了我们的怅惘，因为只能通过想象去还原普鲁塔克心目中的品达了。

　　《罗马帝国衰亡史》照例关注的是政治和军事。十九世纪，史家的观念发生了变化，其中的代表人物是瑞士史家布克哈特，在《世界历史沉思录》一书中，他猛烈抨击把权力和伟大混为一谈的观念，并为诗人和艺术家辩护："（诗人、艺术家）把时代和社会的本质充分表达出来，把这些本质的东西作为不朽的信息传递给后世。"自此以后，诗人、艺术家开始在史书中扩张自己的地盘。蒙森的《罗马史》已经在每卷末尾专章介绍那个时期的文学和艺术了，尽管篇幅还不够大，并不偏重艺术家个人，而是着力于文学艺术本身在历史进程中的作用。

对"影响的焦虑"很敏感的斯托巴特，当然会以这个部分作为自己发力的主要领域，就像他避实就虚着重描述奥古斯都和恺撒一样。对古罗马时代的几位大诗人——维吉尔、卢克莱修、贺拉斯、卡图鲁斯等，斯托巴特都给予了精彩的不亚于文学教授般的介绍。仅举一例，即他对哀歌诗人普罗佩提乌斯的评介："他的天才在哀歌体限定的藩篱中激荡，并常常溢出藩篱。也就是说，一个有着柯尔律治或雪莱的激情的人，却努力去写蒲柏和塞缪尔·约翰逊擅长的有节奏的两行诗。"

书中大量使用图片也是布克哈特式观念的体现，所用图片多是古罗马时代的著名建筑和雕像，这些建筑多有着恢宏的气势，颇能反映出斯托巴特所强调的伟大："站在哥罗奥赛竞技场，或伫立于特里尔古老的砖石建筑前，人们似乎比阅读维吉尔和贺拉斯的作品更能接近原质的罗马人的内心。"诚哉斯言！

三种视角看印度

帕斯、奈保尔和阿玛蒂亚·森,不仅都获得过诺贝尔奖(帕斯获 1990 年诺贝尔文学奖,奈保尔获 2001 年诺贝尔文学奖,阿玛蒂亚·森获 1998 年诺贝尔经济学奖),而且他们三人和印度都有着千丝万缕的联系。

帕斯是墨西哥人,作为墨西哥驻印度大使,帕斯在印度度过了六年时光,这段经历改变了帕斯,并在他的文学创作中留下清晰的印记:诗集《东坡》、散文集《猴子文法学家》以及介乎随笔和游记之间的《印度札记》。

奈保尔是作为英国作家获得诺贝尔文学奖的,可是他的身世却颇为复杂。他出生于加勒比海上的岛国特立尼达和多巴哥,在那里度过童年和少年时代,后去英国留学并定居，可奈保尔却是印度移民的后裔。这种血脉关系如此顽强，将奈保尔三度带回印度（1962、1975、1988），并撰写了三部有关印度之旅的书《幽暗国度：记忆与现实交错的印度之旅》《印度：受伤的文明》《印度：百万叛变的今天》。

阿马蒂亚·森是确凿的印度学者，可是在《惯于争鸣的印度人》序言最后，他特别强调："作为一名渊源殊深的非常关注印度文化、历史和政治同时也关注印度一般生活状况的印度公民，我很难在提到印度人时用'他们'一词而不用'我们'一词。"如此强调其来有自，阿马蒂亚·森和奈保尔一样都是弱冠之年就离印赴英学习，就读剑桥大学的三一学院，其后的学术生涯在西方和印度一系列著名学府展开。由于对印度事务的高度关注，阿马蒂亚·森一直保留着印度国籍，并经常回到印度高校作客座教授，这些都是为了能对印度的公共事务保持敏锐的嗅觉和发言权。阿马蒂亚·森获得诺贝尔经济学奖，是因为他在福利经济学和社会选择理论研究上的突出贡献。福利经济学试图解决的主要问题是，如何根据公众的生活状况来评估政府的经济政策是否得当。显然，他的研究出发点落实在改进穷人的经济状况，因此被称为经济学界的良心。他的这一研究视角注定他是一位视野开阔涉猎甚广的学者，《惯于争鸣的印度人》超越了经济学范畴，它有一个副书名：印度人的历史、文化与身份论集。

不同的阅历、不同的职业身份决定了他们在观察极为复杂的印度社会时，采取了不同的视角和态度。帕斯同时具备外交官和诗人的身份，这种相对疏离的关系，使帕斯得以一种轻松的心情观察印度，笔下有着诗人的优雅和内省。尽管帕斯没有回避印度社会和宗教问题的复杂性，但他也在不经意中时时显露着作为诗人的敏锐感触。比如他写1951年首次到印度德里旅行，就有这样极富诗意的描述："我永远忘不了有一天下午，我无意间漫步至一座小清真寺中。寺里空无一人。墙壁是大理石打造，壁上刻有《古兰经》的经文。上方是平静祥和的蓝天，只有一群绿鹦鹉偶尔飞过，才会打破这股静谧。我待了几个小时，什么都没想。一段极乐至福的时光，当夜幕低垂，蝙蝠成群结队在天空盘旋，才让这股至高无上的幸福告一段落。"这样诗意的感悟在以尖刻著称的小说家奈保尔看来未免有些奢侈了，小说家的身份让《印度三部曲》以细致入微的描述铺展开来，而这描述多半指向印度社会那些阴郁的角落："拉贾斯坦的狭义风尚已经荡然无存。宫殿空荡，王公们的小规模战争已经无法记数岁月，全都化在传说之中。所剩下的就是游客能看到的：狭小贫瘠的农田、破衣烂衫的人、窝棚、雨季的泥泞。"

在对待印度古老的文明和宗教方面，这两位文人也有着截然不同的态度。帕斯作为一个纯粹的外来者（和奈保尔、阿马蒂亚·森相比），对于印度文明基本采取一种文化相对主义立场，他充分理解印度的传统文化，哪怕其中的某些部分会令西方人感到不适。帕斯习惯用西方文明和印度文明做比较，比较的结果不是谴责印度的落后和愚昧，而是对西方文明自身提出更多的忧虑和批评。这种态度无疑颇具风度，而且是建立在细致的理性分析的基础上，因此帕斯的观点往往非常睿智。

关于印度备受批评的种姓制度，帕斯先是通过评述托克维尔的观点，对西方流行的个人主义大加挞伐："民主社会不断改变，将个人与他的祖先联系在一起的关系已经荡然无存，而将他与他的同胞联系在一起的关系也已经如风中残烛。冷漠是民主社会最大的缺点之一。"随后，对于印度传统的种姓制度，帕斯则提出了独特且颇具深度的观点："有'贱民'这种阶级存在是一种耻辱。不过种姓制度绝对不能消失，唯有如此，它的受害者才不致沦为个人主义这些贪婪的神祇的仆从，而是在我们之间，找到一种四海之内皆兄弟的情怀。"这种情怀当然是像帕斯这样的大诗人才会拥有，那是一种超越庸常胜负、生死的境界，无论如何，这样的观点映衬出诗人自身的博大胸怀。前不久在香港见到几位曾去印度进行文化交流的中国诗人，他们对印度落后的不屑，和帕斯相比真有天壤之别。

　　小说家总是比诗人要更入世一些，帕斯书中随处可见的感慨在奈保尔的《印度三部曲》中可谓凤毛麟角，或者也可以说奈保尔的感慨是别样的：没有诗人式的抽象和升华，而是针对印度现实毫不妥协的犀利批评——通常以反讽的方式。尤其在《印度：受伤的文明》一书中，此类批评比比皆是："只有印度，以其伟大的过去，以其文明，其哲学，以及近乎神圣的贫穷，提供这一真理，印度曾经就是真理。……而印度则正因了它所有表面可怕的现象，可以被毫不狡诈、毫不残酷地称为完美。""如此安然！在世界变化之中，印度即使在紧急状态下，也纹丝不动：回归印度就是回归到世界深层秩序的认知里，所有事物都固定化、神圣化，所有人都安之若素。"——对于印度停滞现实的不满和抨击溢于言表。

奈保尔对其印度之行的描述有着小说家特有的细致与生动，只寥寥数笔，各色人物的个性即跃然纸上，而通常这都是些滑稽的形象，也是奈保尔所交往的芸芸众生。对于这些人，奈保尔同样毫不留情，充满讥讽和冷嘲。拉贾斯坦的村民很英俊，很自信，可是"他们所知有限。他们是模范村，所以考虑的也是自己。他们所需的东西很少，除了食物与生存之外，没有更多的雄心大志"。对于这个村落的一个女村民，奈保尔这样写道："她从她的小砖房里拽出绳床给我们坐，而她的态度却有些傲慢。这是有原因的，她很幸福，她觉得自己很有福气。她有三个儿子，这让她功成名就。"而对于一个年轻的"小名流"，奈保尔的厌恶更是毫不掩饰，在谈到某所受到好评的学院时，"'小名流'以出人意料的愤怒之情说：'那是个可恶的地方，到处都是到那儿纵情声色的美国女人。'名流的脸上和体形上都有种发面般的质地，暗示此人隐匿的性兴奋。他说自己是'最后一个堕落的资本家'，喜欢'肉体慰藉'。"如果是帕斯这样谈论印度，他一定会被贴上种族主义的标签，可是奈保尔自身的印度血统保证了他的抨击不会被扭曲和意识形态化。是啊，这是自己人对自己人不争气的无奈和愤怒。虽然奈保尔是游客身份，可他身上流淌着的印度之血，使他自然获得更为复杂的理性和情感，如此尖俏的讽刺才自动转向沉郁乃至悲怆的分析，那愤怒的讽刺终究掩盖不住对于故国的深沉眷恋。

相较而言，经济学家阿马蒂亚·森对于印度的爱则理性很多，也更为纯正。这也许和森自幼在印度长大有关，就像土壤深层里复杂的根系对于繁茂树冠的持久影响，童年经历对一个人成年后的观念有着无形却顽强的影响力。森是一位极富同情心的经济学家，他的研究动机之一，就是帮助印度摆脱经济贫困，走向繁荣。这说来简单，却是一个极为庞大的问题，除了森潜心研究的经济学，还要涉及印度的历史、政治、宗教、哲学乃至文学。《惯于争鸣的印度人》正是森除了纯粹的经济论文之外有关印度的文化论集。这本书专业性不强，却仍然鲜明保留着森一贯雄辩的文风。

和帕斯、奈保尔文学化的叙述不同，森的文章是典型的论文，充满理性、优雅的分析，他对于印度的历史和现状有深刻了解，这是帕斯、奈保尔这样外来的观察者无法比拟的。因为没有文学化的描述，森对于印度的态度隐藏较深，既不是帕斯那种外露的赞赏，也不像奈保尔那样不加掩饰的厌恶。森对于印度的爱流淌在他对印度历史和现状入木三分的透彻剖析中，既充分肯定印度文化传统中积极的因素，又不讳言它的封闭和落后。森对于印度的爱是低调而深沉的，让人时刻感受到一颗温情的学者之心。

森毕生的研究集中在两大课题：贫穷和民主。《惯于争鸣的印度人》的标题论文，可以看作长文《作为普世价值的民主》中有关印度部分的延展。它着重强调的是民主制度和公众争鸣的联系，它想证明"当独立的印度成为非西方世界第一个断然选择民主政体的国家时，它不仅采用了它从欧美学来的法理经验，而且利用了自己的公众讲道理和惯于争鸣离经叛道之见的传统"。

为了厘清印度"惯于争鸣"的传统，森主要论述了印度历史上的四大伟人——阿育王、阿克巴、泰戈尔和甘地。阿育王（公元前272年－前242年在位）是孔雀王朝第三位君主，曾经建立起古代印度最大的帝国。阿克巴（1556年－1605年在位）是莫卧儿王朝第三代君主，是印度六百余年穆斯林统治者中的最杰出者。并不让人意外的是，这两位印度历史上的伟人对于异己的宗教势力都持宽容的态度。阿育王矢志确保公众议事能够在没有敌意和暴力的情况下举行，"在所有场合，在每一方面，均应尊重其他教派"。阿克巴则在16世纪晚期为公众对话安排会议，广泛涉及不同宗教信仰的成员，包括印度教徒、穆斯林、基督教徒、琐罗亚斯德教徒、耆那教徒、犹太教徒乃至无神论者。阿克巴自己的政治决定也反映了他对多元文化的承诺，比如他坚持以非穆斯林知识分子和艺术家充实自己的宫廷，让他们与穆斯林一道工作。这两位君主开创的印度文化中对于不同意见的宽容传统，也反映在一系列文学戏剧作品中，比如首陀罗伽的《小泥车》和《指环印》、伽梨陀娑的《云使》，以及印度历史上一众著名诗人的作品。对这一传统的梳理，对于森来说，目的在于证明当代印度世俗主义在独立后对于民主政体的选择，其实来自印度历史上多元文化的传统。也因此，在森的理解中，印度的历史和现状，以及五花八门的宗教和世俗政体达至了某种平衡。

对于甘地这位20世纪最著名和最有影响力的印度人，三本书都花了不少篇幅加以评述。的确，甘地倡导的非暴力不合作运动如此独特，而他所具备的将宗教与政治、苦行主义与实用主义等相互对立的特质巧妙融合的过人能力，必然使他成为 20 世纪特立独行的伟人，要观察印度的历史和现状，没有比甘地更合适的标本了。

奈保尔对于甘地的评述以生动的细节娓娓道来，他所依据的蓝本则是《甘地自传》，在细致的叙述中再穿插奈保尔自己带有怀疑和苛刻色彩的议论。在三本书中，只有奈保尔对甘地生平给予了细致介绍，显然他所依据的理论支持是一般传记作家所信奉的——对一个人了解越多，对他的思想就可能理解得越深。那种一贯的苛刻语调也不可避免地沾染在奈保尔自己的形象上——他从来不是那种让读者觉得亲切的作家，这种苛刻给奈保尔的观察带来某种自相矛盾的结论，而这矛盾通常和深度密切相关。对于甘地，奈保尔的观察就带有这种交织着怀疑的肯定，或者说交织着钦佩的怀疑："'古代情感''怀旧记忆'：当这些东西被甘地唤醒时，印度便走向自由。但由此创造出来的印度必将停滞。甘地把印度带出一种'黑暗年代'；而他的成功则又不可避免地将印度推入另一种黑暗年代。"

帕斯对甘地的评述则尽显诗人的睿智和宽容。对于甘地主义的来源，帕斯有着清醒的认知："甘地的政治行动不是建构在印度教传统上，而是筑基于托尔斯泰的和平主义之上；他的社会改革理念比较接近提倡无政府主义的克鲁泡特金，而不是印度神话中人类祖先及制定法典的摩奴所订立的法律；在他的消极抵抗理念的背后是梭罗的不合作主义。"甘地思想的西方来源，并不难厘清，而对于甘地思想中某种保守的倾向，帕斯也并不讳言，难能可贵的是帕斯对甘地思想的精确理解和包容。他比较了甘地和泰戈尔的分歧，并显然站在泰戈尔的立场上（"诗人们通常比较能明辨是非，我们对圣人不能如此论断"）。可是对于甘地，帕斯仍然服膺于他的道德追求，服膺于甘地言行一致地对理想的追寻。"一个圣人与神或与自己交谈，都是沉默之声。"

　　阿马蒂亚·森对甘地着墨不多，只是在《泰戈尔与他的印度》一文中，主要以和泰戈尔相比较的方式谈到甘地。他引用罗曼·罗兰致一位印度学者的信件褒扬了这两位伟人："我已经完成我的《甘地传》，我在书中颂扬你们的两位伟人泰戈尔与甘地，他们就像江河一样，流淌着非凡的精神。"对于泰戈尔和甘地的分歧，森也不讳言，而且他更欣赏泰戈尔的立场。泰戈尔自己对于作为人和政治领袖的甘地是极为钦佩的，可是对于甘地的民族主义和对印度传统的保守态度，泰戈尔是不以为然的。在这一点上，泰戈尔和托尔斯泰的态度倒是完全一致——托尔斯泰在生命的最后一年，曾谈及甘地："他的印度教民族主义玷污了一切。"当然，森写作此文的目的，还是想借泰戈尔之口，或者通过甘地和泰戈尔的比较，道出他自己真正关心的主题——对于文化多元主义和民主制度的追寻和坚持。

三本书引人注目的还有对文学资源的利用，以及在此过程中显露出来的精湛的文学修养。帕斯是大诗人，因此当他在《印度札记》第四编中将笔墨转入对印度古代诗歌的评述时，他立即显得极为放松和游刃有余，不像在介绍印度历史和宗教时那样稍嫌拘谨。他这样评价梵文诗："最伟大的梵文诗，就如希腊文和拉丁文杰作，具备雄辩滔滔、高贵典雅、一种形式的淫荡、强烈而雄浑的激情。简言之，足堪称伟大的艺术。不过它也和希腊文与拉丁文作品一样，不懂得如何以无声胜有声。它从来不懂得中文与日文意在言外、迂回婉约的奥秘。"

奈保尔对于文学资源的利用当然就是小说，他在书中不仅细致描摹所见所闻，而且不忘穿插一些反映印度现实的作品——比如印度著名小说家纳拉扬、阿南塔默提的小说——以这些小说作为自己观察印度现实的佐证。在对这些小说的转述和分析中，显示出奈保尔强调现实和历史的文学观，也印证了这位出语尖刻的小说家何以重要。

最让人意外的是阿马蒂亚·森，这位经济学家对于文学的熟悉和理解力远超人们的想象，在《泰戈尔与印度》一文中，森引经据典，如数家珍，显然对整个西方现代派文学都有精深的了解，而他对于印度文学传统和现状的了解更是不在话下。也许是因为他的第一任妻子黛鸟就是印度著名的诗人和小说家？不管怎么说，良好的文学修养赋予森观察事物灵活的视角，以及优雅雄辩的文风。通常，这种文风都和卓越的见识紧密相连。

挑起双眉的旅行者

　　在有关日内瓦那一章的开头，伊恩·弗莱明以他一贯挑剔刻薄的口吻，把威尼斯挖苦了一番："威尼斯早就落入俗套了。我曾想写一篇关于威尼斯的幽默散文，但不写运河、贡多拉、教堂和广场。我将专注于描写火车站纯粹的建筑艺术、证券交易所的运作、威尼斯财政的乱象，以及自来水厂和发电厂的历史。……不过，除了胡诌这样一篇，威尼斯实在没有什么新鲜的东西可谈。"老实说，在忍耐了弗莱明大半本对世界各地"横挑眉毛竖挑眼"之后，看到这里，按捺已久的抵触情绪似乎立刻爆发了。

　　虽然我没去过威尼斯，但有关威尼斯的文字记忆可实在太多了，这位老兄竟敢说"威尼斯没有什么新鲜的东西可谈"！我喜欢的两位诗人庞德和布罗茨基都很喜欢威尼斯，甚至最后都安葬于此，后者曾 17 次到访威尼斯，并写下厚厚一本水城赞美诗《水印》。我喜欢的奥地利诗人霍夫曼斯塔尔则在《美好时日的回忆——威尼斯随笔》一文中以缠绵的语言描述了他在威尼斯的游踪。更别说小说家托马斯·曼的名作《死于威尼斯》，把内心纠结、沉溺于畸恋的主人公阿申巴赫生命中的最后一段旅程也放在了威尼斯。此外，威尼斯还激发了另外一些大作家——普鲁斯特、罗斯金、里尔克、拜伦、歌德、麦卡锡、蒙田、蒙塔莱——的灵感，"他们的言辞像运河的流水一样盘旋四周，就像贡多拉小舟过处，阳光照耀涟漪，揉碎万点微光"。(诺特博姆语)

我为威尼斯做这番辩护，是想说明真正的文学恰恰是从"没什么新鲜东西可写"的窘境出发的，庞德对此有过更好的总结——文学就是日常生活的新闻。从这个意义上讲，所谓的"旅行文学"恰恰因为避开了"日常生活"而显出自身的先天不足。追求新奇感，往往是旅行者背起双肩包踏上旅程的最初动机，同时也暗示着人们困守一隅的生活方式是乏味的。新奇感驱使人们毅然出发，在厌倦感即将袭来之前从一座城市漫游到另一座城市，而旅行文学则是对这种漫游的记载——新奇的物件，迥异的生活方式，在眼前晃动随后飘过的芸芸众生。这种行走的方式，注定了典型的旅行文学是一种本质上"浮光掠影"的印象记。对此，伊恩·弗莱明有清醒的认识，在结束了香港—澳门—东京—夏威夷—洛杉矶—拉斯维加斯—芝加哥—纽约的第一阶段环球旅行后，他总结道："我花了三十天环游世界，而为旅程写下的只是一些浮光掠影的印象，和一些肤浅的、偶尔缺乏尊重的评论。"

追根究底，这是由一味追求新奇感带来的。新奇感似乎容易获得（踏上旅程就行），但也特别容易失去，典型的旅行注定是扁平的。旅者从那些风景和美食上掠过，从浅层的人文历史或貌似独特的生活方式上掠过，只要他稍做停留，厌倦感即刻像鬼影般尾随而至。

每本旅行文学里都充斥着太多人物，但他们的职业往往很单调——餐厅或酒吧侍者，出租车司机，空乘，更多的则是街头匆匆而过的路人，或者和作者怀揣同样期待的观光客。但这些人物在游记里都是匆匆过客，只留下一个侧影、一个动作或是一个神秘的表情，很偶然地被记在书中，成为一种点缀，成为旅行文学为何扁平化的一个证明。这里涉及旅行文学和一般文学的一个本质区别：前者对人物命运缺乏持久的关注，更别说带有同情和理解的关注了。旅行文学的核心始终是新奇感，其中出现的人物则是对这种新奇感本身的点缀；而一般意义上的文学通常更关心人本身的个性和命运，而美丽的风光不过是一种背景。

悖论的是，如果旅者终于克服了厌倦感，从崭新的路径进入文字，他也就开始离开了旅行文学，转而投身到不带定语的"文学"门下。以西西里为小说背景的皮兰德娄，以印度为小说背景的吉卜林，谁会认为他们的作品是"旅行文学"呢？年轻的加缪以华丽性感的语言描写贾米拉的风景，也写过去往布拉格的旅程，可由于他的文字和风景、韵律、哲学有着美妙的联姻，人们也不会说《婚礼集》是一部"旅行文学"。

"旅行文学"好像为自己设置了一个标准套路——一个主人公（当然是作者自己）；飘忽不定的旅程；所到之处对于风景和当地人的观察；更深一点的旅行文学也会对所到之处的历史人文来一番探究。只要溢出了这个范畴，就会被胃口极大的"文学"纳入囊中，而这些文字恰恰是一个陌生的地名和一段不确定的旅程回馈给世间的最好的东西。如此说来，旅行文学注定是不成熟的"庄稼"，因为一旦成熟，就会被"文学"本身收割。

伊恩·弗莱明的《惊异之城》当然可以归为典型的旅行文学行列，但也有它自身的特点。作为007的创造者，在由《星期日泰晤士报》提议并资助的这次环球旅行中，弗莱明体现出某种对于"惊险刺激"的格外趣味。自然，对于《星期日泰晤士报》，只要点明伊恩·弗莱明是超级畅销书邦德系列小说的作者，这个投入"巨资"的游记专栏也就成功了一半。事实也的确如此。平心而论，这本游记在如同热带植物般快速繁殖的旅行文学中不算特别出色，但它依然因为作者本身的特殊而凸显出来，并且在多年后被译成中文，加入中文世界"旅行文学"的崛起之中。

读者显然有一种期待：这位以写作紧张刺激的间谍小说闻名的作者会给我们带来怎样一种不同的旅行感受呢？虽然整本书语调多少有些傲慢，按照著名旅行作家简·莫里斯在序言中的说法，他"对一切都挑起一对高傲的眉毛"，但是整本游记里对于赌博（这些城市里包括澳门、拉斯维加斯和蒙特卡洛这三座著名的赌城并非偶然）各种门道的津津乐道，对于富于传奇色彩的香港黑帮和芝加哥黑帮历史与现状的介绍等，都显示出这位傲慢的作者对于读者内在的体贴——他知道媒体需要怎样的稿件，也明白读者想要看到什么。

在书的开头，弗莱明坦承自己也许是这个世界上最拙劣的观光客，"甚至经常鼓吹在博物馆和美术馆门口提供轮滑鞋。我也受不了在政府大楼吃午饭，对访问诊所和移民安置点更是毫无兴趣"。这些无疑都暗示出弗莱明不是按常理出牌的旅行者，同时也是他内容独特的游记的变相广告。可是读完全书，给我印象最深的倒是他苛刻的语调，像"香港夜晚的街道是我走过的街道中最迷人的"这样朴实的句子在书中几乎是绝无仅有的（看得出，他的确喜欢香港），在大多数篇幅里，弗莱明都在想方设法地贬损观察物，这甚至成为他这本游记最突出的语言风格，当然其中也混杂着幽默，但当这种嘲弄更多地指向他人时，离刻薄也就不远了。我随意从书中选取几句："就在我观察他时，一个穿着黑色绸裙、年纪可能在 50—100 岁之间任何一个岁数的女人离开最近的那张桌子，走到他身边。""毫无疑问，巴林拥有这个世界上最肮脏的国际机场。就算在监狱里我也无法忍受这样的洗手设施。慢腾腾的风扇挂在一塌糊涂的棚屋墙上，连苍蝇都懒得动一动。""假如这群老年人穿着适合自己年龄段的衣服，他们就会消失，成为城市背景的一部分，但是在夏威夷，成千上万六七十岁的老人穿成各种奇怪的样子，这更让我感到压抑。"

《惊异之城》对于各种赌博方式以及赌场中的各色人等，都有细致传神的描述，对于闻名世界的香港黑帮和芝加哥黑帮也有较为详尽的介绍。同时，弗莱明本人超级畅销书作家的身份，以及《星期日泰晤士报》本身的影响力，使他得以采访各地的一些精英人物。比如在澳门，他拜访了黄金大王罗保博士；在洛杉矶和芝加哥，他采访了《花花公子》总部和知名的犯罪新闻记者；在日内瓦，他到卓别林家做客。这些都保证了《惊异之城》在追逐新奇感方面有其过人之处。我想这既是弗莱明自己的兴趣所在，也吻合媒体对于稿件的要求。对媒体而言，内容本身的特异性（独家或新奇）永远优于文字风格。换句话说，只要内容足够夯实，文字做到清晰流畅就够了。

显然，《惊异之城》幽默贬损兼备、有时又非常生动的文风，早就超过了媒体对文字的一般要求，也就是说，弗莱明提供给《星期日泰晤士报》的游记是十足的优秀稿件——从媒体的视角而言。问题是，和上文谈到的旅行文学过多的人物一样，过于扎实的内容，也使得整个文本过于拥挤。没错，这正是媒体报道的特点。媒体对于"事实"本身有一种可怕的饥饿感，它不能忍受作者陷入玄思——哪怕发一会呆也不可以。如此，留给文字自身表现的空间就愈发逼仄，而文学自然就被挤出报章那过于紧凑的版面了。

作为纯文学热爱者，我对《惊异之城》可能有些苛求了，拿托马斯·曼的小说和霍夫曼斯塔尔的散文与《惊异之城》相比多少有些怪异。我虽然对各种赌博毫无兴趣，但并不妨碍更多的人对赌博持有盎然的热情，而且弗莱明完全可以反驳说——我本来就没打算写传世之作，它就是有关旅行的一些浮光掠影的记录而已。就像推理小说的作者也没想要和托尔斯泰去竞争，他们想得更多的可能还是劳伦斯·布洛克或者雷蒙·钱德勒，以及销量和版税。换言之，我根本就不是《惊异之城》的目标读者，喜欢这本书的人肯定大有人在，就像更多的人喜欢邦德小说以及《哈利·波特》或斯蒂芬·金一样。但只要进入文字领域，某种比较就是不可避免的，而且这种比较从根本上讲并不建立在销量和版税的基础上。作为类型文学，推理小说、侦探小说和旅行文学都有其广阔的市场，内部也有高下之分，有些类型小说就是更吸引人，卖得更好，而有些可能会无人问津。但总体而言，类型文学的套路性限制了它可能到达的高度，它对读者过分的体恤，它用刺激和新奇这两个有效噱头牵引读者的自觉意识，都使它不可能像经典文学那样更多聚焦于人性和语言本身。从这个意义上讲，包括旅行文学在内的类型文学只是通俗文学市场上的主力军，但并不肩负精英文化的传承。

《惊异之城》里还有一个引起我特别留意的地方，即每座城市的游记后面附上的所谓"前线情报"——有关这座城市的实用信息，例如最好最舒适或性价比较高的酒店和餐厅推荐。这些说明文和别的旅行手册上此类推荐并无多大差别，唯一的区别是时间。《惊异之城》首版于1963年，当年的读者完全可以手持《惊异之城》按图索骥去寻找那些漂亮的酒店和餐厅，可是半个多世纪之后，这些平实的说明文并不让人意外地沾染上某种特有的伤感气质：九龙半岛上极有殖民风情，房价只有100港币的半岛酒店今在何方？而苏丝黄曾下榻过的六国酒店又在哪里？位于汉堡阿尔斯特胡拱廊的河畔夜总会可还有很多漂亮女孩出没？纽约靠近时代广场的Seven Arts Collee Gallery 酒吧就算还在，金斯堡、凯鲁亚特、柯索等垮掉派作家一定不会再来造访了。

以前看荷兰作家塞斯·诺特博姆的《流浪者旅店》，里面写到他 1998 年去威尼斯旅行时特地带上 1906 年版的旅游指南和 1954 年版的意大利导游手册，曾留下很深的印象，如今看《惊异之城》里这些如废墟般的"前线情报"，多少可以领会诺特博姆的用意了。一种沧海桑田般的感受会自动从这些不同年代的导游手册中升腾起来，所有的开销都变得更加昂贵，而曾经美丽的去处也早已踪影全无，令人徒增喟叹。

最后说一句，在所有我看过的属于严格意义上的旅行文学中，《流浪者旅店》肯定名列最佳之选。诺特博姆在介绍行程、描写途中见闻的同时，难得地保持了一种优雅的文体和语调。与此同时，他对于生死之类大问题的思考，因为置于流徙的背景中而显得格外耀眼。如此说来，旅行文学作为一种类型文学也是有很多可能性的。

文学和纪实的双重魅力

　　《江城》是何伟中国三部曲的第一部，和后来的《甲骨文》《寻路中国》不同，当何伟在 1996 年 8 月一个温暖而清朗的夜晚从重庆乘慢船顺江而下抵达涪陵时，他并不知道有这样一本书在等着他去写。他抱着一个模糊的梦想来到长江边的这座小城，"当时，我确定自己想要成为一名作家，但并不清楚我要写小说还是非虚构类题材"。在《江城》中文版序言里，何伟如是说。没有后方的编辑可以与之讨论选题、讨论写作方向，没有像《纽约客》和《国家地理》这样大名鼎鼎的刊物提供经济上的支持。想想在《寻路中国》中，何伟甚至驱车沿万里长城走了一遭，这对于当年那个在涪陵师专每月领取一千元薪水的外教来说，是绝难想象的事情。

那时的何伟显然更想当小说家，来涪陵的最初几个月，他写了一篇自认为"是我二十几岁时写得比较好的小说"，而在异国的一座小城生活，最初的目的显然是为未来的小说创作积累素材。何伟在整个涪陵期间都勤做笔记，他的口袋里总是带着笔记本，随时记下和中国人交谈的内容、记下他对周围充满好奇的观察，回到公寓，再把笔记本上的每一个字输入电脑。

尽管像《纽约客》等杂志日后赋予何伟很大的自由度，让他能以开放的心态展开驾车之旅——不要预定日程，不要安排访谈，不要限定主题，鼓励他保持某种程度的即兴而为，可是某个宽泛的研究主题仍旧笼罩着中国三部曲的最后一部《寻路中国》，其对中国处于变革中的乡村和工业城镇生活场景的观察可谓一以贯之。这就是媒体写作的特征之一，无论如何他们需要一个可以说得清楚的主题，这无疑使《寻路中国》在结构上更为紧凑，因为削减旁枝而腾出来的空间，给预期的主题拓展留下了空间。

但在写作《江城》时，还没有任何媒体对何伟施加或明或暗的影响。1998 年何伟离开中国，回到美国密西西比州他父母的家，用时四个月写出《江城》。其间，他给美国许多主流媒体寄去求职信，希望获得一份派驻中国做记者的工作，但所有的求职信都泥牛入海。当时何伟的沮丧可想而知，但现在看来，媒体对他的冷落倒是保证了何伟以一种更放松的心态，写下他在涪陵时观察到的点点滴滴。这使他的写作交织着小说和纪实报道的双重魅力。

何伟对于中国见闻观察之细致、描述之生动，相信每一个读者都会深有感触，那确实是何伟作品主要的魅力之源。但是，《江城》中也有不少段落显得颇为空灵，这赋予了《江城》某种阅读上的节奏感，使他的观念变得更为丰富，具有适应复杂事物的特殊弹性。

在第一章，何伟和他的支教同事亚当刚刚到达涪陵，他花了不小的篇幅写涪陵的声音："每天早上，门球场上的声音都会飘进我的公寓，有门球轻轻碰撞的声音，沙地上的脚步声，以及退休教职工们在不紧不慢的玩球过程中柔和的谈笑声。"随后他又写到建筑工地上传来钢钎有规律的叮当声，楼房后面公鸡的啼鸣，响彻校园的起床号，学生们在贯通校园的小路上踉踉跄跄的脚步声，电铃骤响的声音等等。就算是最宽容的媒体编辑，估计也很难容忍记者在一篇报道中花费几千字描绘这种纷乱又日常的声音，可是何伟这样写却显得自然而然，因为他没有什么迫切需要展开的重要事件，也不用担心全书会因为这样的旁枝而变得拖沓，除了"描述在涪陵的所见所闻"这样一个笼统的概念，何伟并不用操心情节、主题等诸如此类的问题。

他几乎是在用一把放大镜观察所有的事物，并给予这些事物同等的关心。他花费不少篇幅细致描述涪陵师专同事对他和亚当的宴请。他写到参加涪陵的一次长跑比赛，写到他如何在课堂上教授英美文学，学生们又是如何排演莎士比亚戏剧，他还写到他是如何向校方指派的两名中文系老师学习汉语的。书的后半部由于何伟汉语的逐步熟练，他开始更多融入涪陵的社区生活之中。他仔细观察这座小城的各色人等——商店服务员、小商贩、教堂神父、农民、银行职员、艺术家、妓女等。所有这些描写都在一种超乎寻常的耐心下进行。老实说，中国读者面对这一众小城人物多少会感觉司空见惯，但何伟初来乍到，加上文化差异，他对一切都有一种新奇感，甚至中国读者会觉得他在不少时候不免有些大惊小怪。可是，随着阅读的继续，你逐渐会被何伟的新奇感所感染，你会为这些小城人物身上发生的事情所感动。

表面上，这种吸引力是由叙述的魅力带来的，但它的基础仍然是一种从日常生活中发现魅力的能力。说到底，这是文字最本质的魅力。

自现代派文学以来，文学就有一种日益被移民作家主导的倾向，西方现代派文学的几位主将庞德、艾略特、乔伊斯都是欧洲大陆的新移民。置身于完全陌生的环境，作家身上的每一个感官细胞都打开了——一阵微风、一片落叶都会引起他们的注意，更别说整个社会生活了。这种外在环境的突然改变显然有助于作家提升文学意义上的观察能力。文学是建立在表达欲望之上的，而新奇感则会推动这种表达欲望的产生。何伟正是在一种全新文化的撞击下，带着好奇和审视的眼光看待涪陵世相的，因而他才会带着巨大的热情去描写一次普通的宴会或一项平平无奇的长跑比赛，并赋予它们奇特的浮雕般的凹凸感。

另一方面，《江城》中自在又强烈的文学性，时常被纪实的冲动所打断，这是因为何伟在涪陵呆了十八个月后，他大学时代写作老师的一封邮件改变了他的写作方向。在《江城》的序言中，何伟记下了这位老师的话："涪陵本身就是故事。涪陵是一本书。我觉得你应该定下心来写一本书，刻不容缓，要么从这个暑假开始，要么等你的两年服务期一结束就开始，就写你自己的故事。"于是，这本有关涪陵的书就由虚构转向了纪实。当何伟回到美国老家专心写作时，诚实再现他在涪陵的所见所闻就成为整本书的基调。

生动细致的描述，中西方文化在各种观念上的冲突，已经为这本书染上浓重的异国情调——在它正面的意义上，而这当然是吸引读者的首要保证。不过，如果我们同何伟一样对那些伟大的小说（他在涪陵师专曾给学生讲述过塞万提斯、狄更斯等）牵肠挂肚的话，我们就不会简单地把他在序言中的一段话视作谦辞。他说："我觉得自己太年轻，对中国又知之甚少——在一个地方生活这么点时间就想勉强用文字来描述，实在显得有点自大和冒失。"

对媒体记者而言，在一个没有"重大新闻事件"发生的小地方待上两年试图写惊世骇俗的报道实在是匪夷所思的事情，没有任何媒体会这样做，即便美国财力雄厚的媒体，能给他们信赖的记者一年半载已算是很奢侈了，《寻路中国》中的三篇深度报道就是在这种情况下写出来的。

如果我们把视野拓展到文学的范畴，就会发现许多有关小城镇的杰作，往往是以作者常年生活的地方为原型，这样的例子可以举出很多。就算何伟不一定知道奈保尔的《米格尔大街》或者萧红的《呼兰河传》，但是对于美国文学中的经典之作——舍伍德·安德森的《小城畸人》（英文原名"俄亥俄州的温斯堡"），以及福克纳花费数十年光阴虚构的约克纳帕塔法县，何伟一定不会陌生，这两个小城的原型分别是舍伍德·安德森的出生地俄亥俄州克莱德镇和福克纳的常年居住地密西西比州奥克斯福镇。在这样的杰作面前，我们就可以理解何伟为何在序言中会写出那段谦辞。

　　当然，这种比较无疑是过分苛求何伟了，他勤奋的工作当得起他获得的那些赞扬，他也知道对某个地方的深入理解必须从学习语言开始。他花费大量笔墨写他学习汉语的过程绝非偶然，因为语言的微妙之处正是文化的微妙之处。何伟勤做笔记，有意识地交往更多涪陵的普通人，结果却给我们留下极其矛盾的印象：一方面文本本身细致入微，另一方面又显得浮光掠影。何伟的描述从头至尾都细致繁复，他扫视他所观察到的一切事物，尽管这扫视的目光耐心又缓慢，但毕竟缺少纵深感。

异国情调容易唤起新奇感，但若要深究事物的本质就不是他所长了。在《江城》中，何伟写了许多人，但真正能给读者留下印象的却很少，因为所有这些人物都是在一个平面上展开的，他们的命运和性格缺少充分的发展。书中最沉重的部分是写到一个名为简奈尔的女生的自杀，但是简奈尔到底是怎样一个女性，我们与何伟都所知甚少，只知道她成绩在班上鹤立鸡群，为人比较孤僻，只是通过同学的转述才得知她是从家乡的一座小桥上一跃而下。何伟的惋惜和伤感溢于言表，但也仅此而已。何伟秉持了他一贯的诚实——他的确就知道这么多。在这里，纪实文学的缺陷显露出来：如果我们仅仅依靠视觉经验对世界加以描述，我们就一定会错过生命中那些更重要的东西，而这些东西如果得不到想象力的支撑，就不可能得到强化，而是淹没在日常琐碎之中，日常也就真的和它预期的那样变得寻常和普通了，而这恰恰又是文学所要对抗的东西。

当然《江城》自有它的价值，就像某个语言版本的《江城》封面上的一行文字所言："如果只读一本关于当代中国的书，就读这本吧。"——没错，那是一种文献的价值。和许多记者追逐大都市里的爆炸性事件以及名人不同，何伟将他的笔触像吸盘一样紧盯在中国内陆小城里的小人物身上，这是别具深意的。我有一个拍纪录片的朋友，他持续拍摄家乡安徽的一个叫大通的小镇上的人和事，二十多年他每年都会抽一段时间去拍摄，哪怕他后来已经定居深圳。多年来，他积累了大量素材，"甚至我跟踪的某个家庭的人都已经去世了"。我还记得数年前他和我说的话："这样的小镇才是了解中国改革进程的绝佳标本，许多人把注意力集中在大都市，他们完全搞错了，中国的大多数人不住在大都市，而是在这样的小镇。"

何伟作为一个外国人，显然具有和我这位朋友完全相同的观念，做到这一点殊为不易。《江城》中的人物大多是极普通的人，何伟对在"文革"中受到摧残的李神父，以及在学校附近开设简陋小吃铺的黄小强一家都着墨很多，把他们视为至交；而他偶尔提到的涪陵市长和几个有钱人，无一例外以讥讽居多。他写了许多学生，笔调虽克制，但还是能感受到他们之间深厚的情谊，十多年过去了，"我现在还跟将近一百个学生保持着联系"。我们可以感觉到这句平淡的话语意味着什么。

纪实作品虽然不像虚构作品那样便于探讨某种形而上的问题，但是在社会学意义上有着它自身的优势，贯穿全书的某种政治视角充分说明了这一点。对 1996 年至 1998 年涪陵任教两年间的重大政治事件——邓小平去世、香港回归，何伟都不吝笔墨给予详细记载，当然他并非直接触及，而是通过记述他所交往的涪陵普通人如何看待这些事件去折射中国人的政治观念。以此为基础，何伟的笔触逐渐扩展到中国人在其他方面观念的变化，比如人口流动问题、女性地位问题、中国人如何看待历史等等。这些普通涪陵人的观念，推而广之就是当代中国人的观念，它们的确如何伟预期的那样具有了典型意义。所有这些观察无疑都带有社会学田野调查的味道，当然，因为何伟良好的文学修养，他的调查混合着细腻的描述和情感，独具一种生气勃勃的魅力。在《江城》中，文学和社会学做到了相互取长补短。

在读到书的中间部分时，何伟几乎一成不变的细致描述让我稍觉窒闷，可书的末尾章节又使我的注意力重新聚焦。因为何伟和他的同伴亚当归期将至，他就此抛开了自己观察当代中国人的使命感——一种朴素的情感掌控了这最后的时光。是啊，无论中国人还是美国人，尽管他们有着相异的观念，但是一种对情谊的依恋，对共同度过一段美好时光的追忆将他们牢固地凝合在一起。

何伟克制又深情地写到学生们眼含泪水在雨中为他送行："飞船驶出了港口。学生们仍旧站在码头上。在他们身后，灰蒙蒙的城市拔地而起，在迷雾中看起来脏乱不堪。跟以往一样，我在江上总是以外人的眼光来看涪陵：宏伟、冷淡、难以理解。难以置信，这个地方两年来竟然是我的家。我不知道什么时候还能见到她，她又会经历怎样的变化。飞船迎着水流，驶向江心。"

最终，一个外来的观察者和他的观察对象之间，在日复一日平平常常的相处中弥平了冰冷的距离。没有比何伟更幸福的观察者了，他的真诚和热情当得起这一份厚礼。

将报道带入沉静的氛围

　　《奇石》有一个副标题——来自东西方的报道，是的，这些报道多半是何伟为他曾经供职的《纽约客》撰写的。当初何伟作为和平队一员在长江边的涪陵师范学院边教书边撰写《江城》时还做着小说梦，那是一种相对自我的写作，没有编辑部的选题策划、事实核对，何伟是自己文字的主人，想写什么就写什么。

　　他可以就一次长跑写上几页，也可以将涪陵各色人等巨细靡遗地描写一番，问题是谁要看这偏僻中国小城里人们的生活呢？何伟结束在涪陵师院两年的教学任务，回到美国密苏里的家乡花一年多时间写出《江城》，但在寻求出版时却颇费了一番周折，几乎所有大出版经纪人都回绝了，"只有年轻的经纪人威廉·克拉克喜欢"，并最终促成何伟和哈珀柯林斯签约。

《奇石》里的报道不存在发表的问题，美国最具号召力的杂志《纽约客》大量的版面在等着何伟。这些来自东西方的报道显然有着清晰的媒体烙印——从选题策划到操作过程到文章长度。和囿于一地的《江城》不同，《奇石》涉及更广泛的内容和主题：有何伟擅长的见微知著式的报道，如《野味》《胡同情缘》《新城姑娘》《奇石》《去西部》等；也有热点新闻报道，如写姚明的《离乡回家》（那时的姚明刚进 NBA 没几年，正在其声誉的顶峰），写埃及革命的《广场上的清真寺》和《阿拉伯之夏》，写北京奥运筹备工作的《最后冲刺》等。

有了世界一线媒体的支持，何伟在进行热点采访时就有了许多便利，他可以顺利采访到姚明，可以采访到中国奥委会副主席何慧娴，也可以采访到埃及穆兄会的发言人奥姆兰，这些都是当年那个在涪陵师院籍籍无名的何伟不可能完成的任务。但也许是看惯了何伟对于小人物的细致描写，当他现身于乔丹赛后发布会现场或者子弹横飞的开罗广场时，作为《江城》和《寻路中国》的读者会有一种奇怪的不适，那是何伟该去的地方吗？

他似乎应该永远待在平淡无奇的小地方，周围永远簇拥着普通的中国人，而他也每每用生花妙笔赋予这些小人物以灵魂。

实事求是地说，这些热点报道和媒体同行相比也是一流的，何伟洗练的文笔和对于细节的敏感依然反映在这些报道中。一般的媒体记者估计不会费心去休斯敦的中国城寻找姚明的理发师，也不会在有关北京奥运筹备工作的报道中突然将笔触转向出租车司机——这位叫杨树林的司机拉着何伟在北京城满世界找在建的奥运体育场馆，最后甚至把何伟拉回了家，请他吃了顿涮羊肉。"那顿饭十分可口，我们对奥运只字未提。"在这类报道中，何伟对顺利采访到的"大人物"处之泰然，当然这是世界一线媒体应有的风范，他轻描淡写地讲述着姚明、乔丹、奥姆兰等人，他的重点依然是在寻找那些有意味的细节。有关姚明的报道是以飞机上坐在姚明后面的一位粉丝结尾的："飞到半途的时候，这个人举起手机，仔细对焦，拍下了姚明的后脑勺。"《广场上的清真寺》则是以位于开罗市中心解放广场东南角的奥马尔麦克莱姆清真寺为观察焦点，以此折射出埃及革命中的众生态。

这些都是优秀的深度新闻报道，但因为已经纳入成熟的媒体运作模式，何伟文字的个性也在其中悄然蜕变。在涪陵师院教书时，何伟梦寐以求做一个小说家，在《奇石》序言中，他也写道："有很多年，我希望做一个小说家。在我看来，这是一份比新闻记者更高级的事业，我热爱文学名著中的语言和作家们的叙事口吻。"随着时间推移，何伟的想法开始发生改变，"非虚构写作跟小说家们的作品一样要求很高"，而"小说家的工作对我而言过于内向了"。这些带有自辩色彩的说辞反映出何伟观念的转变，但他也许没有意识到，《江城》等著作其实更多的受惠于他的作家梦。做一个优秀的非虚构作家固然要求很高，但是在想象力的发掘方面，非虚构作品和小说比，永远有天然的差距。何伟所做的热点报道从采访到写作都很扎实，但还是少了些许早期作品中的空灵，那种意在言外，那种从细微的日常生活中感知时代脉搏震颤的美妙。

媒体就是媒体，追逐热点是它的责任所在，尽管《纽约客》在媒体中已属另类，允许何伟"以自己的方式去描写"。比如，当何伟和家人于 2011 年搬到开罗居住，我们可以想到有关埃及革命的话题何伟一定不会缺席。对于媒体来说，主题的重要性永远优先于报道的技巧，哪怕是《纽约客》这样的媒体。

小说的形式感更强。一篇优秀的小说，其主题完全可能是老生常谈的爱情、死亡、青春、信仰，而故事情节也未见得就一定要离奇曲折。最关键的是，优秀的小说可以在语言的形式感中赋予这些寻常故事和主题以光泽。这看起来简单，却要求作者必须对所写题材有充分透彻的了解，以至于从日复一日的刻板生活中发现新意和震撼。

在《江城》的中文版序言里，何伟写道："在一个地方生活这么点时间就想勉强用文字来描述实在显得有点自大和冒失。"须知何伟在涪陵可是教了两年书的，但他这么说并非谦虚，而是因为他将奈保尔的"米格尔大街"、舍伍德·安德森的"俄亥俄州的温斯堡"，以及福克纳花费数十年光阴虚构的约克纳帕塔法县当作参照物。在这些文学史中的著名地点，这几位大作家度过了自己的整个童年和少年时代——相对来说，何伟两年的"支教"生涯也可以说只是浮光掠影。在此，何伟依然是以一个优秀小说家的标准在要求自己。而对于媒体的深度新闻报道，两年太奢侈了，热点报道追求快速有效，慢半拍很可能黄花菜都凉了，人们的兴趣早就转移到新的热点上。在交稿时间的压力下，记者们只能将重点放在主要事实上——事件发展的主线，主要人物的采访、观点等，这时的少许细节描写只能是一种调味品，不可能喧宾夺主成为观察整个社会、人性的基础——如优秀的小说那样。

何伟在热点报道中一以贯之地寻找有意味的细节，但由于时间、体裁本身的限制，他不可能走得太远，尽管他极力想要挣脱这种限制，甚至在报道奥运场馆建设进度过程中溜到出租车司机家搓了一顿，并且"只字未提奥运"。同样由于时间"仓促"，何伟不可能和采访对象建立起某种信任关系，更别说带有人情味的个人情感了。对那些"大人物"，何伟的笔调基本是冷淡的，采访本身就像例行公事。但对于涪陵，何伟可是动了真情的。在《江城》中文版序言里，何伟写到他回美国后对于涪陵的思恋："夜里，我会梦到涪陵，有时甚至醒来后发现眼里满含泪水，因为我太想念那里了。"对涪陵城里的那些小人物，何伟怀着持久的兴趣和理解，甚至在离开涪陵十年之后，他仍然和教过的一百个学生保持经常性的联系。因为这种情感，何伟描写江城的笔触更加丰沛，而他的观察也渗透到日常生活的肌理中，生动的细节随处可见，而且并不像在热点报道中那样有刻意找寻的痕迹。同理，我们也就明白《奇石》中有关埃及革命的报道《广场上的清真寺》和《阿拉伯之夏》为何在《奇石》中显得平平无奇。在这两篇报道中，何伟也在尽量描写革命中的普通人，但他去埃及时间太短，还没有完全掌握阿拉伯语，他和这些人之间存在着明显的隔阂，这使他笔下的埃及人稍显呆板，和《江城》里那些活灵活现的中国人相去甚远。

《奇石》中最好的报道仍然是那些厚积薄发之作，仍然是以小人物命运为出发点感受时代脉搏之作，仍然是何伟在十年中国漫游中带着好奇和情感发现的普通人的故事。《胡同情缘》写的是北京一条叫小菊儿胡同的变迁故事，那里是何伟在北京的栖身之所。开篇没多久，何伟就写到胡同里小商贩们的叫卖声：卖啤酒的女人嗓门最大，"卖大米的贩子居于高音区，醋贩子则把持着低声部，磨刀匠提供的是打击乐，各种声音叫人气定神闲"。这段描写马上让人想起何伟花了四页篇幅细致描述的涪陵城的各种声音。我曾在有关《江城》的书评中断言，最大度的媒体也不可能让它的记者花费如此篇幅去描写声音。《胡同情缘》里的声音描述尽管只有两页，但还是让我吃惊不小。的确，如何伟所说，《纽约客》给了他很大的发挥空间。当然，这些声音描述本身蕴含着丰富的内容，其中有一个收长头发小贩的叫卖尤其让人忍俊不禁。同时，这样的声音描摹也将报道带入某种沉静的氛围，细致再细致，这种静谧感逐渐从听觉过渡到视觉，使观察之眼深入到事物内部的毛细血管。首先是胡同的外观："2000 年底，作为全市改善卫生设施以支持奥运的一项行动，政府对菊儿胡同口的公共厕所进行了修缮。改变太戏剧化了，仿佛是一道光从奥林匹斯山直接照耀到窄小的巷子，随后留下一座宏伟的建筑。"其后则是对胡同里众生态的描写：卖香烟的王老善王肇新，修自行车的老杨师傅，媒婆彭老师，还有身高徘徊在 1 米 63 和 1 米 64 之间的女音乐教师——何伟被媒婆撺掇着要去相亲的对象。通篇没有所谓的新闻"干货"，都是胡同里的琐事：一次似是而非的相亲，一次不经意的交谈，一次随意的转悠，一次公厕前的烧烤晚会，其间夹杂着对胡同历史的介绍以及政局的变迁。言谈貌似朋友间的闲聊，散淡随意，一种奇特的历史感却从中产生。没错，这条胡同正是构成广袤的中华人民共和国的一个原子，虽然微不足道，却完整地拥有这个国家的沧桑和剧变。

《徒步长城》和《肮脏的游戏》两篇算是人物特写，前者写执着的长城研究者石彬伦，后者写纳吉夫，一个美籍印度人，同样执着地在为尼泊尔乡村建设寻找资金支持。何伟将这两篇放在一起自有深意——两位都是何伟的朋友，前者是何伟在北京的朋友，后者是何伟在和平队里的朋友。在《奇石》报道的一众人物中，这两位显得特别突出，像是从书后探出的两个脑袋。两人都有浓重的理想主义色彩，为自己的理想勇往直前，而他们自身的性格也颇富戏剧性，并将这种戏剧性注入自己的生活。

当然，这些评价，何伟在报道中都是用传神的细节描摹出来的，他很清楚只是将焦点对准人物本身并不能保证写好这个人，而要把人物嵌在具体的时代和事件背景中，人才会有活动的空间，才可能自如地挥动手脚。因为是朋友，何伟很了解他们，对他们的许多想法感同身受，因此在报道中就显得游刃有余，文字也有一种特别的亲和力。在此，何伟运用的仍然是小说创作的金科玉律——写自己熟悉的人。

《海滩峰会》和《桥上风景》属同一路数，大致介于热点报道和小人物特写之间。两篇报道的背景都是新闻热点，但都被何伟"大事化小"，以小视域折射大主题。这让何伟避开了热点新闻让他不适的强光，同时发挥了观察细节的特长。《桥上风景》的背景是朝鲜政局，这是所有西方人关心的事情，可由于严厉的锁国政策，没有西方记者可以顺利进入朝鲜进行采访，没办法，何伟只得来到和朝鲜一江之隔的丹东，尽可能靠近它以感受朝鲜的实际状况。点点滴滴和朝鲜有关的信息何伟都不会放过：丹东宾馆里收到的朝鲜电视台的节目，原本连接丹东和朝鲜新义州的鸭绿江断桥，何伟乘船靠近朝鲜一侧时看到的朝鲜士兵、荒弃的工厂等等。这是新闻写作不得已而为之的"软着陆"，由于主题本身新闻性十足，就算没找到硬核材料，凭借何伟捕捉到的周边细节以及真实气氛，依然足够吸引西方读者。

　　总体而言，《奇石》是一本面向外部世界的观察之书，在序言里，何伟讲到幼时作为社会学家的父亲带着他们兄弟姊妹去参加访谈活动，父亲对所约谈的对象抱有极大热情，这无疑从儿童时代就培养了何伟对外部世界和他人的好奇心。美国著名社会学家米尔斯的名著

《社会学的想象力》，就是讲社会学会赋予人们更多一层从他人的角度观察自身生活的能力，同时以此为起点去更好地了解他人的生活，达成人与人之间的理解。

小说家惯用的戏剧化描述手法契合了社会学的这一本质要求。何伟的家庭背景和教育使他具有了社会学家的观察眼光，而他年轻时代的小说家梦则提供了客观观察的修辞资源。如此，何伟对他人生活带有同情心和理解力的观察自然会结出硕果。

平心而论，《奇石》是何伟为了谋生的工作总结，尽管《纽约客》提供了比其他记者更大的空间和尺度任其发挥，其中也不乏精彩之作，但是，最代表何伟成就的仍然是中国三部曲——《江城》《甲骨文》《寻路中国》。

刷新第三帝国的历史与记忆

　　英国学者理查德·埃文斯所著《历史与记忆中的第三帝国》，是一部 21 世纪以来有关德国第三帝国最新历史著作的书评集，"以对第三帝国某些方面的新研究为起点，进行更大范围的思考"。

　　全书 28 章，几乎每章都是以一本有关第三帝国某个侧面展开的研究专著为评述对象。比如第一章《种族灭绝蓝图》评论的是赫尔穆特·布莱的著作《1894—1914 年德国统治下的西南非洲》，第二章《想象帝国》评论的是谢莉·巴拉诺夫斯基 2010 年出版的《纳粹帝国》，第三章《1918 年战败》是对戴维·史蒂文森的著作《背水一战》的评论，第四章评论的是舒拉米特·沃尔科夫的著作《瓦尔特·拉特瑙：魏玛共和国陨落的政治家》，第五章《20 世纪 20 年代的柏林》评论的是托马斯·弗里德里希的著作《希特勒的柏林》，第八章《人民共同体》评论的是格茨·阿利的著作《希特勒的受益人》，第九章《希特勒有病吗?》是对奥地利精神病学家雷德利希 1998 年出版的《希特勒：对一个破坏性先知的诊断》一书的评论……

我想不用再列举下去了，《历史与记忆中的第三帝国》所评论的二十几本有关第三帝国的最新研究著作，无一例外对于中国读者都很陌生，在我的印象中好像没有任何一本曾经翻译成中文。仅这一点而言，这本书对于中国读者的意义是不言而喻的。它打开了许多扇观察一个我们貌似熟悉的历史阶段的窗户，我们立刻发现，之前获得的相关知识要么过于粗疏，要么经不起推敲，在埃文斯充满思辨的笔触下逐渐变得破绽百出。

任何历史事实都不是孤立存在的，同样，第三帝国也不是一个突兀的存在。《历史与记忆中的第三帝国》第一部分"共和国与帝国"，聚焦于第三帝国史前史，试图在杂乱的线索中找寻第三帝国得以出现的那些影响性因素。第一章《种族灭绝蓝图》讲述了德国人在 1904 年至 1907 年间对纳米比亚（德国殖民地）赫雷罗人和纳马人部落发动的骇人听闻的战争。故事并不复杂，20世纪初，德国殖民政府侵占土地的步伐不断加快，德国农场主因此遭到袭击，大约150名德国移民者被杀害。于是，德国从柏林派遣了一支一万四千人的军队前往镇压，其统帅特罗塔将军作风强硬血腥，他在击败一支赫雷罗人的军队后宣称：在德国边境内发现的任何赫雷罗人，不管是武装人员还是平民百姓，一律处死。妇女和儿童则被赶进沙漠活活饿死。鉴于特罗塔的种族信念，毫无疑问，这就是后来人们所称的种族灭绝。

在这个问题上，德国皇帝的德国和希特勒的德国存在延续性的问题。自然，许多殖民政府的统治都堪称残暴，动辄以大屠杀来镇压起义，但只有德国人采用了集中营这种形式并创造了这种称谓，其目的在于既要强制在押人员劳动，又要将他们毁灭。这无疑启发了纳粹"通过劳动来毁灭"的思想，并为1942年纳粹在考虑解决犹太人的所谓最终方案时，提供了一个现成的可以借鉴的方式。当然，两者也有差别：当特罗塔在纳米比亚抡起屠刀时，德国国内批评声四起，当时的德国总理比洛以及社会民主党和天主教中央党的政客们都直言不讳地予以谴责；而纳粹对犹太人的屠杀是在纳粹最高层的认可和安排下统一进行的。当然这也不难理解，在纳粹上台数年之内，他们用各种方式的暴力已经把异议的声音清除殆尽，到1942年在第三帝国高层已不可能存在多元化的声音。

从某种角度看，第二次世界大战是第一次世界大战的延续，那么，分析德国1918年的战败对于理解前者的发生就有着特别的意义。对于1918年的许多德国人来说，他们对德国的战败求和感到费解，因为仅仅几个月前的1918年春天，德国似乎胜券在握。

早在1917年初，德国人决定发起无限制潜艇战，德国潜艇每个月击沉向英国运送给养的船只总吨位50多万吨。协约国军队厌倦了战争，法国军队到处发生兵变，这足以说明他们的士气有多低落。最重要的是，十月革命和沙皇军队的瓦解使俄国退出了战争，德国得已重新部署军队。到1918年4月，德军在西线的兵力从325万增加到400多万。德国发起的春季攻势使英法军队后撤80公里。可是几个月后，德国领导人却开始求和了。

埃文斯在书中列举了五个原因：一是协约国在军事

情报方面逐渐占据优势，可以有效破解德军的无线电信息；二是协约国即将在空战中获胜；三是在毒气战方面，力量平衡被打破，英军研制出一种有效的防毒面具，还研制出快速的莱文式毒气发射炮，而德军的防毒面具无法抵御这种武器的进攻；四是在坦克战方面德军全面处于劣势，数量远远落后于英法军队；五是在经济能力方面，协约国后劲十足，而德国已经捉襟见肘，粮食供应出现问题，据估算，有 50 多万德国平民死于营养不良等疾病。

这些因素都决定了德国在一战中必然落败的命运，但是不少德国人——希特勒就是其中一位——并不这么认为，他们固执地以为：德国根本没被打败，德军实际上取得了胜利，却在国内被犹太革命分子从背后捅了刀子。遭到叛徒煽动的罢工破坏并最终毁掉了主战派的努力，以至于希特勒在《我的奋斗》中宣称："与犹太人不可能达成和解，只能是你死我活。"协约国不彻底的胜利以及德国内部弥漫的不服气情绪都为第二次世界大战的爆发埋下伏笔，而认为犹太人在背后捅刀子的想法则让整个德国社会的反犹情绪更加高涨。

《历史与记忆中的第三帝国》是对史学界有关第三

帝国最新研究成果的再评论，书中大量新鲜的材料和新鲜的视角自是不在话下，但我对第六章《社会局外人》和第七章《胁迫与同意》最有兴趣，而这两章恰恰是埃文斯自己的原创性研究，这也说明他在有关第三帝国历史研究中所处的独特位置。

在"二战"后的很长一段时间里，研究者和普通读者都被纳粹对犹太人血腥的灭绝政策及其实践所震惊，只是最近这十几年，随着许多有关第三帝国局外人的文献被披露，人们终于意识到，在纳粹统治下的第三帝国，有很多群体都是被遗忘的受害者，历史学家以前很少研究他们的命运。

纳粹对许多群体都采取仇恨和毁灭的政策，毫无疑问，犹太人是这些政策最主要的受害者，但还有其他群体也是受害者，比如吉卜赛人、同性恋者、智障者、肢体残疾者、惯犯、不合群的人、无家可归者、流浪汉、斯拉夫人和其他被德国统治的民族。德国的反犹文献可谓浩如烟海，可有关纳粹对其他少数群体迫害的深远历史背景，人们几乎只字未提。埃文斯就这个主题的研究应该说具有开创意义。

对 20 世纪造成深重伤害的社会达尔文主义，是因为 1859 年达尔文的名著《物种起源》的发表而获得命名的，但是其思想溯源却要早得多。据埃文斯的研究，近代早期德国社会就存在着包罗广泛的所谓可耻群体，主要是指那些从事与肮脏或污染物质接触的行业的人。随着启蒙理性逐渐替代了基督教的行为准则，德国社会的可耻群体有缩小趋势。1731 年，神圣罗马帝国正式宣布，剥皮人、屠夫和刽子手以外的所有行业都是荣誉行业。普鲁士国王弗里德里希二世于 1775 年废除了驱赶和消灭吉卜赛人的政策，转而努力促使他们融入社会。但总体而言，社会局外人的地位在 18 世纪的德国没有得到普遍提高，而且通过采用某种标准对社会局外人进行重新调查、隔离和污名化，这与当时英国和法国的情况相似。直到 19 世纪末，情况才出现显著变化。优生学、种族卫生的理论，在意大利、法国、美国的影响力不断增强，从 19 世纪 90 年代开始，它们在德国知识分子中间引起了特殊的共鸣。诸如龙勃罗梭、李斯特等犯罪学家、精神病学家有关人种退化的理论开始在德国引起广泛重视。一战前夕，优生学和种族卫生等语言已经被德国刑事律师、国家检察官、刑法官员和社会评论家广泛使用。在魏玛共和国时期，种族卫生成为独立的学科，1923 年慕尼黑大学创立了该学科的第一个教席，在接下来的 9 年里，德国大学共开设了不下 40 门有关该学科的课程。

正是基于这样的思想基础，纳粹毫无障碍地实施了种族卫生政策，反对犹太人与非犹太人通婚和发生性关系，强迫多达 40 万名"劣等遗传"的德国人做了绝育手术。应该说，种族主义、社会达尔文主义和人种改良思想在 19、20 世纪之交的喷发是一个世界性的现象，但只有在德国，它才顺利进入司法、行政和社会管理领域，这些领域的思想和实践又被医疗化，并在魏玛共和国期间被政治化，这一切使德国走上了灾难性道路，致使其对反常人群进行无限期监禁、绝育以及最终的大规模灭绝。而且德国的屠杀并不是从犹太人开始的，而是在 1939 年从智力障碍和肢体伤残的人开始的。

因此，从宏观角度看，纳粹德国对社会局外人采取的禁闭、绝育乃至灭绝措施，是从 1890 年到 1940 年这半个世纪现代社会的政治宣传和科学进步的产物。从这个意义上看，埃文斯对德国社会局外人的历史研究和鲍曼《现代性与大屠杀》一书对于现代性黑暗面的控诉达成了某种默契，也就是说，科学并不天然具有正面的含义，现代性在改善人们日常生活的同时，也蕴含着可怕的破坏性力量，而纳粹的大屠杀则将这种破坏性以触目惊心的方式予以展示。

第七章《胁迫与同意》主要探讨纳粹政权的独裁性质。在"二战"结束之后的数十年里，人们形成了一个普遍的共识，即纳粹德国是一个警察国家，监视和控制机构无所不在，公民个人没有多少思想和行动自由。但是从20世纪60年代开始，新一代历史学家开始探索第三帝国统治体系的内在矛盾和不稳定性。这类研究含蓄地指出，德国人有相对的自由，普通德国人与纳粹政权的关系中有自愿的成分。在这发光面，左翼德国历史学家格茨·阿利做出了最具影响力的断言："第三帝国不是一个靠武力维持的独裁政府"，而是一个广受欢迎的政权，从一开始人们就有支持该政权的广泛共识，"元首的统治和人民的意见之间有无保留的一致"。在一些德国历史学家看来，承认这种一致性是承担集体罪责的基础，而集体罪责是德国统一之后的民族认同中最为重要的融合因素。总体而言，似乎已经出现了一种新的共识，即第三帝国是"合民意的独裁政权"，一些德国和德国以外的历史学家近年都在普遍使用这一概念。

针对史学界这一颇为流行的观点，埃文斯雄辩地做了批驳。他指出纳粹获得政权并不合法，希特勒立法权的主要法律基础《授权法案》是非法通过的，因为国会议长戈林违反了法律，拒绝将缺席但合法当选的共产党代表算入总数，这样赞成票才能达到所需的三分之二以上。而且在纳粹获得政权过程中，以冲锋队为代表的纳粹暴力起到了至关重要的作用，他们针对共产党和社会民主党发起了成千上万起街头暴力事件。1933 年 6 月 21 日，社民党被取缔后，其三千名主要成员立刻遭到逮捕、殴打和折磨，还有许多惨遭杀害。埃文斯在书中列举了一系列具体事例。比如对民族党议会领袖欧博福仁的杀害，而在"长刀之夜"，希特勒不仅清除了冲锋队的领袖罗姆，也打击了保守的右翼政党，杀害了副总理帕彭的秘书和演讲撰稿人。

纳粹政权是广受德国民众欢迎的独裁政权吗？大量史料给出了否定答案。比如，在兴登堡 1934 年去世后举行的任命希特勒为国家元首的公民投票以及 1938 年举行的兼并奥地利的投票等场合，成群的冲锋队员将选民在家里团团围住，然后押到投票站。在投票站，选民往往被迫公开投票，谁投反对票谁就是反对希特勒，根据叛逆法，就是犯罪行为。据报道，在有些地区，有太多反对票和被毁坏的选票被换成伪装的支持选票，结果，支持票数比实际的选民人数还多。

这许许多多的例子表明，从一开始德国国家社会主义从理论到实践就都是绝对的极权。事实上，在某些层面及某种程度上，恐怖是针对绝大多数德国人的。埃文斯指出，如果不认清这一点，便不可能理解纳粹对所征服地区人民，尤其是对东南欧人民和欧洲大陆整个沦陷区的犹太人所实施的恐怖行为。

在历史研究中，"弑父"情节是一种基本的冲动，每一代历史学家都试图让自己的研究展现出某种新意。这种有时清晰有时仅仅隐藏在潜意识里的想法，使他们很自然地对上一代历史学家的研究成果多了一层审视和怀疑的目光，而历史事实本身的丰富性（至少是阐释的丰富性和歧义性）则支持了这种怀疑——历史学家们似乎总能为自己刻意求新的观点找到佐证。也许正是在此意义上，我们才能更好地理解克罗齐的那句名言——"一切历史都是当代史"。埃文斯对于纳粹政权独裁性质的研究恰好可以作为这句话的一个形象注解，它反映出埃文斯这一代历史学家对于当代欧洲正在兴起的右翼势力的警觉。自然，埃文斯的研究是扎实的、有说服力的，他的研究的出发点显然也是基于一种道德感。

《历史与记忆中的第三帝国》因为是评论合集，自然没有通常以叙事为主体的历史著作那样的流畅感。事实上，书中评论的不少书籍多是选取一个较小的入口（比如有关魏玛共和国外交部长拉特瑙的传记，以及对于德国20世纪中期活跃的文化赞助者特普费尔和纳粹关系的研究等），这当然是研究得以深入的一种有效途径，但也因此缺少一种恢宏的历史感和勃勃生机，当读者被带入极其复杂的次要历史事实，不免会生出些许厌倦感。

因此，在将这些书评编撰成书时，埃文斯已经在想方设法赋予它们某种秩序感，比如把全部二十八篇文章按照主题分为七个部分——《共和国与帝国》《纳粹德国内部》《纳粹的经济》《外交政策》《胜利与失败》《种族灭绝政策》《余波》，但是书评写作本质上有一种被动的特征，它的起因往往是某本书的出版，它的评论高度也往往依赖于评论对象提供的可能性。

埃文斯的书评写作充分利用了这种可能性。首先，他的历史眼光使他可以从汗牛充栋般的第三帝国著述中找到那些最有评论价值的书籍，而在具体的评书中，他还利用书评写作以思辨和分析见长的特点。比如有关拉特瑙和特普费尔这两篇文章，埃文斯就充分尊重并展示了历史人物本身的复杂性。他这样评论拉特瑙："至此，他已四面树敌：左派、右派、商人、工人阶级、犹太人、反犹分子。1919 年，他在《德国皇帝》上发表了一篇短文，不仅疏远了退位君主的支持者，也开罪了贵族和中产阶级的代言人。"在有关特普费尔的文章中，埃文斯回顾了前者跌宕起伏的一生，包括特普费尔被纳粹逮捕以及获释的经过，他在驻巴黎的德国武装部队反间谍机构阿波维尔的任职及离任，他被英国占领当局关押的两年，并被归类为纳粹的"同路人"（埃文斯在这个词后面特别加以注明——非常合理）。

埃文斯对于历史复杂性的尊重，使他的某些文章显得冗长和缠绕，但我们也必须注意到，这是呈现道德复杂性的必由之路——作为真相的历史事实是无法被简化的。简化的政治口号确实可以有效地鼓动人心，但那是宣传而不是历史。

书中第五部分《胜利与失败》从几个不同侧面评述了纳粹失败的原因，比如纳粹被在西线的速胜冲昏了头脑，同时苏联红军在和芬兰的战争中表现出来的无能使纳粹过于轻敌。埃文斯还一再强调经济实力在拉锯战中的重要性甚至决定性作用，他特别引用了德国元帅隆美尔在输掉北非战役后的感慨："这是由英美雄厚的物质基础决定的。"但是，这几篇文章恰恰是全书中最没新意的。从宏观角度探讨纳粹战败的书籍太多了，想推陈出新谈何容易！

书中其他文章，如《希特勒有病吗?》《阿道夫和爱娃》评述了希特勒的私生活——希特勒的身体状况以及他和情人爱娃的关系。老实说，这已经有点堕入八卦的边缘了。但是如果考虑到有一种意见是将纳粹所犯下的骇人听闻的暴行归咎于希特勒本人变态的心理上，那么对于希特勒身体状况的某种澄清也就是对于纳粹罪行部分"免责条款"的剔除——希特勒是在身体完全健康的状态下发布那些残暴、血腥的指令的。如此，这貌似八卦的几章也具备了贯穿全书的庄重气质。

说到底，这是一位严肃的历史学家的著作，埃文斯对于第三帝国方方面面的考察，总能迂回到"道德感"这一最重要的支点上。反过来，这也使全书稍显散乱的结构有了一种隐蔽的秩序。

让历史真相从迷雾中浮现

　　作为年代四部曲——《革命的年代》《资本的年代》
《帝国的年代》《极端的年代》——的作者，霍布斯鲍姆
关于历史的沉思必定会引起高度关注。这四部曲虽然出
版年月距今不算远（最后一部出版于 1994 年），但已迅
速跻身历史学经典之列，在系统描述当代世界如何形成
方面几乎是无与伦比的。年代四部曲有一种贯穿始终的
内在节奏，在清晰明快的叙述风格下，又不乏冷静辛辣
的分析和论断。四部曲涵盖从法国大革命到 1991 年整
个人类的历史，视野恢宏，对不同地域差异的观察入木
三分。

　　在历史叙述占主导地位的四部曲中，霍布斯鲍姆也
在不断展现他在抽象分析方面的杰出才能，但这些分析

和判断毕竟是基于某些基本的史实或事件的，而只有在《论历史》这本书中，我们才能正面了解这位著名的马克思主义历史学家那深湛的历史观。这就像我们在欣赏了某位球星在球场上令人眼花缭乱的盘球过人、惊世骇俗的射门之后，在休息室里听取这位球星以从容的声调讲述刚才在场上的心得体会。也许没有比赛时那种直接的魅力，但理论永远是行动的先导，在历史研究方面尤其如此，很难想象一个历史观保守平庸的历史学家仅凭漂亮的修辞和史料就能写好历史。

《论历史》并不是一部结构完善的专著，尽管全书分为 21 章，但是每章之间并没有明显的逻辑关系。事实上，这本书是霍布斯鲍姆在 80 高龄时编纂的一部论文集，由不同时期发表的 21 篇文章、书评和演讲稿构成。最早的两篇《过去感》《从社会史到社会的历史》发表于 1970 年，最晚的两篇《耐人寻味的欧洲史》《我们能为俄国十月革命史下定论了吗?》发表于 1996 年，其时霍布斯鲍姆已近耄耋之年。也就是说，《论历史》里的文章多是霍氏在学术生涯中晚期因为某个机缘——评论某本书或参加某个研讨会或受邀某个讲座——而写的。一般而言，各领域中形形色色的评论，本质上都要有"受邀而作"这个外部机缘才会显得自然，因为再美妙的历史意识都必须运用在历史书写的"球场"上，而通常也只有在这样的场合，所谓的概念和方法论才能名副其实地发挥作用，不至于显得自恋和夸夸其谈。但是，正如霍布斯鲍姆在《论历史》前言中所言："目前的潮流却倾向于从概念和方法论上提出历史问题。"而他则将《论历史》这本书视作对他并不那么喜欢的潮流的一种回应，用他自己的话说，"正当崇尚和平的历史学家泰然自得地在肥美的史料牧地上低头咀嚼，或反刍着其他人的出版物时，其他领域的理论家却已经不知不觉地围了上来"。

观念的交锋是这个时代的特色，也悖论地反映出这个时代思想上本质的孱弱。霍布斯鲍姆对此虽然并不热衷，但当他去应战时，他的表现也毫不含糊，并借助这个纯粹思辨的平台，对他一直关心的诸多历史问题展开精彩论述。首先，霍布斯鲍姆关心的是社会与政治两方面对于历史的运用和滥用。而在这个问题的背后，则是对于"历史真相"一以贯之的追寻，哪怕霍布斯鲍姆深知二十世纪下半叶以来逐渐流行的相对主义思潮正在以花样百出的名目蚕食着历史真相。按他自己的说法，

"我认为如果不区别什么是及什么不是，那么历史就不存在了"。换言之，历史真相对于霍布斯鲍姆是确凿存在的，至少这是他从事历史研究的信念所在和出发点。

《论历史》排在前面的三篇文章——《在历史之外与在历史之中》《过去感》《关于当代社会，历史能告诉我们什么?》——正是集中探讨这一问题的。讲到这个问题，必然要触及克罗齐的名言："一切历史都是当代史。"如果说克罗齐的这句话是对历史研究某种本质的精彩概括，那么霍布斯鲍姆则以其特有的韧性力争往前再走一步，试图挣脱社会和政治时时刻刻绑在历史学家身上的锁链。他敏锐地意识到："历史作为一种民族主义者和种族主义者或基本教义派会加以运用的原始材料，就如同罂粟乃是海洛因的原料一样。"问题是，历史在本质上经常无法合乎现在的需要，因为当代政治想要合理化的现象，并非来自古代，也非来自永恒，而是一种历史的新事物。这样一种强烈的现实政治需求和历史材料的脱节，导致的后果就是现实政治对于历史的扭曲，然后用半真半假的所谓"史实"来给自己的政治主张背书，这就是霍布斯鲍姆所批判的政治对于历史的

"滥用"。

另一方面，二十世纪下半叶，后现代思潮在西方大学兴起，特别是在文学系和人类学系，并最终对历史研究造成冲击。后现代思潮归根结底是一种价值相对主义在现代的显现，它暗示所有貌似客观存在的"事实"，只是人的主观愿望构建出来的。简言之，事实与虚构之间并没有明显的不同。这种思潮的出发点也许是基于对"父辈思潮"的反动——一种在各个文化领域广泛存在的弑父情结，但客观上它也有意无意地暗合了现实政治的需要，助长了政治对于历史的滥用。和时髦的后现代思潮针锋相对，霍布斯鲍姆强调"具备区分事实与虚构的能力，乃是基本中的基本"。否则，历史学家的研究很可能变成一个制造炸弹的工厂，而现实政治中各种极端组织就将在这样的工厂中将化学肥料变成炸弹。

许多现实政治诉求都是建立在被扭曲的史实上的，例子不胜枚举：印度和巴基斯坦从各自利益出发对历史进行"修缮"；以色列建国以来不断从民族主义和犹太复国运动的观点来撰写以色列史；希腊民族主义者反对马其顿独立为一个国家，他们认为所有马其顿人都是希腊人，而事实是公元前四世纪时，希腊并不是一个民族国家，也不是单一的政体，马其顿帝国和希腊完全无关。对历史的滥用有时并不遥远，只要稍加留意，就可以发现这种滥用在我们身边无处不在。

关于对历史的滥用，胡适也曾有过精彩论述，他在介绍詹姆士的实在论哲学思想时说的一段话，和霍布斯鲍姆的论述有异曲同工之妙："实在是我们自己改造过的实在，这个实在里面含有无数人造的分子，实在是一个很服从的女孩子，她百依百顺地由我们替她涂抹起来，装扮起来，好比一块大理石到了我们手里，由我们雕成什么像。"霍布斯鲍姆的可贵之处在于，对于这种日益流行的以非理性目的系统扭曲历史的潮流决不妥协。"历史要是成为鼓动人心的意识形态，它就自然而然成为自我褒扬的神话了。"这时，所谓历史反而成为掩盖真相的眼罩，将人们蒙蔽在意识形态的迷雾中。对此，在《关于当代社会，历史能告诉我们什么?》一文末尾，霍布斯鲍姆给出了自己简洁又坚定的回答："将这块眼罩拿掉，是历史学家的任务；若是做不到，至少偶尔将它轻轻掀起。"

如果说《论历史》前几篇文章从道德层面厘清并驱

散了笼罩在历史学上空形形色色的意识形态迷雾，那么文集中间的《马克思给了历史学家什么?》《马克思与历史学》《所有人都拥有历史》等几篇文章则将整本书带入霍布斯鲍姆最关心的议题——马克思主义和历史学的关系。作为西方当代最著名的马克思主义历史学家，无论在学术还是个人生活上，马克思主义都给霍布斯鲍姆打下了深深的烙印。

霍布斯鲍姆 19 岁（1936 年）即加入英国共产党，马克思主义一整套的方法论和历史观已经浸入他的骨髓。在世俗生活中，无论历史如何变迁，他始终认为自己是一个"不悔改的共产主义者"。20 世纪 50 年代中期，赫鲁晓夫在苏共二十大上的反斯大林秘密报告引发东欧政局动荡，英国共产党人在政治上也都处于集体精神崩溃的边缘，霍布斯鲍姆当时任组长的历史学家党小组除他之外都在 1957 年夏季退党了，其中包括汤普森夫妇、约翰·萨维尔、希尔、萨缪尔等人。对马克思主义，霍布斯鲍姆可以说做到了至死不渝，但质疑之声也不绝于耳，尤其是 1991 年之后，这种质疑变得更加明显。越到后来，霍布斯鲍姆的坚持就越显得孤单。

关于为什么选择一直留在党内，霍布斯鲍姆在晚年出版的自传《趣味横生的时光》中做了正面回应："我不是作为一名年轻的英国人加入共产党的，而是在魏玛共和国解体时作为一名中欧人加入的。我加入它时，成为一名共产党员不仅意味着抗击法西斯主义，而且意味着参加世界革命。我仍然属于第一代共产党人的最后一批。对于第一代共产党人来说，十月革命是政治宇宙的北斗星。……对于从这段历史中走过来的人以及确实走过这段历史的我来说，与党决裂要比那些后来者或者从别的历史中走过来的人困难得多。"

霍布斯鲍姆语调真诚，他一生的经历也在印证着这份真诚，但毕竟抹不掉字里行间为自己辩护的色彩。换句话说，至少对于霍布斯鲍姆，马克思主义仍然是一种有活力的思想，虽然如今它陷入了低谷，但总有东山再起的一天。无论如何，早期共产党人的道德和理想主义情怀是令人尊重的，霍布斯鲍姆以矢志不渝的坚持，为自己也为他毕生信奉的东西赢得了尊敬。

在具体的学术生涯中，马克思主义更是霍布斯鲍姆最为仰赖的方法论，比如他花费毕生心血撰写的"年代四部曲"，在叙述结构上就是在遵循经典的马克思主义逻辑：每一卷首先叙述相应时期的经济基础，继而是对这一时期政治冲突的描述，接下来全景式描绘社会各个阶级，最后考察文化和理论状况。在《论历史》前言中，霍布斯鲍姆坦言马克思主义对于自己的意义："如果没有马克思，我不会对历史产生特殊的兴趣，日后也不可能成为一个历史学教授，马克思以及青年马克思激进分子的活动，提供了我研究的素材以及写作的灵感。即使我认为马克思的历史取向中有一大部分可以丢到垃圾桶里了，我还是愿意表示我的敬意。"

事实上，由于马克思主义是霍布斯鲍姆观察历史进程的基本视角，马克思主义意识形态可以说浸透在他的每一部著作的每一篇文章中。在《论历史》有关马克思主义与历史学的几篇文章中，他则从理据上为马克思主义进行辩护。在《马克思给了历史学家什么?》一文中，霍布斯鲍姆断言，历史学转变的主要动力来自马克思，"他的影响力毋庸置疑，尽管他自己并不知道他居然有这等成就"。他称道马克思的《1848 年至 1850 年的法兰西阶级斗争》和《路易·波拿巴的雾月十八日》都是"非凡之作"，而完成于 1857 年到 1858 年间，直到 20世纪三四十年代才公开的《政治经济学批判大纲》则是马克思对历史所呈现的"最成熟的思考结果"。马克思的影响特别表现在将历史学成功转型为社会科学，他的优点则在于他同时考虑了"社会结构的存在以及历史性"。

20世纪历史学对于经济与社会史的侧重和挖掘，尽管法国年鉴学派从另外的途径也将自己的地盘推进到这两个领域，但霍布斯鲍姆显然认为在这一转变中，马克思主义提供了最重要的推动力。在霍布斯鲍姆看来，正是马克思特别强调了观念世界、情感世界与经济基础有着本质上的联系。马克思主义对历史学的第二个贡献则是观念领域中所呈现出来的阶级结构、权威、统治者和被统治者的利益冲突与相互关系。

在探讨有关英国史学和年鉴学派关系的一篇文章中，霍布斯鲍姆特别提到另一位杰出的马克思主义历史学家汤普森写作《英国工人阶级的形成》一书的基本动机——要将织袜工与农夫从近代历史学家的优越感（他们认为自己想得更多更好，而且更有逻辑）中解放出来。这种在左派历史学家中一度颇为流行的底层视角和强烈的道德意识，在霍布斯鲍姆看来自然也和马克思主义脱不了干系。

在《论历史》一书中，霍布斯鲍姆反复讲过马克思的思想需要扬弃（具体是哪些则没有写明），但是他又表态绝不会放弃马克思的历史唯物论。也就是说，马克思对于史学的贡献主要在于提供了一套有力的方法论，而不必对马克思存在漏洞的文本斤斤计较。在这里，霍布斯鲍姆作为马克思忠实拥趸的偏心有所显现，而他的底气应该还在于和他同辈的英国一代杰出的左派历史学家为历史学做出的扎实贡献。

另一个让人们耐心听取霍布斯鲍姆复杂辩护词的原因，是他显而易见的真诚，应该说这种真诚激发了读者某种程度上的同情心，尽管大部分读者业已丧失对马克思的膜拜情结。霍布斯鲍姆曾在自传里说，十月革命是政治宇宙里的北斗星。当他 1996 年试图在《我们能为俄国十月革命史下定论了吗?》一文中对十月革命重新评价时，自然引起人们的兴趣，但通篇辩护的语调，也许是出自历史学家超越常人的历史观察力，也许仅仅意味着一个历经沧桑的老人对于自己的毕生追求略带固执的守护。

《论历史》最后一篇文章是发表于 1994 年的《自我认同的历史还不够》，文章虽然不长，但霍布斯鲍姆将其置于书末，颇有深意。当他暂时放开固有的"党派意识"，他的文字似乎立刻恢复了经常伴随着他的活力。在这篇文章里，霍布斯鲍姆回到历史真相和历史学家的责任这一主题，和前几篇文章显然有一种呼应关系。在文中，他再次引用他曾在别的文章中多次引用过的法国十九世纪学者勒南的一句话："遗忘，甚至于让历史出错，乃是民族形成的一个本质要素，这也就是为什么历史研究的进步，往往会危害国家认同的缘故。"而霍布斯鲍曼也再次站到进步的历史研究这一边："坚持证据的最高性，以及区别可验证的历史事实与虚构之不同，是历史学家用来表现自己对研究负责的唯一方式。"

当再次重申维护历史真相的尊严之后，霍布斯鲍姆进而提出，谎言其实并不是最危险、最有害的，因为总有后来的历史学家将其本来面目揭示出来。最危险的，在他看来是将某一群人的历史完全孤立于整个脉络之外，从而以真实（某种程度上）的面目制造了另一种"谎言"。霍布斯鲍姆强调对普遍性的追寻——一种恢宏的视野，一种在复杂的社会诸因素间寻找内在联系的能力。在他看来，这还不是忠于历史理想的问题，而是不这样人们就无法了解人类的历史，对于局部历史的了解就势必出现偏差。

这篇文章的最后一段话——也是整本书的最后一段话，很像是一个阅尽世事的老人留给这个纷乱世界的最后遗言，其中隐含着告诫与悲怆，相信读者都能从中感受到某种彻骨的寒意和战栗：

> 遗憾的是，从这个世界到 20 世纪末为止的大部分状况来看，坏历史并不是完全无害的，它是危险的。从明显无害的键盘打出来的字句，其实可能是死亡的字句。

下

辑

卡尔维诺：为经典辩护

一

当我们在书店漫无目的地浏览时，会注意到文学类书架的顶层往往是像《狄更斯文集》《托尔斯泰文集》这样的大部头作品，而另一侧诗歌类书架顶层则是《歌德诗集》或《普希金诗集》，它们一字排开，俯视着你，令你有一种无形的压力，却几乎无力从中抽取一本下来翻阅。当然，这种威严是内在的，通常只在敏感读者的余光里呈现。换句话说，它们中的任何一本也别想捞到机会，像新科诺贝尔文学奖得主的作品那样被摊放在显眼的位置，而这位当代"宠儿"也许正在书页里向那些被束之高阁的先贤们虔诚致敬呢。

那些几乎成为书店背景和装饰的书籍，通常正是我们所说的经典作品。也许由于"经典"这个词所携带的庄重气质，以及它在掠过历史不同时期时带来的复杂文化印记，让普通读者经常有望而生畏之感。许多时候，他们更愿意读当代作品，因为那些作品里有他们熟悉的房子、装束、器具。而大众读者就是被这些表象牵着走的——那里面也有爱情，也有生离死别。

这些年，书店里相继出现了两种被重点介绍的书籍，它们为之辩护的正是经典作品。一本是美国批评家哈罗德·布鲁姆的《西方正典》，一本是意大利作家卡尔维诺的《为什么读经典》。这两本书的出发点都有为"经典"辩护的意思，但比较起来又有所不同。布鲁姆是批评家出身，对于西方当代文化批评学者意识形态"挂帅"的做法义愤填膺，他在西方经典的选取上显然颇费思量，尽可能勾勒出西方文学的主要脉络。作为小说家，卡尔维诺则要超然许多，行文上也没有那么多火药味，他评论的对象相比于布鲁姆，在时间上跨度更大（从荷马到博尔赫斯），在对象的选取上也更随意，明确标明这是"他的"经典作家。

这两本书都极为雄辩，且不乏洞见，可真的落实到"为什么读经典"这一具体问题时，两者的答案都显得过于简明和语焉不详。布鲁姆试图从正面作答（不免显得笨拙和老实）："莎士比亚（代指经典作家）不会使我们变好或变坏，但他可以教导我们如何在自省时听到自我。"卡尔维诺的回答则显出这位作家一贯的轻逸和狡猾："我还真的应该第三次重写这篇文章，免得人们相信之所以一定要读经典是因为它有某种用途。唯一可以列举出来讨他们欢心的理由是，读经典总比不读好。"——几乎等于没说嘛，而文学究其实质不也是如此吗？它给人带来似是而非的快慰，但同时又那么遥不可及。

爱尔兰诗人希尼在《舌头的管辖》一文中对此有过深入阐释："在某种意义上，诗歌的功效等于零——从来没有一首诗阻止过一辆坦克。在另一种意义上，它是无限的。就像在那沙中写字，在他面前，原告和被告皆无话可说，并获得新生。"所谓沙中写字是指《约翰福音》中有关耶稣沙中写字的记载：有人将通奸的妇女送到耶稣面前请他定罪，耶稣只是俯下身在沙地上写字，当他们不断问他，耶稣站起来说，你们中有谁没有罪，就先站出来拿石头打她，然后又继续写字。当耶稣再次起身，原告方已经走了，耶稣对留下来的妇人说，走吧，别再犯罪。卡尔维诺显然会同意希尼的看法——经典文学正是那沙地上留下的字迹，貌似和我们当下的生活毫无关系，却以它自己独有的静默左右着我们的生活。

两相对照，布鲁姆的"经典"多少让人有些压迫感，他过于强调经典作品坚如磐石的地位，实际上是在帮经典的倒忙。如果经典是一个僵死的文学秩序，那它确实需要被颠覆，被推倒重来。而经典本身其实是变动不居的，这一点我们了解一下每部经典作品的确立过程就再清楚不过：我们的古代诗人陶潜、杜甫无不是在身后数百年才确立其经典地位，而英国玄学派诗人约翰·邓恩在英国文学史上的地位也有极为曲折的转变。正如艾略特所言，新的优秀作品可以改变旧有的文学秩序。至于布鲁姆对于经典作品被忽略而愤愤不平，其实大可不必，这就如同要求世上所有人都具有一流的文学品位，那只能是一种良好的愿望。对此，艾略特看得更为平和通透，他说自己的读者每一个年代能有一小群他就很知足了。

从读者角度讲，阅读经典也不像卡尔维诺讲得那么悬，阅读经典至少有一个实在的用处，那就是验证读者自身文学趣味的变化或者说长进。虽然里尔克在《致一位青年诗人的信》中鼓励青年人相信自己的判断，可实事求是地说，没有一个人的文学观念不是慢慢走向成熟的。基于这样的前提，努力去读前人已有定评的经典，就算眼下不一定能完全弄懂，可一旦有所悟即证明你自身的进步。

二

在《为什么读经典》的开篇中，卡尔维诺给经典作品下了十四个似是而非的定义，虽然他把结论导向了虚无（"免得人们相信之所以一定要读经典是因为它们有某种用途"），但这一论证过程确实充满了对经典作品极为细致的辨析。有意思的是，文中有这样一句话："中学和大学都应加强这样一个理念，即任何一本讨论另一本书的书，所说的都永远比不上被讨论的书。"也就是说，卡尔维诺从骨子里并不特别看重这本书。早在1961年他就在一封信中提道："要想将零星、不相干的文章，比如说我的，集结起来的话，那就真得等到作者去世，或至少年纪很大。"

事实上，这本书的确是在卡尔维诺身后出版的，收录的文章也正是那些"零星、不相干的文章"：最早的文章写于1954年（《康拉德的船长》《海明威与我们》），最晚的文章写于卡尔维诺逝世前一年的1984年（《加达：〈梅鲁拉纳大街上的惨案〉》），时间跨度整整三十年。

卡尔维诺评论的书籍也很随意，远不像布鲁姆在写作《西方正典》时那么处心积虑地选择评论对象。《为什么读经典》的评论对象包括古希腊古罗马作品（荷马的《奥德塞》、奥维德的《变形记》），以及和卡尔维诺同时代的博尔赫斯、加达、格诺等作家。而在评论大名鼎鼎的十九世纪小说家时，他选取的并非那些最为人熟知的作品：比如他评论巴尔扎克的《费拉居斯》，而不是《高老头》或《驴皮记》；他评论狄更斯的《我们相互的朋友》，而不是《匹克威克外传》或《荒凉山庄》；他评论福楼拜的《三个故事》，而不是《包法利夫人》；他评论马克·吐温的《败坏了哈德莱堡的人》，而不是《哈克贝里·费恩历险记》。卡尔维诺甚至专门论及色诺芬的历史著作《长征记》、普林尼的《自然史》，以及伽利略的著作。这一切都表明，卡尔维诺没有一个统揽全局的概念，当他打算把这些零散的文章结集时，他想到的最好的方式莫过于将它们集结在"经典"名下，这个含义暧昧的词汇的确具有相当大的包容性。

在评论方式上，卡尔维诺的文章属于典型的作家批评传统——不在意营建批评体系，不沉溺于生硬概念，而是忠实于自己的阅读感受。但和我喜欢的另外一些作家批评家——伍尔夫、普鲁斯特、埃德蒙·威尔逊——相比，他又有着显著的特色。卡尔维诺的这些文章，往往忠实于所评作品的文本本身，不轻易越雷池一步，去涉及作家的生平、逸闻或时代背景。在这一点上，他很像美国那些"新批评"派的批评家，可又不像他们那样着迷于营建普遍适用的批评概念和体系。

如果我们把评论对象比作古堡的话，伍尔夫或埃德蒙·威尔逊不仅会让我们了解这座古堡的结构、装饰以及内在价值，还会顺带让我们了解这座古堡所处的平原的状况，以及笼罩在古堡上空的云层和天色；可是在卡尔维诺那里，这些周边的环境状况是很难知晓的，他会直接把我们引到室内，带我们细察古堡的穹顶和回廊，屋子里精细的摆设以及墙壁上悬挂的油画——当然是以他独有的优雅的方式。他这样写有他信赖的观念支持，那就是对细节的沉迷，"另一种晕眩又袭击了我，这就是细节的细节的细节的晕眩，我被拖进了无限小，或者极微之中"。可是话说回来，这种对于文学内部过分的细察有时也不免让人眼花和走神。从他的评论可以看出，卡尔维诺是一位感受力极强的作家，他常用的器具是刻刀，而不是他喜欢的许多十九世纪小说家手中的斧头。

在《为什么读经典》所评论的对象中，引人瞩目的是许多诗人，这对一位"专业"小说家来说是一件非同寻常的事。这些诗人包括荷马、奥维德、阿里奥斯托、帕斯捷尔纳克、蒙塔莱和蓬热。在其他地方，他还反复讲到但丁和意大利十九世纪最伟大的诗人莱奥帕尔迪，以及在"二十世纪有一个关键位置"的瓦莱里。他甚至用近一万字的篇幅去分析蒙塔莱的一首八行短诗《也许有一天清晨》，兢兢业业得像文学系的研究生。而他对法国二十世纪诗人弗朗索瓦·蓬热的评论，我以为是同类文章中最好的："（蓬热的诗）取材自最不起眼的物件，最日常的动作，试图赋予它新意，摒弃任何习惯性的成见，且不以任何已被用旧的文字机制描述它。"后来在《未来千年文学备忘录》中，卡尔维诺道出了他热爱诗歌的缘由："对于写诗的诗人是这样，对于散文作家也是这样：成功取决于用词、炼字，妥当的表达常常来自灵感的急速闪烁，但规律是寻找恰如其分的词语，寻找每个字都不可更替的句子，寻找字音与概念的最为有效的配合。"综观卡尔维诺的创作，他的确从诗歌那里受益很多，他的一系列小说堪称"富有诗意"，而他晚年创作的《看不见的城市》和《帕洛马尔》则是在蓬热观念刺激下创作的真正诗篇。

1985 年，在卡尔维诺去世那一年的上半年，他全力以赴准备诺顿系列讲演的稿子，并最终完成了预计八次讲演中的五次讲演稿，这些文章后来以《未来千年文学备忘录》之名出版。连同《为什么读经典》，这是卡尔维诺仅有的两部批评性著作。

和《为什么读经典》中的那些文章不同，卡尔维诺是在成为小说大家之后准备诺顿讲演的，而且有着明显的通盘考虑。如果说《为什么读经典》里的每篇文章是卡尔维诺精心造就的据点的话，那么在《备忘录》中他终于把这些点连成了线，成为一个整体，即他所理解的文学的几大要素。在《备忘录》中，卡尔维诺显得更加自信和纵横捭阖，所提及的文学作品都成为他论点的佐证。如果阅读《为什么读经典》会让你稍感疲倦，那正是为了《备忘录》的自由飞翔所做的艰难助跑。晚年的卡尔维诺尽力从各种经典作品中提炼养分，为的正是培育出属于自己的花朵。

詹姆斯·伍德：批评的美学

　　20 世纪以来，英美文学批评的一些大家——诸如瑞恰慈、利维斯、兰塞姆、燕卜逊、特里林、哈罗德·布鲁姆等——主要在高校任教，他们也就方便地被称为学院派批评家。另一方面，英美繁荣的报刊催生了一批主要给媒体撰稿的批评家，比如门肯、埃德蒙·威尔逊、伍尔夫、奥登、桑塔格等，他们主要给诸如《新共和》《大西洋月刊》《党派评论》《泰晤士报文学增刊》《纽约书评》《纽约客》等著名杂志撰稿。

　　两派批评家不同的生活方式，不同的写作受众，都潜移默化地影响到他们各自的批评文本。学院派批评通常追求某种体系，更倾向于对批评内部作用的追根溯源。他们试图搅动藏在文学深处的批评思潮的潜流，几位杰出的学院派批评家的确有一种力透纸背的能量，但更多在学院里谋生的较平庸的批评家则把批评变为寡淡的营生，最初充满生机的文本批评渐渐被刻板僵硬的批评范式所替代。

报刊批评对文学浪潮（或者说图书市场）的变化更为敏感。报刊对于"新闻"的强调，也使报刊批评家更多地将关注点放到当代作家的新书上，并在较短时间内对这些新作做出反应。一般而言，较短的时间不利于写出有深度的批评，但是英美著名报刊较大的篇幅、较高的稿酬以及巨大的影响力，吸引了上述一批杰出的批评家。他们对学院派批评家身上挥之不去的学究气不以为然，他们对建构自身的批评体系不以为意，他们更充分地关注文本本身。如果说学院派批评为凸显自身而对作品形成一种碾压之势，那么报刊批评则更多是一种倾听和理解。这些报刊批评家乐于为有一定文学修养的读者指出一部作品的优异或失败之处，也许他们中某些人的文风是咄咄逼人的，但他们没有试图将自身凌驾于作品之上，他们提供的是某种优雅的"评鉴"。这个词看起来比较谦卑，但批评的本质不正在于比较优劣并提出有说服力的理由吗？因此，报刊批评较低的批评姿态并没

有将他们和简陋画等号，反而是几位杰出的报刊批评家
把报刊批评的各种优点发挥到极致，不仅在公众影响力
方面力压学院派批评家，而且在批评文本上也更加优雅
和富有魅力。

当然，能做到这几点的报刊批评家总是极少数。如
果说学院批评家由于人数众多而显得面目模糊，那么杰
出的报刊批评家则很像单枪匹马的斗士，形象突出却非
常人可以胜任。因此，英美报刊批评看起来像是一种岌
岌可危的传统，时刻面临着后继乏人的危险，直到下一
位耀眼的名字出现，人们才长长舒一口气。

如今，这位令人重新对英美报刊批评刮目相看的批
评家叫詹姆斯·伍德，我手头这本《私货》收录了伍德
写于 2004 年至 2011 年的 25 篇文章，绝大多数发表于
《新共和》《纽约客》和《伦敦书评》。事实上，他的另
外几本影响较大的批评著作《不负责任的自我》《小说
机杼》等也大多是给英美著名报刊撰写的批评文章的结
集。因此，詹姆斯·伍德也就成了典型意义上的英美报
刊批评的新传人。

《私货》中有一篇纪念谁人乐队鼓手基斯·穆恩的
文章，其中提到穆恩作为鼓手的第三条原则"是将尽可

能多的私货塞进每个小节，这给他的表演带来了非凡的多样性。他似乎会同时对所有东西生出触及的渴望"。当伍德写这段话时，他一定想到了自己的书评写作。是啊，批评家不正是借助于批评对象抒发对文学和人生（那些私货）的看法吗？大概因为这个原因，伍德将此篇作为《私货》的开场白，并将篇名作为书名。

最末一篇《给岳父的图书馆打包》则是本书两篇记叙文中的另一篇，是写伍德岳父去世后，他和妻子处理岳父四千册藏书——"在平坦开阔的安大略乡间一栋巨大的维多利亚式的房子里，有大约四千册书，也差不多这样沉睡着"——的经过。和许多批评家的回忆文章一样，此文也充满了"思考"。伍德是一位在西方声誉日隆的职业书评人，自然也是终日和书打交道的读书人，这些思考就多少带上了伍德自己的夫子之道。他这样看图书馆："它们同收藏家具有同样的个性，同时又是对无个人性的知识的理想表达，因为它是普遍的、抽象的，远远地超越了某一个人的人生。"在文章末尾，伍德换了一种方式再次强调这一点："这些书在某种程度上使他更渺小，而非更伟大，就好像他们正在窃窃私语：'一个人的一生，充满着忙碌、短暂、毫无意义的项目，是多么渺小啊。'所有的废墟都在这样说话，但我们奇怪地一直假装书不是废墟，也不是破败的石柱。"

与岳父只是痴迷于阅读和藏书不同，伍德毕竟还是个颇勤奋的书评人，但和巨大的"书籍的废墟"相比，勤奋写作带来的这几本书籍又有何意义呢？面对岳父藏书所产生的一丝虚无感，将全书献给众多作家的更多致敬和少量鞭挞突然带入一种没落的氛围。那么，在伍德看来，这篇文章作为一本书评集的结尾也就顺理成章了。

《私货》二十多篇书评，涵盖了当代西方最有活力的一批小说家——泽巴尔德、石黑一雄、诺曼·拉什、科马克·麦卡锡、亚历山大·黑蒙、奈保尔、玛丽莲·罗宾逊、莉迪亚·戴维斯、麦克尤恩、理查德·耶茨、杰夫·戴尔、保罗·奥斯特、拉斯洛·克劳斯瑙霍尔凯、伊斯梅尔·卡达莱、艾伦·霍林赫斯特、本·勒纳等。显然这是一份华丽的名单，仅从这份名单就能感受到詹姆斯·伍德对于西方当代小说积极的探索，而作为中国读者这也是了解西方当代小说的一枚有效的指南针。

报刊批评作者一般都不在意批评体系的建设，甚或他们可能认为那种批评本身就是误入歧途。作为英美报刊批评当代有力的新传人，伍德也继承了这一重要观念。整本《私货》读完，你很难厘清伍德自己对于小说理解的重点所在，至少你很难提炼出简单明了的提纲。伍德在文章中总是熨帖于小说文本，总是一再强调文笔的重要性。在评论诺曼·拉什时他写道："拉什让爱好文学的读者如此兴奋——而且至今只用一本小说就让他们感到强烈兴奋——原因之一是他非凡的文笔，这种文笔那么美国，只能美国人才会有，就像贝娄的语言一样，杂糅着文雅鄙俗的各种记号，保存在极度不稳定的复合语法里。"后殖民小说《尼德兰》的作者奥尼尔则因为"写着优雅的长句，正式但并不过分考究，讽刺也是搭载抒情准确的隐喻而来"而受到伍德的赞赏。对于《基列家书》作者玛丽莲·罗宾逊的宗教狂热，伍德坦言并不欣赏，但是"我尤其敬佩的，是她语言的精确和抒情力量，以及其中裹挟的争斗——和词语的争斗"。

在《私货》里罕见的一篇以抨击为主的文章中，小说家保罗·奥斯特不幸成为靶子。尽管起先伍德有点言不由衷地恭维奥斯特"有不少值得赞赏之处"，但很快就将批评的火力对准奥斯特"无味的文笔"——"没有任何语义理解上的障碍，没有词汇难度，也没有复杂句法带来的困扰。"还有更尖刻的，伍德批评小说《隐者》的主要叙述者满嘴陈腐套话，"实在令人难以信任，而将这些话安在他身上的作家似乎也并不想说服读者去相信这些话有什么意义"。

从上面这些例子不难看出，对修辞（文笔）的关注始终居于伍德批评的中心位置。在几乎每篇书评里，他都不忘对小说的精彩细节展开细致的评析，所以当我们在伍德评论《战争与和平》的文章中读到"托尔斯泰是如此致力于丰厚的、普通的细节"时，好像找到了解码伍德批评的一把钥匙。他当然知道，细节作为构筑鸿篇巨制的砖石，决定着小说的质地和优劣，那么对于这些细节敏感的剖析也就体现出批评者的高下。

《私货》中这样的例子还很多，我印象较深的是伍德对科马克·麦卡锡和哈代的评论。伍德对科马克·麦卡锡评价甚高，称他为"以文笔华丽闻名的风格大师"，并以激赏的口吻评论了麦卡锡的文风："这本书（指麦卡锡的代表作《路》）里满是短促的陈述句，动词紧贴着它们的对象，形容词和副词几无踪影，插入语和从句谢绝入内。"《路》是所谓后启示录小说里的杰作，描述了未来核战争之后，一对父子在巨大的人类废墟上的游历。最后，父亲死去，而孩子"再次回来，跪在父亲身边，握着父亲冰冷的手，一遍又一遍叫着他的名字"。伍德对最末一句颇为欣赏，显然是小说持续推进的力量最终击中了他，而伍德也以精彩的分析准确传达了这种震撼："这句中压抑着的强烈情感尤其绝妙，除了此处，我们很少在这本小说中看见儿子称父亲'父亲'；这些温柔的词语仅在此时此刻迸发出来，就在小说快要结束的地方，而且也只是平铺直叙。"

在关于哈代的评论中，一开始伍德借助切斯特顿1903年论述勃朗宁的一段话，再次强调"细节可怕的重要性"，并就此展开对哈代"硬度十足"的细节描写的分析：诸如描写打霜的草沙沙作响——"像木头刨花"落在脚边；描写刺人的雨——早上起了风，短短一场阵雨播撒下来，像谷粒似的掷向辛托克农舍的墙壁和窗玻璃。而哈代在《苔丝》中对于奶牛奶头的描述——"它们布满血管的巨大乳房像沙袋一样沉沉地挂着，乳头贴在上面像是吉卜赛瓦罐的腿"——则激起了伍德粉丝般的热情，甚至不惜以贬低亨利·詹姆斯为代价。虽然詹姆斯对哈代颇为不屑，但伍德认为詹姆斯根本写不出如此传神的句子。

伍德对于修辞的强调很容易和二十世纪中叶盛极一时的新批评派混为一谈，但两者其实很不一样。新批评派对于文本近乎偏执般的关注，很大程度上是基于对19世纪以前传记式批评的反动。新批评对于过去批评家总是从作家传记资料中寻找理解作品的途径嗤之以鼻，因而断然与这种业已泛滥的批评方式决裂，走向另一个极端，认为文本本身就蕴含着一个完整自足的世界。因此，新批评对于文本的分析更充分也更具野心，但后来一些平庸的新批评家将这一特点扭曲到牵强附会的地步，而像伍德这样的报刊批评家对于文本则从审美的角度持一种"评鉴"的态度。

更重要的是，报刊批评家并不拒绝作家的传记资料，相反，后者成为前者批评文章的重要组成部分。比如，我们可以看到哈代在1870年遇到艾玛，立刻堕入爱河，旋即展开追求，但因为没有稳定的前景和收入，四年之后哈代才抱得美人归；也可看到奥威尔在伊顿公学度过的还算开心的时光，尽管已经意识到阶级出身带给自己的羞辱；还可看到理查德·耶茨颠沛流离的生活，并且在每一处房间里，"都会有一个写字台，座椅脚边会有一圈儿被碾死的蟑螂，窗帘被烟熏得辨不清颜色"。当然，和以前的传记派批评家不同，伍德（和其他报刊批评家）并没有打算从这些传记资料中寻找破解其作品的灵丹妙药，而是作为一种有价值的资讯介绍给读者。更重要的是，这些传记资料在优雅文风的作用下形成一种氛围，从侧面帮助读者更好的理解作品。

尽管伍德已经不再认同传记资料和作品本身的直接对应关系，但是从"文如其人"的角度，一个作家的整体状况还是和他的作品存在着千丝万缕的曲折联系。从这个角度出发，伍德这样的报刊批评家确实扭转了新批评派滑向极端的势头，而作家与作品隐蔽的联系，又是一个报刊批评家得以施展身手的新阵地。

《私货》里有一篇评论埃德蒙·威尔逊的文章引起我格外的兴趣。因为威尔逊恰恰是英美报刊批评传统中最具影响力的一位，也是我个人非常喜欢的批评家，我很好奇伍德会怎样评论这位大名鼎鼎的前辈。这篇长达三十页的文章，提供了不少新鲜资料，但伍德对威尔逊过于苛刻的语调却让我觉得不舒服。文章一开始，伍德即高度赞扬《三重思想家》《创伤与弓》和《到芬兰车站》这三部出版于 1938 年到 1941 年的书，"必然撑起了美国文学批评高产的最伟大时代，同时也是创作高产的最伟大时代"。但文章对这几部威尔逊的重要作品着墨不多，倒是跳开它们不厌其烦地分析威尔逊最不成功（伍德的判断）的作品《浅析契诃夫》，认为读威尔逊论契诃夫，读者"完全感受不到美之存在，也感受不到这位批评家对此有所虑及"。我没读过《浅析契诃夫》，无从判断伍德观点是否正确，可对于一个著作等身的作家，要从他浩如烟海的作品中挑几件劣作实在是太容易了，在我看来一个作家的地位应该由他最好的作品奠定。随着文章的推进，尽管其间点缀了空洞的赞美，伍德对威尔逊的批评声调却逐渐升高："最令人惊讶的一点也许是，尽管威尔逊声望甚高，但有时，从几篇重要的文章看来，却是一个令人失望的文学评论家。他延伸到研究对象身上的消极感受力——他们的模棱两可，他们的深渊，他们的神经质黑洞——他经常拒绝将这份感受力用到文本本身。"到文章末尾，伍德甚至断定威尔逊许多已经绝版的作品将可能永不再版。

伍德这回显然是看走眼了，就在他完成这篇文章没多久（2007年），威尔逊厚厚的两卷本文集作为著名的美国文库的一种出版了，而就在近年，威尔逊几部重要著作——《阿克塞尔的城堡》《到芬兰车站》《爱国者之血》——的中译本也先后出版，并为他赢得了一批忠实的中国读者。

当然，关于威尔逊，伍德看走眼的地方远远不止于此。我不知道伍德何以如此看轻威尔逊，事实上，他的书评和威尔逊的写作方式很相像——都是为英美著名报刊就图书市场的新近出版物撰写有深度的书评，都同时借重文本分析和传记资料，那么，伍德对威尔逊的苛评很可能是文人相轻或后辈作家对于前辈作家挥之不去的弑父情结？我不知道。但我清楚的是，伍德的批评无论在深度还是魅力上都远不及威尔逊——他应该好好向威尔逊学习才对。

在有关威尔逊文章的最后，伍德抓住威尔逊自诩的"文学记者"的头衔做文章，指出"威尔逊的批评相形之下（和兰德尔·贾雷尔比）道出了文学新闻的局限"。可是，伍德难道没看出威尔逊的这一自诩其实是出自骄傲吗？威尔逊对学院派那种学究气十足的貌似很有深度的批评是瞧不上眼的，他所说的"文学记者"的潜台词其实是指文学批评本质上正是在于对文学作品高下的比较，在于选择和推荐，那种几欲将自身凌驾于所评对象之上的批评，在威尔逊看来不仅造作而且是误入歧途。

《私货》无可置疑地是一本扎实而勤勉的小说批评集，但如果和威尔逊的批评比，它还有明显的差距。伍德的兴趣显得更加集中，他的绝大多数文章都是关于小说的评论，少有越界；而威尔逊的兴趣极为广泛，他的著作也更为驳杂——除了数百篇书评，还包括旅行游记、政治新闻评论、加拿大文学、易洛魁人、海地、死海古卷、美国南北战争时期文学等等。威尔逊那部研究马克思主义思想起源的巨制《到芬兰车站》，很难想象还有哪位文学批评家可以写得出来。威尔逊对于18世纪以来西方社会思潮的精深研究，使他获得了一种别人难以企及的开阔视野，因为具备纵深感十足的洞察力，当代文学的许多小伎俩和小花招不可能在他那里蒙混过关，这使他的批评有一种过人的犀利，赞扬和抨击都可以落到实处，避免了批评文章几乎是固有的空泛。

威尔逊对于文本也很敏感，但在他的文章里对于文笔的分析并不是主流（和伍德不同），就像以赛亚·伯林说过的那样，"威尔逊是一个道德动物"，在文笔、修辞之上还有一个"道德"更让威尔逊牵肠挂肚。自然，完全从道德角度看作品肯定是拙劣的，但建立在敏锐的文体感之上的道德视角则是一流批评家的标志。从这个角度看，伍德的小说批评稍稍流于肤浅，缺乏足够的穿透力，因为他还没有掌握"道德"这把锋利的手术刀。

总体而言，威尔逊激赏一种倡导积极人生的文学，他对文学的"颓废"有一种根深蒂固的厌恶。在《阿克塞尔的城堡》一书中，威尔逊评论诗人兰波的一句话清楚地体现出这一点："如果行动可以和写作相比较的话，兰波的人生似乎比他同代的象征主义作家更为令人满意，比那些后来的象征主义作家更为理想，因为他们只是终日留在家中创作文学作品。"换言之，对于作为一种幻象的语言艺术，威尔逊是持批评态度的。而这句话我们也可以作为答案提供给伍德，因为伍德疑惑于"尽管在大学里他（威尔逊）周围尽是文本分析式的研究，他却从来没有被那种方法所吸引"。其实岂止是"不被吸引"，更准确的表达应该是"蔑视"。

文本分析固然有高下之分，但毕竟是有迹可循的一种批评方法，而威尔逊纵览数个世纪的眼光则是极为罕见的，像他在《阿克塞尔的城堡》结尾处高瞻远瞩式的断语，伍德是决计写不出来的："象征主义对 19 世纪自然主义的反抗到现在已是强弩之末了，而三百年来在客观与主观两极之间的摆荡，现在又回落到客观里去了。"在我看来，这才是纵横捭阖的气度，这才是大批评家的才力之所在。

伍德是纯粹的小说批评家，他极少涉猎人文社科书籍，而且对文学的另一重要门类——诗歌——持一种洁癖般的拒斥。整本《私货》没有一篇关于诗人和诗歌的评论，连提到诗人的地方都极少，我印象中只有两处，一处是在论《战争与和平》文章的末尾，他用以色列诗人阿米亥的诗句做结："活着，诗人耶胡达·阿米亥写道，是同时去造一条船，再建一个码头：'搭好那个码头/在船沉没以后很久很久。'"还有一处，是在论威尔逊的文章中提到过几位诗人的名字："他（指威尔逊）倾向于看轻华兹华斯和雪莱，还会用经典的歌德和但丁作棍棒，用以攻击浪漫主义过度的宗教情结。"

在威尔逊浩如烟海的著作中，有关诗歌的评论比例不高，更多的是小说和人文著作的评论，但是他毕竟在《阿克塞尔的城堡》一书中极为精彩的评论过叶芝、瓦雷里、艾略特和兰波等诗人，甚至最早奠定了这几位大诗人在文学史上的地位。如果我们认同诗歌是语言艺术中最敏感最高级的部分，那么对一位批评家而言，他对诗歌的批评往往最能体现他的批评嗅觉。可是在这方面，伍德完全缺席了，更糟糕的是，这也令我对他的小说批评里基于语言和文本的分析少了一点信任感。

伍德无疑是当代英美报刊批评领域炙手可热的人物，作为该传统新传人的地位坚如磐石。但我们也要看到，批评和小说、诗歌一样，并不是越晚近的批评家越出色，文学里的进化论是根本行不通的。就像伍德评论的那些西方当代小说家不能和威尔逊时代的小说家——菲茨杰拉德、海明威、福克纳、约翰·多斯·帕索斯、纳博科夫——相提并论，作为批评家的伍德和威尔逊也不是一个量级的。

也许，这再次印证了批评作为再生文学的尴尬地位——它的水准很大程度上依附于评论对象的水准。可是，在目前这个显著的文学低潮期，伍德已经是它能贡献出来的最好的批评家之一了。

对于批评，还有一个简单的功利主义的评判标准，就是它的褒扬和贬抑是否具有说服力。在这方面，《私货》做得不错。看完这本书后，我立刻下单购买了耶茨的《革命之路》、莱蒙托夫的《当代英雄》、科马克·麦卡锡的《路》这几本伍德倍加赞赏的书，我打算顺着伍德激赏的语言气流去好好"实地考察"一番。同样，也因为伍德毫不留情的抨击，我把出版社多年前寄赠给我但一直未看的几本奥斯特的小说下架打包，寄给了二手书店。

略萨：小说结构的魔法师

在《给青年小说家的信》第一章《绦虫寓言》中，略萨就写作和荣誉的关系亮出自己的观点，劝诫年轻小说家要将献身文学抱负和求取名利区分开，因为"作家能够获奖、得到公众认可、作品畅销、拥有极高知名度，都有着极其独特的走向"。2010 年，诺贝尔文学奖这一文学世界最大的荣誉，终于迈着独特的舞步找到了这位"受之无愧的作家"。

和诺贝尔文学奖近年得主获奖前国际知名度普遍不算高不同，略萨早在 20 世纪 60 年代就和一批杰出的拉美作家一起为世人所瞩目。常常和略萨并列被论及的这些拉美作家包括博尔赫斯、马尔克斯、科塔萨尔、富恩特斯等，其中每一位作家得诺贝尔文学奖似乎都算不上新闻，这回略萨得奖，估计大多数人的反应会是欣慰中带着平淡："哦，是他。"略萨大概也是获诺奖前在中国被译介得最充分的诺奖得主。

略萨的小说在世界范围内广受欢迎，一个重要原因当然是其中携带的拉美文化中特有的热烈、蓬勃的气息，主题也非常广泛，政治、社会、情爱、历史、种族等都在略萨小说中得到汪洋恣肆的表现，但对于"小说反映现实"这一古老的命题，略萨一定持坚决否定的态度，因为在他看来，"小说家不选择主题，是他被主题选择。他之所以写某些事情，是因为某些事情出现在他的脑海里。在主题的选择过程中，作家的自由是相对的，可能是不存在的"。

略萨的小说性感、迷人、热气腾腾，和拉美的现实紧密缠绕，可一谈起小说，略萨就是不折不扣的形式论者："任何小说都是伪装成真理的谎言，都是一种创造。"但这和他小说中扑面而来的现实感并不矛盾，因为读者获得的那种"活生生"的感觉，正是得益于略萨娴熟地使用了造成艺术错觉的技巧和类似马戏团或剧场里魔法师的戏法。

略萨被公认为是拉美"文学爆炸"里的一个重要支

脉——结构现实主义的主将。他的许多小说，结构都颇为新颖，更重要的是这些结构设计多半和小说的主题凝合成一个整体，最终使整部小说呈现出既魔幻又逼真的艺术效果，也就是略萨一再强调的"说服力"。所有文学都不可能真正"反映现实"，因为文学在直观上就是一堆语言符号。但有意义的是，这些在特定时空下被赋予含义的语言符号通过奇妙复杂的相互作用最终让读者获得一种无与伦比的"真实感"，哪怕作家所写的事情在情节层面完全不合常情、匪夷所思，而略萨喜欢的许多作家皆属此列——科塔萨尔、博尔赫斯、鲁尔福、卡夫卡等。

如此看来，文学的关键正在于如何让文字与现实产生复杂的互动，包括略萨在内的一大批优秀作家正是以此为起点展开他们精湛的思考。

略萨的相关思考集中在《给青年小说家的信》一书中，这本只有七万六千字（中文）的小册子，却是理解略萨那些卷帙浩繁的小说的关键。

在书的第二章《卡托布勒帕斯》中，略萨将写长篇小说比喻成穿衣的过程："作家要渐渐地给开始的裸体，即节目的出发点穿上衣裳，也就是用自己的想象力编织的五颜六色和厚重的服饰逐渐遮蔽裸露的身体。"而略萨所要展示的正是这用以遮盖裸体的服饰。他的展示如此细致，我们不仅能看到这服饰的颜色、款式、质地，甚至能看清纽扣的形状、微微凸起的针脚，以及服装表面细密的纹路。不用说，这是一位手艺高超的裁缝。

这种讨论小说的方式说明略萨是一般意义上的形式主义者。他在第三章《说服力》中坦承："小说中最具体的东西就是形式。"但和所有敏锐的作家一样，略萨对自己所有结论性的观点都怀有一种警惕之心，以避免这些观点在过分的强调中走形变样。因此我们很快又看到略萨对刚才那个观点的进一步解释："内容和形式（或者主题、风格和叙述顺序）的分离是人为造成的，只有出于讲解和分析的原因才能成立，实际上是绝对不会发生的。"

其实，书的前三章都是为了在后面专注谈论形式问题做准备，扫清观念上的障碍。

第一章《绦虫寓言》强调走上写作之路的先决条件是对于写作本身的热爱，一种不计名利和后果的热爱。当一个年轻作家准备把时间、精力、勤奋全部投入文学抱负中，他才有条件真正成为作家。第二章《卡托布勒帕斯》主要讲生活现实与文学现实之间复杂的关系，结论是："小说家强烈渴望有一个与现实生活不同的世界……并用这种现实去代替他们接触的生活中的现实。"但很快，略萨又察觉这样的观点有失偏颇："如果不是从生存本身出发，不是在把我们这些小说家变成我们虚构作品中对生活从根本上的反抗者和重建者的那些幽灵的鼓励和滋养下进行写作，我觉得很难成为创作者，或者说对现实的改造者。"这段话其实也印证着略萨对于内容与形式关系的论断。这种还算鲜明的形式主义观点，肯定会让试图从政治和现实层面解析略萨小说的学者感到不适。

从小说的效果看，略萨确实不是只懂得玩弄文字的"纯粹"作家，但略萨也不是现实生活简单的对抗者。略萨小说中所透露出的清晰的反抗精神，是更高意义上的政治："凡是刻苦创作与现实生活不同生活的人们，就用这种间接的方式表示对这一现实生活的拒绝和批评，表示用这样的拒绝和批评以及自己的想象和希望制造出来的世界替代现实世界的愿望。"也就是说，作家的政治态度体现在想象和现实之间永恒的对立关系上，而优秀的作家往往是在这两者的接壤地带发掘出宝藏。

对于另一个聚讼纷纭的问题，有关小说作者真诚与否并以此作为评价小说成就的一个标尺，略萨也在书中亮出了自己的看法，这看法如此明确，大概他是想腾出更多的篇幅及早展开他关于小说的形式分析："真诚或者虚伪在文学领域不是道德问题，而是美学问题。"

在厘清了这些基本问题之后，从第四章《风格》开始，略萨得以坦然专注地进入了他所擅长和热衷的形式分析。当然，敏感仍然让他在论述中瞻前顾后，尽量寻找妥帖的措辞，以使自己的观点更具弹性和说服力。不过，这些都是局部的问题，他可以集中"优势兵力"予以解决，不再会被事关全局的问题所困扰。同时，略萨在后面的章节中也时常回到前三章讨论过的概念——真实、现实、说服力、真诚等——为了以此为依据审慎地品评那些技术手段的优劣。一种相对性的观念一直处在略萨思维的核心地带。

在具体进入形式分析时，略萨善于以相互对立的两个例子来讨论某种技巧，这样做的好处是无论怎样细致地对某一方面进行详尽阐发，都不至于落入极端的陷阱。比如在论述叙述者空间问题时，他一方面列举福楼拜的观点：坚持主张叙述者应该深藏不露，只限于讲故事，而不能就故事本身发表意见；并盛赞福楼拜此举"为他在现代小说和古典小说之间划出了一条技术界线"。另一方面，略萨也对雨果《悲惨世界》中那个经常离题表达作家自身观点的声音给予充分理解。

在讨论现实层面和想象层面的关系时，略萨分别以罗伯-格里耶的《嫉妒》和伍尔夫的《达洛维夫人》为例，前者发展出一种旨在物化现实，把现实所包含的一切——甚至感觉和激情——都当作具体物品来加以描写的叙述技巧；后者则反其道而行之，透过字里行间巧妙的描写，虚构天地的视角，成功地把整个现实精神化、非物质化。

略萨对相反例证的阐述也证明他对于形式技巧在价值取向上持中立态度。他所讨论的各种小说技巧说到底都要服从一个更高的东西。它是精神，是对现实的态度，也是美。略萨这种既热衷技巧又不迷信技巧的务实态度，在书的最后一章说得明白："文学批评是在运用理性和智慧，但在创作中起决定性作用的还包括直觉、敏感、猜测，甚至偶然性，它们总会躲开文学批评最严密的网眼。"这让他能游刃有余地使用这些形式工具（对花样繁多的技巧的使用，反而让他免去了形式上的偏执），并最终洗去自身携带的形式色彩，为生活中现实的强力介入扫平了道路。

对于许多论者从现实政治层面谈论他的小说，略萨一定会报以狡黠的微笑，因为那恰恰证明他在小说中不断抖落的那些戏法终于得逞了。

陀思妥耶夫斯基：在死屋和地下室写作

文学有一种本质上的残酷性，苦难并非当然是通向文学殿堂的门径，它有自身难以觉察的奇特逻辑。事实经常是，一个受难的人，他多半无法成为一个伟大的作家；但反过来，如果他是伟大作家，那么他一生中的很多事情，哪怕是很细微的事情，都可能对他的作品产生深远影响。这大概就是我们除了阅读作家作品还要去读他的传记的一个直接原因。

对于像陀思妥耶夫斯基这样的大作家，他的作品所蕴含的复杂广博的意义，更要求我们从文本、传记、时代风潮等多方面去探究。在此意义上，美国学者约瑟夫·弗兰克倾尽二十余年（1976—2002）撰写的五卷本陀斯妥耶夫传无疑是此类优秀传记的典型。整套传记中文版目前只出了前三卷，但其使用资料之广博，对传主所处时代背景和风潮描画之细致，对陀氏作品评论之深入，都足以说明这是一部不可多得的传记佳作。

本文主要就新出版的第三卷《自由的苏醒》展开评论，但也有必要简单介绍一下陀思妥耶夫斯基生平中间特别重要的一些事情。

陀思妥耶夫斯基出生于 1821 年 10 月 30 日（俄历），来自一个医生家庭，他在七个孩子中排第二。他有一个哥哥叫米哈伊尔，与他志同道合一起办杂志，是个著名的文学批评家和编辑。16 岁母亲去世后，陀思妥耶夫斯基和哥哥米哈伊尔就到了彼得堡，在军事工程学院读书，当时学军事工程是一个很时髦的、出路很好的专业。在学习过程中，对他一生影响巨大的一件事就是父亲的死。陀思妥耶夫斯基的父亲是一个非常暴烈的人，他有一个贫瘠的庄园，有一百个农奴，他一直残忍地对待农奴。1839 年 4 月的一天，他在虐待农奴的时候，被农奴杀害。陀思妥耶夫斯基在彼得堡听到这个消息后，第一次出现了痉挛和晕厥，同时引发了伴随他一生的癫痫。此后，他平均一个月要发病一次，最严重的时候一周三次，完全是肉体上的残酷折磨，这显然也从侧面促成了陀思妥耶夫斯基作品中萦绕不去的阴郁底色。

陀思妥耶夫斯基从 15 岁开始就有文学梦，他大学毕业后在圣彼得堡工程指挥部绘图系工作，这种按部就班的工作对于"一个不能忍受千篇一律的日程和生活日历而又有着强壮、热忱的灵魂的人"，是枯燥乏味的，他在一封信中如是说。后来他觉得这个工作实在影响文学创作，就辞职了。

在 24 岁的年纪上，陀思妥耶夫斯基创作了第一部小说《穷人》，立刻引起俄罗斯文坛泰斗别林斯基的高度赞扬，这带给他巨大的自信。在获得初步的文学名声后，陀思妥耶夫斯基又参加了圣彼得堡的彼得拉舍夫斯基小组，主要研读傅立叶的空想社会主义。1848 年席卷欧洲的革命，引起俄罗斯当局的警觉，他们为防患于未然，就抓捕了彼得拉舍夫斯基小组的 33 名成员。在彼得保罗要塞，陀思妥耶夫斯基被关押在单身牢房数月之久，1849 年 12 月 22 日，他和小组其他成员经历了一次非常残酷的假死刑。当天他们穿着囚衣，被绑在石柱上，一切都很逼真，但在行刑前的那一刻，囚徒们被告知获得了赦免，死刑改判为八年西伯利亚苦役，后又改为四年，之后要再服兵役。

从 1849 年到 1859 年，陀思妥耶夫斯基经历了十年之久的西伯利亚流放生涯，先是在奥姆斯克监狱服了四年苦役，然后在谢米帕拉金斯克——一个靠近中国边境的偏远小城——作为西伯利亚军团第七路军的一个士兵服役。直到 1859 年底，他才和结婚两年多的妻子德米特里耶维纳回到彼得堡。

《自由的苏醒》正是从这里起笔的，这一卷涵盖的时间从 1860 年到 1865 年，按照弗兰克原来的计划，这个时间段应该构成第二卷最后几章的内容。也就是说，第二卷不仅要包括陀思妥耶夫斯基流放西伯利亚的岁月，而且要包括他的归来及其文学生涯的重新开始。但是弗兰克在翻阅大量资料（主要是涅恰耶娃撰写的关于陀思妥耶夫斯基主编的两份杂志《时代》和《时世》，以及佛朗哥·文图里的著作《革命的根源》中关于俄罗斯激进派知识分子的全景描写）后，意识到陀思妥耶夫斯基这一段貌似波澜不惊的生活需要更为全面的论述。正如弗兰克在《自由的苏醒》前言中所说："本书内容涉及陀思妥耶夫斯基一生中或多或少被忽视了的一个非常重要的时期。像我一样，评论家们当然希望迅速越过这一时期，去论述陀思妥耶夫斯基在 19 世纪 60 年代中后期开始发表的那几部重要小说。"

弗兰克对陀思妥耶夫斯基这个容易被忽视的生活阶段的再认识显然是有眼光的，虽然陀思妥耶夫斯基文学地位的最终奠定是因为后期的几部小说——《罪与罚》《白痴》《群魔》《卡拉马佐夫兄弟》，但是陀思妥耶夫斯基不可能从早期作品（诸如《穷人》）一下跨到创作一系列长篇杰作的状态，转变不是一蹴而就的。陀思妥耶夫斯基观念的转变（从西方派逐渐向斯拉夫派转移）以及写作技艺的日益成熟，都有赖于在西伯利亚遭受的那些苦难，也有赖于在 19 世纪 60 年代初期俄罗斯活跃的思想论战中，这些苦难经验在各种观念中的"浸泡"和"淘洗"。和陀思妥耶夫斯基重操旧业再次成为一名专心写作的小说家并自甘孤独地生活在国外的 60 年代后期相比，在 60 年代初期，作为两份重要杂志的编辑，陀思妥耶夫斯基更直接地处于俄罗斯社会文化的中心。

1859 年 12 月中旬，陀思妥耶夫斯基终于重返圣彼得堡，就迅速将精力集中在重新确立自己的文学声望上。当时，他的作品开始再次在俄国期刊上发表，但是已经发表的三篇作品——1857 年的《小英雄》、1859 年的《舅舅的梦》和《斯捷潘奇科沃村》——并没有引起公众的注意，更别说赢得好评了。

1860年，陀思妥耶夫斯基两卷本作品集的出版给他带来了一些安慰，如日中天的年轻批评家杜勃罗留波夫还就这两卷作品集撰写了长篇论文《逆来顺受的人》，直到如今都被认为是关于陀思妥耶夫斯基的重要论文之一。在后来和以车尔尼雪夫斯基、杜勃罗留波夫为代表的激进派知识分子的论战中，陀思妥耶夫斯基迟迟不愿挑明和激进派的对立态度固然和其思想本身的复杂性有关，部分可能也和激进派对于陀思妥耶夫斯基作品的基本肯定有关（尽管有明显保留）。

1860年春，陀思妥耶夫斯基开始构思起草两本新书：小说（《被侮辱与被损害的》）和将会成为《死屋手记》的一本特写随笔集。

与此同时，俄罗斯的政治空气也不像尼古拉一世当政时那么严酷了。1855年，亚历山大二世登基后（纳博科夫认为他是最开明的沙皇，正是在他手上俄罗斯废除了农奴制），首先采取的措施之一是放松了1804年以来实行的严厉的书报审查制度。公众舆论受到鼓励，即使不能大声疾呼，至少也可以提高嗓门，而不再是恐惧地窃窃私语。

这种新的自由空间让陀思妥耶夫斯基的哥哥米哈伊尔打算创办一份政治文学新闻评论周刊。三年后，他为出版这样一份名为《时代》的刊物申请许可，1858年10月得到批准。陀思妥耶夫斯基在流放后期就已经对未来的这份刊物和哥哥在通信中展开热烈讨论了。1861年，随着《时代》的创刊，陀思妥耶夫斯基未来五年的生活一成不变地确定下来。他既当编辑又当撰稿人，杂志编辑部设在米哈伊尔的住处，那是下层阶级聚居区，人口稠密。肮脏泥泞的街道上总是挤满成群的商人、小贩和工人，但是编辑部同仁都感觉度过了"非常快乐的几年时光"。

当时的思想论战主要发生在激进的西方派和相对保守的斯拉夫派之间，陀思妥耶夫斯基试图采取折中态度，既要对大部分激进青年迫切要求社会正义和政治改革的愿望表示同情和理解，又要坚决反对激进思想的美学、伦理和形而上学信条。这种试图调和尖锐矛盾的努力不可避免地造成各派撰稿人之间的紧张关系。陀思妥耶夫斯基竭力保持的微妙平衡很快就被一系列社会、政治事件所打破。这些事件把俄国社会分裂为对立的阵营，陀思妥耶夫斯基试图立足的中间地带不复存在。

俄罗斯西方派实际上始于彼得大帝。彼得大帝在1703 年建彼得堡城，目的很明确，就是要强烈改造俄罗斯民族的某种劣根性，要往西方——特别是法国这边靠拢。西方派的代表作家主要是屠格涅夫、别林斯基。而斯拉夫派特别强调俄罗斯本土传统。19 世纪中期，俄罗斯有一个特别热门的话题就是社会主义。社会主义在当时是一种充满理想的乌托邦，各思想派别的学者都从各自的角度谈论社会主义。有个斯拉夫派的代表学者阿克萨科夫，写了一篇文章，论证俄罗斯传统的村社形式，蕴含着原始的社会主义形态。村社和当时所鼓吹的社会主义的很多纲领有一种天然的契合，而村社在俄罗斯从 13 世纪开始到当代已经有将近 1000 年的时间。所以他们认为俄罗斯在这方面是优越的，俄罗斯村社的传统里有利他主义的东西，这和强调个人主义的西方迥然有别。

在 1860 年到 1865 年这个阶段，《自由的苏醒》主要描述的是陀思妥耶夫斯基从西方派向斯拉夫派逐渐转变的过程。但需要强调的一点是，陀思妥耶夫斯基从来不是极端派，他的思想有两个界限是非常清楚的。一方面，他一生反对暴力革命，如果任何理想的目标要通过流血而达至，他都反对，这导致他不会成为一个极端的西方派，也不会成为激进派中的一员。另一方面，他固然承认俄罗斯的村社传统，但他对斯拉夫派思想中比较落后的部分，明确表示反对，这一点和赫尔岑一样。

陀思妥耶夫斯基因此常常落入两边不讨好的境地，《时代》杂志两位重要撰稿人斯特拉霍夫和格里戈利耶夫就对陀思妥耶夫斯基对于激进派的忍让态度（拒绝更直接地批评激进派）很是不满。然而，聚集在《现代人》周围的激进派尽管起先一致支持由一名"曾经为高尚事业经受苦难"的流放者领导文学新刊物，但车尔尼雪夫斯基就看得很清楚，他说他们和我们在很多方面不一样。很快，随着陀思妥耶夫斯基和杜勃罗留波夫有关艺术功用问题的争论，二者原本存在的裂缝逐渐扩大。进而，当陀思妥耶夫斯基将批判的目标指向车尔尼雪夫斯基所推崇的费尔巴哈美学（这种美学贬低整个超自然和先验领域的价值，而且想使艺术最终成为宗教的某种替代品）时，二者的矛盾便公开化且不可调和了。

1862 年的《青年俄罗斯》传单事件，使陀思妥耶夫斯基彻底走向激进派的反面。1862 年 5 月中旬，有人散发一份题为《青年俄罗斯》的传单，正是这份传单把当时的革命骚动推向了惊心动魄的顶峰。它要求发动"一场革命，一场无情的流血革命，这场革命必须翻天覆地地改变一切，彻底摧毁农民社会的一切基础，消灭一切支持现存秩序的人"。陀思妥耶夫斯基是开门时发现这张传单的，以他对暴力的一贯痛恨，他的震惊可想而知。他当天就迫不及待地去找激进派的首领车尔尼雪夫斯基，要求制止这种向流血暴力发展的趋势。

多年后，被流放到西伯利亚的车尔尼雪夫斯基以一种轻蔑的语气回忆了陀思妥耶夫斯基对自己的突然造访，但他却低估了陀思妥耶夫斯基的用心。陀思妥耶夫斯基非常清楚，就像他在《被侮辱与被损害的》一书中暗示的那样，接近权力中心的反动势力正急切等待着充分利用这种危险局面。陀思妥耶夫斯基的目标是防止事态发展到不可挽回的地步——制止一方面越来越鲁莽好斗的极端行为，同时制止另一方面越来越盲目任性的反应。

19世纪60年代俄罗斯涌动的革命风潮，证明了激进派所拥有的巨大影响力，甚至在批评"某波夫"的文章里，陀思妥耶夫斯基也承认，杜勃罗留波夫"几乎是我现在阅读的唯一一位评论家"。鉴于激进派所蕴含的可以预见的暴力倾向以及他们巨大的影响力，激进派成了那些年陀思妥耶夫斯基最主要的潜在对话者。在60年代初期，他通过《时代》杂志，直接撰文进行争论。60年代后期以后，辩论的风气不再存在，他则用小说的方式继续对话和批判。在这种对激进派持续的观察和辩论中，陀思妥耶夫斯基逐渐接近了斯拉夫派的主张，而在《时代》杂志创办时期，眼光犀利的同仁斯特拉霍夫就已经认为陀思妥耶夫斯基是"不自觉的斯拉夫派"了。

某种程度上，陀思妥耶夫斯基是一个调和者，他希望把西方派和斯拉夫派进行某种融合。这种态度肯定会招致两边的不满，但深刻的东西，往往是在一个极其狭窄、暧昧、幽静的中间地带穿过，它不是泾渭分明的，这正好是它深刻的一种体现。

从这种中立立场，逐渐发展到一种认知的复杂性，最后把他推到一个伟大小说家的地位，是非常正常的。在我看来，文学是容纳这种复杂性的最合适的载体。因为你的观点怎么说好像都会有漏洞，你不如去叙述一个故事，用这个故事中的某种丰富的阐述性去表达那种复杂性。

19世纪60年代最初的五年，陀思妥耶夫斯基把大量精力用于杂志的约稿、编辑、校对、论战上，与此同时，他也以惊人的热情从事创作。这一时期，陀思妥耶夫斯基最重要的作品是两个手记——《死物手记》和《地下室手记》。《死屋手记》显然应当归因于陀思妥耶夫斯基生活中的不幸事件，但它恰好顺应了俄国文学当时喷涌的一股潮流。

许多人用素描般的松散笔法写出自己的个人经历，然后以看似随意的方式组合起来拿去发表。陀思妥耶夫斯基对这类作品都很熟悉，离开苦役营之后，他已经读过屠格涅夫的《猎人笔记》、托尔斯泰的《塞瓦斯托波尔故事》，以及赫尔岑从50年代中期开始在《钟声》杂志上连载的回忆录《往事与随想》。

陀思妥耶夫斯基回到圣彼得堡即忘我地投入杂志的论战，他一边进行文学创作，一边念念不忘激进派的那些激进主张。《死屋手记》中写到的那些非常卑贱的苦役犯，在某些特定的情况下是完全反理性的。他们为了维护自己作为人的基本尊严，会不顾一切后果地去做一些事情，而这些事情是完全违背车尔尼雪夫斯基所说的那种理性功利主义的。

从主题上讲，在当时众多纪实类文学作品中，只有《死屋手记》描写了俄国普通百姓对被奴役的反抗，他们极其憎恨压迫他们的贵族，准备在虐待变得无法忍受因而被逼无奈的情况下用刀子和斧头进行反击。并不让人感到惊讶的是，陀思妥耶夫斯基对俄国农民的描述首先受到60年代初期胸怀革命抱负的俄国激进派的青睐。

从纯粹艺术的角度看，《死屋手记》无疑是陀思妥耶夫斯基全部文学生涯中最不同寻常的一本书——哪怕不考虑题材的独特和新颖。在《死屋手记》中，客观冷静的描述占据绝对优势地位，取代了陀思妥耶夫斯基在小说创作中所擅长的对话和独白。《死屋手记》几乎没有对人物心态的周密分析，一些成段的精彩描述显示了陀思妥耶夫斯基作为一个外部世界观察者的能力。弗兰克认为："《死屋手记》这些'非陀思妥耶夫斯基'品质正是他的许多同时代人喜欢这部苦役营回忆录超过喜欢他那些我们现在认为更有价值的晚期长篇小说的原因之一。"屠格涅夫对《罪与罚》评价不高，认为它"散发着臭味的自我撕裂"，但他又说《死屋手记》里澡堂的场景"简直就是但丁的地狱"。赫尔岑同样认为《死屋手记》堪比但丁的作品,还补充说,陀思妥耶夫斯基"通过描绘一座西伯利亚监狱里的众生相创作出一幅神似米开朗琪罗的壁画"。托尔斯泰也很欣赏这本书,认为它是最有独创性的俄国散文作品之一。在《什么是艺术》中,托尔斯泰把《死屋手记》与世界文学不多的几部作品归为一类,说"这些作品堪称从上帝和他人之爱中获取灵感的崇高的宗教艺术的典范"。

无论如何,《死屋手记》和陀思妥耶夫斯基晚期长篇小说一样成为世界文学的经典,而正是从《死屋手记》开始,陀思妥耶夫斯基明确地用人对自由的渴望对抗 60 年代那代人的社会主义理想,包括对抗他们企图把这种理想与物质决定论和某种功利主义的道德规范结合起来的具有俄国特色的尝试。

和《死屋手记》的一鸣惊人不同,当《地下室手记》1864 年在《时世》(《时代》被禁后,陀思妥耶夫斯基兄弟创办的又一份月刊)杂志第一期发表时,几乎没有引起人们的注意,差不多 20 年后当陀思妥耶夫斯基已经去世,《地下室手记》才逐渐引起人们的注意,以至于声名鹊起，甚至"地下人"这个术语已经进入当代文化的词汇表，享有和哈姆雷特、唐璜、浮士德类似的待遇。

弗兰克在《自由的苏醒》前言中坦承，他当初认真研究陀思妥耶夫斯基，与《地下室手记》有莫大的关系。正是在透彻理解这部作品之后，弗兰克形成了对陀思妥耶夫斯基著作的整体看法。弗兰克相信，陀思妥耶夫斯基那个时代的诸多问题不仅给了他外部的激励，而且渗透了他的创作过程，其程度比一般认为的要深入得多。因此，要真正理解陀思妥耶夫斯基的作品，就必须对其生活其中的社会一文化环境做扎实深入的了解。

弗兰克在创作五卷本陀思妥耶夫斯基传的 20 年间，这个想法是一以贯之的。由于《地下室手记》是弗兰克进入陀思妥耶夫斯基的入口，他对这部作品自然有一种格外的热情。作为一个篇幅不长的中篇小说，《地下室手记》在《自由的苏醒》中获得了专章论述的地位，其篇幅和小说本身的篇幅不相上下。

稍微对那个时代的社会文化背景有所了解的读者，都不难看出《地下室手记》是一部"论战性"作品。车尔尼雪夫斯基的长篇小说《怎么办？》于 1863 年发表在激进派杂志《现代人》上，这部小说虽然在艺术上有明显缺陷，却是史上最成功的宣传作品之一（弗兰克语）。有意思的是，《怎么办?》的灵感来源是屠格涅夫的小说《父与子》。车尔尼雪夫斯基认为屠格涅夫的这部杰作"只是一幅卑鄙地讽刺杜勃罗留波夫的漫画"，因此他打算用小说《怎么办?》予以回击，更准确地展示受到屠格涅夫诋毁的那些"新人"形象。

车尔尼雪夫斯基笨拙地用小说的形式重复了他在许多文章中一再重申的观点：一个理想的社会能够通过理性地证明如下论点而取得：以一种"道德和高尚"的方式而行动是符合每个个人的自我利益的。这种论点假设人们总是以自利的态度行动。而陀思妥耶夫斯基一直反对这种利己主义的特殊决定论，事实上，他反对关于人类行动的任何决定论。陀思妥耶夫斯基在《死屋手记》中列举了不少完全不是从利己主义角度出发的人类行动，比如苦役营附近那些照顾苦役犯的寡妇，比如为了自身的尊严对压迫进行不计后果的反抗等等。

看了车尔尼雪夫斯基的《怎么办?》，陀思妥耶夫斯基打算换一种方式予以批驳，不再是列举理性功利主义无法解释和容纳的个案存在，而是用激进派的逻辑前提和演进得出他们一贯的结论，从而来到一条毁灭性的没有退路的死胡同。但这个犀利的观点在《地下室手记》批评史上很晚才由俄国批评家斯卡夫特莫夫提出，在此之前很多批评家都把"地下人"视为陀思妥耶夫斯基直接的代言人，这种认识显然会造成对小说的误读。为什么会出现误读？弗兰克做了分析：一是和许多以第一人称讽刺戏仿的作品一样，它往往使叙述者和读者之间必不可少的距离消失，从而让读者难以透过人物看清讽刺的对象。二是《地下室手记》中人物的戏仿功能一直被其作为某种艺术化身的巨大生命所掩盖。然而吊诡的是，对正确理解《地下室手记》造成最大妨碍的正是陀思妥耶夫斯基创造人物的天赋。

当然，从另一方面看，在小说创作者和其创作的人物之间很难做出泾渭分明的区分，很多时候借助人物之口道出创作者心中的块垒是常有之事。当"地下人"反复述说对自己的厌恶及其深深的内疚时，陀思妥耶夫斯基不也是在表达他这个目睹了妻子的临终痛苦而受到良心谴责的旁观者的自责吗？说到底，陀思妥耶夫斯基毕竟首先是一个大作家，他固然有想要表达的观念，但在故事中，这些观念因为受到语言的"浸泡"而变得柔软，并最终和事物本身的复杂性对接，从而让两者彼此都获益。这让他避免了那些观念先行的作家的弊病——他们的小说人物僵硬苍白如同玩偶，仿佛只是为了说出作者的话而存在，典型的例证便是车尔尼雪夫斯基的《怎么办?》。

因此，我们可以说，陀思妥耶夫斯基不仅在观念层面，更在文学层面击败了当时具有巨大影响力的激进派知识分子。可叹的是，历史往往是盲目的，在按照激进派的思路演进了一百多年的血腥之路后，它才幡然醒悟，调转车头，而这备受摧残的历史迎头撞上的正是陀思妥耶夫斯基悲悯的眼神。

康拉德：以道德之光照亮黑暗

马娅·亚桑诺夫在《守候黎明》序言中，特别强调了自己写作这本书的独特视角："传记和历史的区别在于传记作者通常由人开始落笔，而历史学家则往往从环境和条件入手。"在阅读过程中可以感觉到，整本书的确是对这句话的不断印证，以及对该书副标题——全球化世界中的约瑟夫·康拉德——的持续证明。

"影响的焦虑"对于所有写作者都是一个问题，对于亚桑诺夫而言，在已有多种经典的康拉德传记之后，如何书写这位晦暗、复杂、深刻的大作家的一生是一个巨大的考验。

康拉德在生前就是一位备受关注的作家，去世后随着其经典作家地位的逐渐巩固，他坎坷的人生——颠沛流离的童年，作为水手浪迹天涯的青壮年，四十岁后相对稳定的作家生涯，都一再成为后世批评家和传记作家关注的焦点。众所周知，所有作家的作品都必然以自己的生存经验为基础，康拉德也说过："在这片广阔的世界里，我人生中的每一件事都能从我的书里找到。"但是在形塑作品的过程中，想象力在其中发挥的作用，是难以估量的。换句话说，你很难以作品为依据对应着去描画一个作家的人生。

另一方面，尽管深具洞察力的康拉德评论家爱德华·萨义德和伊恩·瓦特也承认，解读康拉德小说的关键在于要按照纪传体的方式去阅读，但是康拉德并没有为这种解读方式提供便利——有些故事他让人们相信是带有自传性质的，然而事实并非如此；有些故事明显来源于康拉德本人的亲身经历，但其中有些细节是用喜鹊一样的灵巧从别的作家的小说、故事或回忆录中采摘来的。

比如小说《幸运女神的一次微笑》，看上去有很强的自传色彩，讲的是一个船长在毛里求斯岛迷恋上一个闭门不出的年轻女人的故事。的确，康拉德作为"奥塔哥号"船长，在1888年经过毛里求斯时，向一位当地姑娘献过殷勤，但令人沮丧的是这位姑娘早已订婚。这篇小说显然取材于康拉德的这段经历，但事实上它更多的或者说至少同时是在回应莫泊桑的小说《隆多利姊妹》。《幸运女神的一次微笑》中的爱丽丝，像是《隆多利姊妹》中弗朗西斯卡的再生，两个女主角都有魅力但也都有点邋遢，她们还沉默寡言、唐突而冷漠。对于作家来说，其作品总是个人的生存经验（某种内容）和阅读经验（某种形式感）综合作用的结果，这是一种普遍的、正常的创作方式，但这种方式也必然给试图从作品窥探作家生活的企图增添了许多不确定性。

此外，康拉德对于自己的个人经历有一种近乎羞怯的缄默态度，他在书里大量使用他的生活经验，但这些个人事件在小说里都经过了文学的洗礼，或者说已经被他习惯性的道德审视浸泡过，所以当它们在小说里出现时已经变形或被改造。还没有哪位传记作家愚蠢到用小说里的故事去印证康拉德自己的生平经历。当然，将两者对照比较是有意思的（亚桑诺夫和另一位康拉德传记作家塞德瑞克·沃茨正是这么做的），但前提依然是要先描画出一副清晰准确的康拉德肖像画。这是一个无法规避的难题，哪怕在康拉德的自传《个人档案》中，亚桑诺夫也指出过：康拉德精心打造了一个文艺版的年轻自我，犹如无忧无虑的梦想者，潇洒地度过儿时的颠沛流离和心理创伤。然而相识者对他的描绘似乎与之大相径庭，更像是康拉德小说里反复出现的某些命运多舛的复杂人物。康拉德在《个人档案》里也承认"每一部小说都含有自传元素"，而事实上他笔下的人物很多都挣扎于命运错位、遭人嫌弃、失意绝望的处境，其中还有17位死于自杀。

小说是对作家过去生活的一种翻译，某种程度的遗漏和误读在所难免。而对于康拉德生活中那些直接的文件材料——他裸呈于其中的材料，康拉德又有一种毁灭的冲动。也许他不能忍受过于祖露性格中的某些弱点，也许一种根深蒂固的虚无感使他宁愿将自己的过往埋葬在漆黑的时间中。

在《个人档案》里，康拉德意味深长地描述了父亲临终前的一个画面。当年幼的康拉德走进病房，发现父亲深陷在一张扶手椅里，身子用枕头垫着支撑，一位护士跪在灶台边给炉子添加柴火。遵照父亲的意思，护士正拿着他的手稿和信件往炉子里塞。小康拉德见了自然惊愕万分，"这种毁灭行为所传递的投降气氛深深地触动了我"。亚桑诺夫认为康拉德父亲烧毁的并非自己的手稿，那些手稿都被遗嘱执行人妥善保存了下来，然而康拉德描绘的这个烧信场景显然极具暗示性，也使康拉德在未来的岁月中不自觉地采用相似的决绝方式对待自己的过去。

为了洗心革面，抑或为了彻底告别颠沛流离的童年噩梦，康拉德亲手烧毁了父母的信件。1896 年，在康拉德和打字员杰茜·乔治结婚前夕，康拉德要杰茜把他们之前所有的信件烧掉，并看着杰茜遵嘱去做了。这些信件主要是康拉德在首部小说《奥迈耶的痴梦》出版后去瑞士度假时和杰茜的通信，当时两人在热恋中，可想而知信里少不了吐露心声和热情表白的话语。

不少作家喜欢直率地谈论自我，谈论生命中的各种事件，比如康拉德推崇的法国作家福楼拜甚至对于自己在中东的嫖妓行为都在书信（或辗转在小说）中记录下来。但康拉德显然不是这样的作家，原因之一是"活在记忆里是相当残酷的"，另外的原因则是他对个人隐私极为审慎的态度。这些对传记作家来说都会造成障碍，亚桑诺夫在书中抱怨，尽管康拉德的小说（典型如《黑暗的心》）中有一种渴望野性、追求彼岸、偏好禁忌的滚滚暗流，似乎暗示着他本人情感生活某种秘而不宣的张力，但是哪怕对于他和欧洲或欧洲以外的女性有没有性关系这个问题——在他作为海员和船长浪迹天涯二十年的经历中，传记作家都找不到一丁点线索。

1874年，17岁的康拉德从波兰克拉科夫来到马赛，打算实现自己的夙愿，做一个船员。他在马赛待了四年，做过导航员，干过走私，直到1878年他21岁时因欠下巨额赌债精神崩溃，自杀未遂。康复后，他离开马赛，来到伦敦，加入英国商船队。

在马赛的四年是康拉德整个人生中最多彩刺激的岁月。几乎可以肯定的是，康拉德就是在马赛知道了斯克里布和萨度的戏剧、奥芬巴赫和比才的歌剧——《卡门》是他的最爱。他在后来的回忆录中暗示，他在马赛投入了一场轰轰烈烈的恋爱，但也仅仅是暗示而已，对于细节，人们一无所知。对此，亚桑诺夫在《守候黎明》中写道："康拉德将永远不会写出马赛经历的真相。"

面对这么一位遮遮掩掩的传主，传记作家们的抓狂可想而知——康拉德早年生活的一手材料太少了。《约瑟夫·康拉德书信集》有九卷之多，总共五千多页，然而仅有两百页是涵盖康拉德从 1857 年出生到 1895 年发表处女作那段时期，也就是说他仅用了 4％的篇幅去记录超过 50％的时光以及整个激发他灵感的"浪迹人生"。基于这样的现实，亚桑诺夫显然觉得与其跟在一众康拉德传记作家后面，在不多的一手材料中反复翻找康拉德生活的蛛丝马迹，不如放开手脚，发挥自己历史学家的特长，将康拉德置于更广大的社会背景中，从康拉德所处时代的政治经济条件出发，去审视这位小说家的人生和创作。这种视角决定了《守候黎明》是一部相当新颖的康拉德传记，哪怕是在已有多种经典康拉德传记行世的前提下。

　　每一个伟大的作家都是特例，是由一系列特殊环境造就的。就康拉德而言，这些环境是众所周知的——他在波兰度过了凄惨的童年和少年时代。5 岁时，父亲阿波罗·科尔泽尼奥夫斯基因参与爱国运动被沙俄专制政府流放到俄国北部荒僻小镇，康拉德和母亲伊娃一同前往。8 岁时，康拉德的母亲伊娃死于肺结核，12 岁，父亲阿波罗亦因肺结核去世，舅舅塔德乌什·波布罗夫斯基成为康拉德的监护人。康拉德 17 岁离开克拉科夫前往马赛，四年后，加入英国商船队开始浪迹天涯。

生于内陆的康拉德之所以梦寐以求成为海员，一方面是他早年阅读的雨果、库珀、儒勒·凡尔纳等作家关于海洋的小说使他很小就萌生了出海的愿望；另一方面也是现实形式所迫——如果他留在国内，作为法律意义上的俄国公民同时又是罪犯的儿子，康拉德将有义务在俄国军队中服务25年之久。后来他离开马赛前往伦敦也是因为如果入籍法国，同样需要为法国军队服役。

1894年，舅舅波布罗夫斯基去世，康拉德继承了1600镑遗产。1895年，康拉德首部小说《奥迈耶的痴梦》出版并获得好评，这些（经济保证和写小说的信心）使他下定决心做一名职业小说家，之后则是相对稳定、封闭的书斋写作生涯。

康拉德的这些人生经历在《守候黎明》中得到了详尽描述。亚桑诺夫虽然是历史学家（哈佛大学历史教授），但也具有极高的文学素养，书中很多描写有着不逊于小说家的细腻生动。

《守候黎明》的特异之处在于，亚桑诺夫有意放大了对康拉德所处时代的观察，并以此和康拉德的经历及小说加以对照。《守候黎明》重点分析了康拉德最重要的四部小说——《黑暗的心》《吉姆爷》《诺斯特罗姆》《间谍》，都曾入围"20世纪百部杰出英文小说"榜单，是他公认最好的四部小说。但我要强调的是，亚桑诺夫的分析不同于一般文学批评家的分析，后者通常是从文本本身着力，关注小说的结构、叙述方式、语言风格，以及这种风格在文学史上的传承关系等。

亚桑诺夫的分析则着重于对小说背景的延展性说明，强调小说产生的某种历史必然性。比如在写康拉德受雇于比利时商船队，搭乘"比利时国王号"，沿刚果河溯流而上进入非洲腹地这一重要经历时（之所以重要是因为数年后康拉德据此写出了他最有名且最具批判意识的小说《黑暗的心》），亚桑诺夫突然扭转笔锋，花了差不多23页的篇幅，详细阐述了欧洲殖民者对这块非洲腹地奴役和殖民的过程，以及1885年5月比利时国王利奥波德二世将这片领土——比比利时大75倍——命名为"刚果自由邦"并纳入自己囊中的经过。对于这一大幅度的"偏题"，亚桑诺夫的解释是："康拉德如何会在19世纪90年代到一条行驶于刚果河的蒸汽轮船上干活，这仰赖于一系列历史事件的连锁作用。在短于一代人的时间里，这些历史事件把广阔的赤道带非洲从一块外人罕至的地区变为地球上最残酷剥削的殖民地之一。"随着这扭转的笔锋，亚桑诺夫开始了对于刚果自由邦建立前后那段非洲历史洋洋洒洒的描述。没错，那是她作为历史学家的领地，她引经据典把那段晦暗不明的历史交代得翔实而清晰，尽管在这二十几页的篇幅中，我们看不到康拉德在哪里，甚至于快要忘了这是一部有关康拉德的传记。

在对《吉姆爷》《诺斯特罗姆》和《间谍》的分析中，亚桑诺夫同样把关注点放在引发康拉德创作小说的那些更宏大的背景上——总是同帝国主义者对落后地区的殖民和奴役有关，或者是刺激康拉德创作小说的某些具体事由：比如《间谍》指向的事件——1894 年 2 月的一天夜晚，一位来自法国的无政府主义者准备到格林尼治天文台放置炸药，却失手炸死了自己。《诺斯特罗姆》是一部敏感的政治小说，康拉德为书中一个虚构的小镇苏拉科设置了一场革命情节，"如镜像般对应着现实中在巴拿马酝酿的分离主义运动"。而康拉德"最伟大"的小说《吉姆爷》是一部关于水手和荣誉的小说，亚桑诺夫自然不忘对 19 世纪中期蓬勃发展的全球航运做一番全景式描述，然后指出《吉姆爷》所描写的装满朝觐者的"巴特拉号"以及它所遭遇的海难，"严重模仿康拉德在新加坡听说的一则真实故事"。1880 年 7 月，一艘名叫"吉达号"的蒸汽轮船驶离新加坡，船上载着 953 名朝觐者驶往麦加。途中，轮船开始漏水，情急之下船长和几名干部船员竟然弃船乘坐救生艇逃生，幸运的是被船长抛弃的朝觐者和其他船员解决了漏水问题，第二天成功获救。

在对这些历史事件的论述中，亚桑诺夫展示了她作为历史学家的功力；而在对小说所依凭的历史事件的具体描述中，她甚至展示了自己在文学方面的天赋。但亚桑诺夫写作《守候黎明》的基础架构仍是建立在历史学家的视野之上的，她最为关注的还是"历史如何走进小说"。在书中的某一处，她甚至说"至少康拉德希望读者们这样认为"。这个判断在我看来稍嫌武断。固然康拉德的小说使用了某起海难、某个恐怖主义爆炸事件、某起分离主义政治运动，但是又有哪个小说家的哪篇小说可以完全脱离某些具体事件或经验呢？

事件本身（情节）对于小说的重要性，小说家们都有自己不同的想法。1895 年在康拉德出版第一本小说时，他给也刚开始写作的一个朋友写了一封信："(你的小说)的所有魅力、所有真相都被小说的结构——（也可以说是）被小说的技巧所摒弃，而这些结构或技巧让小说看上去像是伪造的……你有许多想象力，即使我活到一百岁，也没有你那么多想象力。那种想象力（我希望我也能有）应该被用来创造人类灵魂，来揭示人类心灵，而不是创造只是正确讲述意外事故的事件。要做到这一点，你必须培养你的诗歌才能……你必须压榨出自身的每一个感受、每一个想法、每一个概念。"换言之，康拉德认为事件对于小说并不重要，小说好坏的关键在于创造人类灵魂，揭示人类心灵。

就具体的人类事件而言，越是较大的事件，就越是面目模糊，但好的小说总是有能力让一两个复杂的人物从事件模糊的背景中脱颖而出，浮雕般清晰地呈现在读者面前。你可能爱他，也可能恨他，因为他似乎就是你自己的镜像，你甚至只有通过这个小说人物才能更好地了解自己。放下《黑暗的心》，我的眼前依然晃动着故事讲述者马洛焦虑又痛苦的身影，而殖民者库尔茨虽然较少露面，但他因残酷奴役黑人而遭反噬的形象也让我震撼不已。现实中"吉达号"遭遇的海难只给我们留下一则旧闻作谈资，可是《吉姆爷》里"巴特拉号"遇到的海难，则凸显了吉姆爷殉道者般的悲剧形象。

作为海员和船长浪迹天涯的二十年显然给康拉德小说抹上了一层浓郁的异国情调，令好奇心强的读者很乐意打开这样一本讲述海洋冒险的小说。当时全球航运方兴未艾，像康拉德这样的船员成千上万，但成为重要小说家的船员只有屈指可数的几位（尽管康拉德有点看不上麦尔维尔，但后者的《白鲸》是公认的海洋文学杰作）。这也可以证明，事件和阅历在成就一个小说家时不是决定性因素。

那什么是更重要的因素呢？除了上文引用的康拉德对于创造人类灵魂的强调，1896 年，康拉德在给友人爱德华·加内特的信中谈到了一个更为本质的问题："有些事情留下印象，产生了效果，什么事情？它只能是词的表达——词的排列组合，风格。"对于小说家来说，这是关于风格的惊人定义，也是康拉德作为小说家最重要的观念。从此出发，康拉德成为一个卓越的文体家则是水到渠成的事。

终其一生，康拉德都是一个热衷于修改自己作品的作家，只要有机会，他就会修改段落、词语和标点符号。康拉德曾坦承他写作的关键，即在于"小心翼翼地忠实于我的真实感受"。稍有经验的写作者都知道，要做到"真实"谈何容易。康拉德使用的修饰性词语"小心翼翼"其实质就在于对词语的拿捏——用什么词最合适，以及将这个词放在什么位置。

这样谈论写作似乎有形式化之嫌，可是康拉德关注的那些宏大主题——文明与野蛮、帝国主义与殖民地、东方与西方等——都必然是一个个词语砖石搭建起来的大厦，没有坚实的细节，宏大的建筑也就无从谈起。康拉德小说在用词上的讲究，其实也对应着他作为小说家感受上的复杂。

曾经给予康拉德小说最初鼓励和赞誉的友人爱德华·加内特，后来回忆第一次见到康拉德时的情形："我记得见到了一个黑发男子，个头不高，他紧张的手势极其优雅。双目有神，时而眯起来，透视人心，时而柔和温暖，机警又亲切，他的话时而逢迎，时而警戒，时而唐突。我从未见过一个人如此具备男性的机敏和女子的敏感。"这是加内特对康拉德直观又矛盾的感觉，而读康拉德的小说也很容易获得一种往往是对立的美感。康拉德从来不满足于对事件的简单呈现，与其说他在描写事件，不如说他在思考事件，而一种犹疑的悖论的印象恰恰是对事物长久凝视和思考之后的结果。

康拉德的小说里存在着几个明显的悖论。第一个悖论是科尔泽尼奥夫斯基气质（富于理想主义和献身精神的父亲气质）和波布罗夫斯基气质（严谨和实用主义的舅舅气质）的对立。无论如何，康拉德二十多年浪迹天涯的生活方式本身，就是对其父亲科尔泽尼奥夫斯基不安分的理想主义气质的继承，但在康拉德的整个成长过程中，他的监护人舅舅塔波布罗夫斯基尽管对他倾注了深沉的爱意，却也一直在用务实的人生态度，对他身上潜藏的不切实际的倾向予以讽刺和打压。的确，"满怀希望的监护人与反复无常的受保护者"从一开始就是康拉德小说一个重要的主题。同时，这背后也暗含着康拉德在理想、爱国的父亲和苛求、严谨的舅舅的亡灵前为自己所做的辩护。叶芝曾说过："从与别人的争论中，我们有了修辞；从与自己的争论中，我们有了诗歌。"而对康拉德来说，他在和父亲、舅舅的争论中，产生了自己的小说。

康拉德小说中第二个明显的悖论是文学风格上的。

受父亲影响，康拉德从小就熟读波兰文学，尤其是密茨凯维奇的诗歌和斯洛伐支奇的小说，从这些波兰经典文学中，康拉德学到的典型语气是浪漫的理想主义和对抒情的肯定。在一系列以海洋为背景的小说——如《台风》《阴影线》《吉姆爷》等——中，都有对热带海洋魔力和大自然狂暴力量的精彩描述，其文笔之秀丽、热忱实不逊于抒情诗人的笔触。另一方面，他后来读到的英法文学（主要是狄更斯和福楼拜）则提供了一种对比的语调，比如抽身事外的城市怀疑主义倾向以及对感官和世俗世界冷冷的描写。这两者帮助康拉德建立了其成熟期小说里丰富而典型的悖论——既诗情画意又充满怀疑，既浪漫又反讽，既有抽象的形而上议论，也有细腻而尖刻的深描。

对于这种风格的丰富性与复杂性，康拉德自己有着清醒的认识。1917 年在给一位朋友的信中，康拉德写道："幽默的、悲哀的、热情的、伤感的，都会自然融入到我的创作中——而事实上，人类行为和活动的理想价值主宰着我的艺术活动。"而对"人类行为和活动的理想价值"的持续关注，必然会带出康拉德小说的一个重要主题，即道德理想主义和物质利益之间的关系，简言之就是"一种对生活的批评"——康拉德以自己的方式印证了马修·阿诺德的这个著名论断。正如在那部有关地狱般的非洲之旅的小说《黑暗的心》中,康拉德的重点正在于以道德之光照亮黑暗,而不是沉湎于黑暗。

正是在此意义上,批评家利维斯在其影响深远的论著《伟大的传统》中,一再强调"康拉德的优秀小说,如果与海洋有一点联系,那也只是捎带顺便"。康拉德小说通常披着异域探险小说或政治间谍小说的外衣,而其实质则是对于人类活动所做的细微而敏感的道德审视。必须强调的是,这种道德审视之所以珍贵,恰在于康拉德对语词超强的把控能力,在于"他让我们看见和听见的事情生动而逼真,在于这些事情于一个井然有序而生动形象化的整体中,因彼此间的关系而具有了意义"。利维斯不仅把康拉德置于简·奥斯汀、乔治·艾略特和亨利·詹姆斯所构成的英语小说的伟大传统中,而且在对康拉德小说做了一番细致的分析后断言:"康拉德在英语或任何语言的小说家里,都属绝对翘楚之列。"

康拉德生前就不是一位被埋没的作家,从第一部小说《奥迈耶的痴梦》开始，他的每一部小说几乎都会引起评论界的热情批评，利维斯 1948 年出版的《伟大的传统》则进一步夯实了康拉德作为伟大英语小说家的经典地位。自此以后，康拉德小说就一直以其华丽晦涩的语言风格、缠绕迂回的叙述方式、微妙反讽的道德意识持续引发西方学术界的关注。

亚桑诺夫的《守候黎明》显然是"康拉德学术产业"中新近的果实，作为历史学家的亚桑诺夫试图摆脱近一百年来众多批评家从文学的方方面面论述康拉德小说的惯常路径，而从全球化的独特视角审视康拉德，但同时也不自觉地把康拉德的小说降低为历史的某个注脚。而至少在利维斯这样的文学批评家看来，康拉德的小说已经超越了具体历史时期的羁绊，成为人类精神生活的一个近乎永恒的产品。由此看来，亚桑诺夫的《守候黎明》固然视野恢宏，叙述生动，但在道德透视方面却不可避免地有些短视，而这个弱点恰恰也是历史在本质上相对于文学的弱点。

托马斯·曼：从专制拥趸到反纳粹斗士

　　"二战"中的托马斯·曼完全是一个和纳粹作顽强抗争的斗士形象。1939 年，托马斯·曼从旅居五年之久的苏黎世湖东岸的库斯纳赫特移居美国，担任普林斯顿大学文学系的客座教授。

　　早在 1933 年 2 月希特勒上台后不久，托马斯·曼即已离开德国。起初是为了在阿姆斯特丹、布鲁塞尔和巴黎做有关瓦格纳逝世五十周年的演讲，后来形势急转直下——国会纵火案、兴登堡的《非常法》、3 月帝国选举中纳粹获得绝大多数选票等——托马斯·曼开始放弃回国的念头。1945 年在接受媒体采访时，托马斯·曼回顾了自己决定流亡时的客观情势："我永远不会忘记，电台和报刊界在慕尼黑对我的瓦格纳演讲发动的无知和杀气腾腾的攻击，它使我真正明白，我回国的道路已被中断。"

客观地说，1939年"二战"的爆发并未给托马斯·曼带来多大震惊，因为他早已洞悉整个形势，在各种力量的对抗之中，托马斯·曼看到了最终澄清局面的可能，以超越"二战"爆发前因绥靖政策带来的焦虑状态。因此，托马斯·曼更加积极地投身到反法西斯的阵线中。

克劳斯·施略特所做的托马斯·曼的传记说他"做出了能够做到的一切"，鉴于他在流亡者中的崇高声望，他所承担的义务也达到了前所未有的程度，他所参加并领导的帮助欧洲难民的"委员会"及"协会"，难以计数。"犹太教难民委员会""基督教难民委员会""纽约政治统一服务委员会"接受他的举荐，捐献者接受他的谢意。在整个二战期间发出的信件中，可以找到托马斯·曼为此努力奔波的感人至深的证据：他以"美国日耳曼文化自由指导委员会"（任该会名誉主席）的名义，对"两美元""十美元"的仁慈馈赠表示感谢；他写信给纽约电影公司的老板们，请求他们延长那些以电影剧本作者身份受雇的德国作家的合同。从1940年秋开始，托马斯·曼通过英国广播公司电台每天向德国发表广播讲话，所得收入全部捐献给英国战争救济委员会。当一些在布拉格受到迫害的德国人急需援助时，他甚至写信给华盛顿的高级部门，试图动用自己的声望施以援手。这种为他人任劳负重的精神，以及在做每一件有求于他的事时所表露出来的热情和谦逊，都是对他自己所极力主张的人道主义精神的具体实践。

然而，托马斯·曼的精神成长历程并非一帆风顺，我们甚至会吃惊地看到，1914 年 8 月当德国正式对法国宣战时，托马斯·曼和慕尼黑剧院广场上欢庆的人群（其中包括在仿造的卫兵门厅旁挥动帽子的阿道夫·希特勒）几乎处在同一认知水平。托马斯·曼在给哥哥亨利希·曼的一份信中写道："有幸经历如此伟大事情，是完全没有预料到的，对此难道我们不应怀有一种感激之情吗？"在同一封信中，托马斯·曼称这场战争是一场"伟大的，十分正规的，甚至庄严的人民战争"。1915 年在发表于《法兰克福报》上的《战争中的思考》一文中，托马斯·曼将自己拥戴战争的想法提升到文化高度：只有德国的胜利才能保证欧洲的和平，只有德意志灵魂的保存和发展才意味着更高的文明进步。这种文明，托马斯·曼称之为"文化"，它和"理性"相反，亦和英国式的以契约固定下来的社会道德标准不相容。他发现，个人反对民主的思想早已在路德、歌德、叔本华、尼采那里得到发展；他发现，个人自我教育、自我完善的目的正是通过这种反民主的思想得以实现的，而德国文学史上的浪漫派正是这种升华为世界观的反政治的范例。

这种思想显然和托马斯·曼在"二战"时所具有的人道的反专制思想存在天壤之别，而这种转变过程则是耐人寻味的，在那个大动荡年代的知识分子中有着标杆性意义。

讲到这里，必然要论及托马斯·曼和年长他四岁的哥哥亨利希·曼错综复杂的个人关系。两兄弟同为德国乃至世界文化史上的重要人物，虽然弟弟托马斯·曼由于获得过1929年诺贝尔文学奖在世俗声誉上要高出一筹，但是哥哥亨利希·曼在政治洞察力和社会批判力上则胜过弟弟一筹。亨利希·曼深受法国作家和思想家影响，特别是法国大革命时期的思想文化、人权观念、自由平等思想对他影响至巨，他显然是把法国民主制作为德国君主制的对立面而加以颂扬。在对待德国君主制的态度方面，他和"一战"时期拥戴普鲁士专制制度的弟弟已经背道而驰。

事实上，思想的演变总是缓慢的，当兄弟俩的思想在"一战"爆发后呈水火之势时，他们分歧的源头只会更加遥远。早在1903年，兄弟之间的论战即已开始，尽管最初是很隐蔽的。当时，在亨利希·曼一部重要的小说《小城》发表之后，托马斯·曼在对该书缺乏深入研究的情况下，把它和自己的《王爷殿下》相比较，进而得出哥哥的政治、美学观点与自己相同的结论。亨利希·曼拒绝了这种比较和结论，他不点名地批判弟弟"是反动文学家中的一个，他们象征性地拿来人民的生活，以装饰自己高贵的经历；不认识自由，却对它加以蔑视"。事实很快证明亨利希·曼这段话的正确。在"一战"开始不久后发表的《战争中的思考》一文中，托马斯·曼不仅对自己的民族采取沙文主义的态度，而且称颂其国家形式为"我们的君主制"。

兄弟俩的关系在1914年9月18日托马斯·曼给哥哥的一封信之后完全中断。对于弟弟思想上的幼稚，哥哥痛心疾首。次年，亨利希·曼发表《论左拉》一文，成为反对帝国主义战争最重要的"战斗檄文"，文中哥哥继续不点名地谈及弟弟："最严峻的考验开始了，它迫使有思想的人选择自己的道路，或者做眼下的胜利者，或者为永久的事业而奋斗。看上去似乎同是出类拔萃的战友们一时都翻脸了。这些人毁了，这些生命毁了。……一个只是建立在暴力之上，而不是自由、平等和真理之上的帝国，一个只有命令、钱财和剥削，而人从不受到重视的帝国，是不会取胜的。"

兄弟手足之情，使这场争论变得格外纠结。尽管两人都非常痛苦，但也都毫不犹豫地坚持己见，在措辞上又极力克制，比如上述那种不具名的批评。反过来，托马斯·曼也一样，他的克制还有一层现实的考量——当时亨利希·曼尚居住在慕尼黑，弟弟显然不希望自己对哥哥的攻击成为慕尼黑警察采取行动的口实。

1917年底，亨利希·曼曾写信向托马斯·曼表示和解，却遭到拒绝。回信的口吻沉痛又骄傲："我整整受苦、搏斗了两年之久，荒废了我最为得意的计划，艺术上陷入沉默。自我总结、比较、维护，不是为了在你口授了这封没有一行字不是自以为是的信之后，抽泣着扑倒在你的怀里。"亨利希·曼写信给弟弟，分析了两人性格方面的差异，直率地指出问题之所在："你的激情促使你完成了几部作品，但它也使你对不合心意的东西完成采取无礼的态度。简而言之，它使你无能力去理解另外一个陌生的生命中的真正严肃性。"然而，这封信的草稿上打着"未发出"字样，也许哥哥不想再令两人糟糕的关系雪上加霜，也许他认为事实本身会让误入歧途的弟弟回心转意。

哥哥等得不算太久，差不多四年之后，托马斯·曼终于愿意思考兄长的观点。像青年时代一样，弟弟又一次成为汲取者，并最终朝着自由的道路走下去。在此，他和哥哥再度相逢，并且再也没有分开过。晚年，在《关于我兄长的报道》中，对兄弟俩的情谊，托马斯·曼做过感人的描述："在德国的疯狂面前，他和我一样承受了太多的痛苦和忏悔，甚至比我更多，因为他在从法国出逃期间，生命安全都无法保证。"

令托马斯·曼思想转变的因素是多样的，哥哥的言论虽然遭到他的反击，但是毕竟给他留下深刻印象，是他此次思想蜕变的背景。同时，纪德、修阿雷斯和库奇乌斯关于德法文化问题的见解也引起他的兴趣。在他们的影响下，托马斯·曼对自己提出的国家民族主义的合理性是否过时给予了肯定的回答。

通过好友汉斯·赖西格尔的译作，托马斯·曼接触到惠特曼的抒情诗，惠特曼诗中所表现的"深沉的新的人类思想"打动了他："因为我看得清楚，惠特曼所说的'民主'就是我们所说的'仁爱、人道'，只不过我们的概念陈旧一些罢了。"另一方面，右翼恐怖分子日益猖獗的活动则进一步促使托马斯·曼放弃以往的保守主义态度。尤其是原帝国部长、时任外交部长瓦尔特·拉特瑙被暗杀，对托马斯·曼是一次巨大的震动——他认识这位极力推行东西方和平共处政策的高官，并将之视为和解政策的代表斗士。

转变的迹象首先表露在有关霍普特曼诞辰的纪念文章中，托马斯·曼首次提出"文学的教育功能"思想，这和他对"人道主义"的理解紧密相关。从此以后，文学的教育功能或者说道德训诫作用，成为托马斯·曼思想中的核心部分，早些年就亨利希·曼的檄文《论左拉》而写的论战意味强烈的《一个不问政治者的思考》中几近唯美主义思想的文学观被逐渐抛弃。到魏玛共和国末期，托马斯·曼有关文学与政治之间关系的想法更加明确："面对今天的现实，一个有头脑的知识分子对社会、政治问题采取自命清高、视而不见的态度，是完全错误的，是与生活相悖的，政治、社会方面的事情也属于人道的范畴。"

日见清晰和左转的政治态度使托马斯·曼成为德国政治生活中引人注目的人物（自然也和他 1929 年获得诺贝尔文学奖有关），从 1922 年发表《论德意志共和国》的演讲开始，他的每一次言论都要被贴上政治标签。在魏玛共和国的最初几年，一些"无知和没有教养"的青年人就已公开对托马斯·曼表示不满。随着纳粹势力的日益增长，托马斯·曼遇到的敌对势力也在增长。1930 年 9 月 14 日，在国会重新选举中，纳粹的票数陡增，为了扭转局面，托马斯·曼挺身而出，同年 10 月 17 日在柏林贝多芬大厅做了名为《致德国——向理性呼吁》的演说，虽然这不是他离开德国前最后的告诫，却是最有力、最坚决的一次。他向那些想靠"无为"过活的市民指出，只有和社会主义者的联盟才能保障诸如"自由、精神、文化，这些市民阶层的幸福权利"。而他得到的是一场骚乱——在 20 名用黑礼服伪装起来的冲锋队成员的支持下，戈培尔的心腹布罗南导演了一出示威闹剧。演讲后，托马斯·曼被迫由朋友带领，从后门溜出，通过相邻的柏林交响乐团漆黑的大厅，到达一个秘密出口，然后乘坐早已在此备好的小车，才得以脱险。

此后，在慕尼黑住处，托马斯·曼不断接到匿名电话和匿名信威胁要"干掉"他，1932年，托马斯·曼收到一件包裹——被焚为灰烬的《布登勃洛克一家》。显然，寄件人想以此恐吓托马斯·曼放弃对纳粹的批判。次年，德国的局势更加恶化，在希特勒执掌政权不久，托马斯·曼即被迫开始了长达16年的流亡生涯。对托马斯·曼来说，其精神历程只经历了"一战"后的那一次重要转变，此后他都是人道主义和民主政体坚定的支持者，而他在德国的遭遇（遇险、书籍遭禁、备受恐吓以及最终被取消国籍）则从另一方面证明了他的真诚和勇气。

不过，托马斯·曼之所以成为德国流亡者乃至整个世界反法西斯阵线里举足轻重的人物，到底还是和他的文学成就有关，因此，考察他的文学作品和政治主张的关系就变得尤为重要。尽管在"一战"之后的年月里，托马斯·曼深度介入了政治和社会事务，并为此花费了许多精力和心血，但托马斯·曼还是千方百计抓紧时间，以德国人特有的严谨勤奋写作。多少年来，他都坚持上午写作，下午答复各种信件，只是到了晚年，在动了一次大手术后，才从写字台前撤离，坐在沙发的一角，面前放上一块斜面木板，伏在上面写作。

在有关时事的诸多演讲中，以及在 BBC 的广播讲话中，托马斯·曼反纳粹斗士的形象得到淋漓尽致的展现。但是，当他伏案写作时，他的小说到底遵循着美和文学本身的逻辑，他清楚地知道，在文学创作中该如何得体地安放他的政治和社会热情。在对歌德多年精深的研究中，托马斯·曼将自己从叔本华、瓦格纳和尼采的束缚中解脱出来，对他来说，生活和艺术不再矛盾，艺术也绝不是那种浪漫主义的骗人的苦行僧的产物。他赋予艺术更高的地位："人类通过诗人将自己的经历用语言的形式固定下来，并使它得到永存；艺术家的严肃，这种游戏般的严肃，是人类思想高尚的最纯洁、最感人的表现形式。"

晚年托马斯·曼历数了他所处的时代所经历的巨大变革："俾斯麦统治下的德国在欧洲大陆称霸，维多利亚英帝国的鼎盛，欧洲资产阶级道德准则遭到非理性的冲击，1914 年的灾难，美国登上世界政治舞台，德意志帝国的没落，俄国革命，法西斯主义在意大利和纳粹在德国的兴起，希特勒的恐怖统治，东西方反对希特勒联盟。"作为站在世界舞台中心的文化人物，这些变革尽在他恢宏的视野内，当然只是在时事评论和广播演讲中，托马斯·曼才会对这些变革做出即时的直接的回应。在他的文学作品中，所有这些只是作为背景存在着，他那些卷帙浩繁的小说处理的场景，表面上看并不恢宏：《布登勃洛克一家》讲述的是吕贝克望族布登勃洛克家族四代人从 1835 年到 1877 年的兴衰史，正如小说副标题所言，这是一个有关家族没落的故事；《魔山》虽然人物众多，但人物活动的环境仅局限于一座高山肺病疗养院；晚年巨著《浮士德博士》则讲述了音乐天才莱韦屈恩悲剧性的一生。也就是说，托马斯·曼很清楚史诗般的小说和真正恢宏的历史事件毕竟是两回事，虽然在思想意识方面他曾误入歧途，但对于美学意义上小说的理解却从未偏离过正道。这也可以说明为什么托马斯·曼小说创作的轨迹并不和他的思想认知水平处于等距离的平行线上：当他的思想意识跌入专制和民族主义的低谷时，他的小说水准却始终维持在较高的水平线上；而当他的思想意识在"一战"后转入民主和人道阵营时，他的小说创作也很难说相应地步入巅峰状态。

事实上，艺术创作总是有一种中性的惰性——激进时它拖在后面，颓靡时它又冲在前方。它有自己神秘的逻辑，以此和轻佻的时事评论区分开来，并将重心始终倾向于遥远的永恒。

如果说叔本华和尼采增进了托马斯·曼的认识和见解，那么托尔斯泰则是他从事小说创作的伟大导师。在二十来岁写作第一部长篇小说《布登勃洛克一家》时，托马斯·曼已经是托尔斯泰的忠实拥趸，在写字台上摆放着托尔斯泰的肖像，整部长篇都是在托尔斯泰不乏冷峻的目光下写就的。像如今的许多粉丝一样，他甚至计划亲眼见一下这位伟大作家。那是世纪嬗替之际，托尔斯泰应允去克里斯蒂安亚参加一个和平会议，托马斯·曼打算去看他，可惜"托尔斯泰病了，取消了这次活动。我这样想象着，并真的相信是这样。托尔斯泰依旧是神"。

在《布登勃洛克一家》的写作中，他学习并发展了托尔斯泰布局谋篇的技巧，即通过引导动机（"作家有意强调的细节，那种词句，意义上的遥相呼应，极为清晰的条理与至为深长的意味同时并举"），将长篇叙述衔接起来。更重要的是，托马斯·曼发现，他在写作中致力于全面细致地表现自我，然后以此为中心，与社会、时代发生活生生的关联——这个方法，托尔斯泰早就用更巧妙更全面的方式实现了。在给友人马尔腾斯的信中，这位意气风发的年轻作家写道："我相信，伟大的作家在其一生里并没有发明什么，他们只是用自己的心灵对流传下来的东西加以丰富充实并重新进行塑造。我相信，托尔斯泰的作品至少和我渺小的拙笔一样具有严格意义的自传性质。"

自此，托尔斯泰成为托马斯·曼写作上的标尺和动力。在1921年世界观发生重要转折时，鼓舞、引导托马斯·曼的正是他一生都极为推崇的歌德和托尔斯泰。在整个1920年代，托马斯·曼最重要的作品除了鸿篇巨制《魔山》，恐怕就要算长篇散文作品《歌德与托尔斯泰》了。托马斯·曼将这两位文豪做了细致的比较，许多评论都很尖锐且措辞妥帖。毫无疑问，托马斯·曼堪称托尔斯泰的知音，要是他再年长一些，也许他们可以成为彼此的知音。

和托尔斯泰取得的几乎一面倒的赞誉不同，托马斯·曼的文学之路虽然主要由鲜花构成，但也一直伴有批评之声。有时候人们显得太急躁，不能立刻领会托马斯·曼从敏感的个体去触及社会和时代的羊肠小道——
一种心灵的过滤器从纷繁的世界中过滤出艺术和美，他
们急于看到史诗本身，而不知道文学的史诗其实只是个
体日常生活的无限繁殖，以此准确映射出历史跳动的深
沉脉搏。《纳粹德国文学史》作者 J. M. 里奇就犯了这
样的毛病，他对托马斯·曼晚年倾注极大心血的《浮士
德博士》颇有微词，主要的纠结就在于这部忏悔之作，
竟然略去那么多史实："德国的城市遭受着空袭，火箭
落到伦敦，盟军进入法国，德军撤出苏联，德国最后面
临的无条件投降和盟军的占领——这一连串事件，书中
都有涉及，但没有一件得到完整叙述。虽然小说成功地
给读者造成一种充实和全面的印象，但仍有大量内容被
省略。例如，第三帝国的整个时期几乎都被排除在小说
之外，因为叙述者泽特布罗姆关心的是讲述一位名叫莱
韦屈恩的音乐天才的生平。"这样的不满大概要让托马
斯·曼哑然失笑了。真正的文学家从未想着要把历史学
家一脚踢开并取而代之，尽管他心里一直惦念着历史。
好的文学永远有一种普遍的抽象性，有一种超越真实的
幻象，并借助这幻象触及更深沉的真实。

就《浮士德博士》而言，其主题是一名骄傲的、受

到无创造性威胁的英才的生命故事。在这个人身上,一如托马斯·曼所言,反映出艺术全体、文化,乃至精神自身在我们这个万分危急时代的境况。莱韦屈恩是德意志灵魂的隐喻:两者——德国和莱韦屈恩,都陷入了一种无创造性、无信仰、受到生命僵化之威胁的境地。两者都和魔鬼缔结了协议:德国是为了颓败的社会;莱韦屈恩是为了赢得创造性的迷醉和狄奥尼索斯的恣肆,以摆脱过度的内省强行进入原初的情感。两者最终都被魔鬼俘获,都背叛了人道的理性,委身于非理性的权力。

托马斯·曼对这部小说极为重视,他甚至专门写了一篇《〈浮士德博士〉的诞生——一个小说的小说》以阐明自己的主旨。在"二战"结束不久、小说杀青之前,在一次有关"德国和德国人"的演讲中,托马斯·曼提道:"只有一个德国,它通过恶魔诡计将其至善打造成恶。恶的德国,是走错路的善的德国,不幸、罪恶和没落中的善。"这句话也许正是整部小说所营造隐喻的指向物。

托马斯·曼在年近六旬的时候,怀着沉痛的忏悔之心,借助《浮士德博士》,对自己的一生,也对浪漫主义以来的德国文化和社会做了痛彻心扉的反思。因此他才会在生前接受的最后几次采访中，非常明确地表示这部《浮士德博士》是他的最爱："谁不喜欢它，我立刻就不喜欢谁。谁对它承受的精神高压有所理解，谁就赢得我的由衷感谢。"这已经有临终绝笔的意味了，虽然后来托马斯·曼还写了别的小说以及广受赞誉的有关克莱斯特、契诃夫和席勒的长篇随笔。显然，此时的他，一生中最主要的工作已经完成了。

菲茨杰拉德：爵士时代的幻梦

虽然作家们通常处理的都是自己的所看所思所想，也即对自己时代的观察——即便是历史体裁的小说，一般也是这种观察的变相体现——可是很少有作家像菲茨杰拉德那样强调自己和所处时代那种水乳交融的关系。

初登文坛的作家习惯于强调自己时代的重要性和独特性——这并不让人费解，毕竟人类有文字记载以来的数千年历史对于他们来说是纸面的、抽象的，而他用自己的生活、爱恋、痛苦和追忆去塑造的那个时代，至少对他自己而言是唯一的由血和肉构成的。如果你再自恋一点，再勇敢一点，你难免会像菲茨杰拉德那样沉浸在时代的幻梦之中而无法自拔。

菲茨杰拉德是一位对时间的流逝极为敏感的作家，

和他同时代的美国文学批评家马尔科姆·考利曾说："他老想着时间，就像是在一间摆满日历和时钟的房间里写作。"

早在 1922 年，菲茨杰拉德就给自己的时代取了一个优雅的名字——爵士时代。这一年，他把新近创作的十一个短篇小说集成一部短篇小说集，以《爵士时代的故事》之名出版。在写于 1931 年的《爵士时代的回声》一文中，菲茨杰拉德准确地将爵士时代界定于 1919 年的五月示威至 1929 年 10 月经济危机的开始。随后他略带夸张地将这个时代称为"这是奇迹的时代、艺术的时代、困厄的时代、讽刺的时代"。当然，那还是他热烈地投身其间的时代，这难免让他情绪复杂，尤其是当菲茨杰拉德在三十年代怀着落寞孤寂的心情回首往事的时候。

的确，第一次世界大战后，元气未伤的美国进入了一个空前繁荣的时代。美国的工业像发酵的面团一样蓬勃兴起，大型工厂、流水线、铁面无私的企业纪律和竞争精神，这一切都让维多利亚时代温文尔雅的举止和慢吞吞的节奏无处容身。"对享受的渴望和对玩乐的追求笼罩了全国。"（菲茨杰拉德语）放荡不羁的生活方式从大都会传播到各地，影响了一代人。"狂欢会"遍及各地，先是年轻人，不久，年轻人的父母也加入了这物欲横流的狂欢。菲茨杰拉德自然是这狂欢人流中颇引人注目的一员，而他个人的经历也恰好应和着这个狂欢的时代，伴随着它的潮起潮落。

1920 年，24 岁的菲茨杰拉德就有了一个完美的开局：他的首部长篇小说《人间天堂》由当时颇负盛名的斯克里布纳出版社出版，并立刻列入全美畅销书排行榜；他的短篇小说、剧本、诗歌连篇累牍地出现在当时一些重要的报刊上；根据他的小说改编的电影也已经上映。在个人生活上，他终于迎娶了爱慕已久的南方美人泽尔达。菲茨杰拉德后来回忆："一天下午，我乘上一辆出租车，在巍峨的高楼大厦和紫红色的天空下，我突然一阵号啕，因为我得到了我想要的一切，我知道今后不会比这更幸福了。"

整个 20 年代，菲茨杰拉德在个人写作上的不断成功和美国经济的持续繁荣奇妙地交织在一起，难怪他会比别的作家对这个十年怀有更深的感情。30 年代，美国进入大萧条时期，菲茨杰拉德无论在写作上还是婚姻生活上都走入了困境，他的小说不再受欢迎，而他和泽尔达的婚姻在经历了多年争吵和相互折磨后已经名存实亡。

　　提到菲茨杰拉德，就不得不提及他的漂亮妻子泽尔达·赛尔。菲茨杰拉德和泽尔达的恋爱——一个北方青年中尉和一个南方窈窕美人的罗曼史，他们充满传奇色彩和流言蜚语的婚姻，已经在菲茨杰拉德好几部长篇小说以及许多短篇小说中用作素材，而泽尔达的长篇小说《救救我华尔兹》显然也是对他们婚姻生活的描绘。如果说许多作家都会有来自女人的灵感，那么菲茨杰拉德可以说更进一步——他是在写作中滥用自己的爱情和婚姻，就像他毫无节制地酗酒一样，直到这场婚姻被写作掏空。就这一点而言，他和泽尔达的婚姻似乎只是菲茨杰拉德写作生涯的一个幻影，就像月亮精美地投射在宁静的池塘上，也许它看起来非常优美，可对于菲茨杰拉德来讲那只是某种"代价"。不用说，这正是菲茨杰拉德悲剧性写作生涯的缘起。

　　他们似乎把小说当作彼此交流的一种特殊方式，通过那些虚虚实实的故事，宣泄着他们的迷惘、抱怨和不满，沉溺于一次又一次的自我辩解。在他们婚姻晚期争执不断的日子里，泽尔达时常会重温菲茨杰拉德在他们热恋时写的那些温情的小说，并对他在后期的长篇小说《夜色温柔》中过于丑化女主人公而感到伤心。

菲茨杰拉德夫妇从时代宠儿最终沦落为时代弃儿，实在是一个悲剧。许多人包括海明威都将菲茨杰拉德创作能力的衰退归咎于泽尔达，可实际情形也许只有他们自己知道。有一次，在评论英国作家高尔斯华绥的小说《福尔赛世家》时，菲茨杰拉德认为小说的主题太沉闷，他怀疑高尔斯华绥早年可能遭到过爱情上的挫折，因为只有亲身经历过这方面的生活，写出的东西才有活力。在说这句话时，菲茨杰拉德也许是想起了他和泽尔达痛苦但充满"活力"的婚姻吧。这么说来，婚姻的苦涩甚至滋养了他的写作。有一点可以肯定，没有泽尔达就不会有我们今天所了解的作家菲茨杰拉德，至少他的小说会是另一种形态。

1922年，菲茨杰拉德普林斯顿大学时代的朋友、后来的大批评家埃德蒙·威尔逊曾经撰文评述影响菲茨杰拉德性格写作的三大因素：一是中西部出身，这使他对东部人的魅力和世故看得过高；二是爱尔兰血统；三是酗酒。菲茨杰拉德特地指出威尔逊的论述是不完备的："从我认识她（指泽尔达）之后的这四年半时间，对我影响最大的是泽尔达那完完全全、美妙无比、一心一意的自私和冷漠。"这是他送给妻子的最漂亮的反语和最邪恶的恭维话之一，从中亦可看出他们之间爱恨交织的复杂关系。不用说，他的小说中那些颇有深度的对于人性的挖掘也主要来自这种婚姻经验。

菲茨杰拉德对他所塑造的女性总是表现出敏锐的观察力，这些女性通常都比较果敢、叛逆，懂得如何与男人交际，一如泽尔达。他对她们的想法和感觉具有强烈的好奇心，这种好奇心让他作品中的女主人公栩栩如生。相形之下，男主人公却不免有些苍白、谨慎和公式化，那是他自己的化身吗？也许吧。

30年代中期，泽尔达因精神分裂住进精神病院。1940年，菲茨杰拉德因心脏病在好莱坞猝逝。六年之后的一场大火吞噬了泽尔达所在的医院，因困在楼顶无法逃生，泽尔达被活活烧死，遗体面目全非。两人凄惨的结局和他们早年穷奢极欲的生活形成强烈对比，并为菲茨杰拉德充满忧郁和怀旧色彩的小说营造了阴郁氛围。

菲茨杰拉德20年代取得的成功很大程度是在商业

上，他的前几部小说销得不错，而他的短篇小说也颇受一些流行杂志的欢迎。20 年代中后期，《星期六晚邮报》为他一篇短篇小说付出的稿酬就有 3500 美元。但严肃的作家是不屑于在那里发表小说的。一次，菲茨杰拉德怂恿海明威给《星期六晚邮报》投稿，海明威的反应是："给它投稿？扯淡！你给他们两篇吧，就算咱俩的。"

主宰那十年文坛的其实是这样一些作家：德莱塞、安德森、门肯、刘易斯、奥尼尔和弗罗斯特。这种主宰不仅是声望上的，也是销量上的。当菲茨杰拉德的《人间天堂》卖出 5 万册的时候，刘易斯的《大街》卖出了 30 万册；德莱塞的《美国的悲剧》的电影改编费是 9 万美元，而《了不起的盖茨比》则只有 3 万美元。

1930 年，刘易斯在接受诺贝尔文学奖的演讲末尾表达了对未来美国文学的信心，他特别提到几位年轻作家，包括海明威、伍尔夫和福克纳，但是没有菲茨杰拉德。同样，德莱塞在 1933 年的论文《伟大的美国小说》中也褒扬了一长串当代小说，但也没有菲茨杰拉德，倒是文章末尾对某些书的不点名批评让人别别扭扭地想起了菲茨杰拉德："这些书写得相当聪明。甚至从心理学的观点看，这些书也写得不错，尽管这多半是商场里的和茶桌上的心理学。情结开展得很热闹，然而没有一行字写的是真正的生活、真正的感受、真正的人、真正凄惨的事情和真正的悲剧。"

　　文学从来就不是空中楼阁里的物件，它和意识形态总是复杂地缠绕在一起。在那个年代，左翼作家是走在时代前列的，像德莱塞、刘易斯、帕索斯等都拥有广泛的影响力。菲茨杰拉德一度宣称自己是社会主义者，并对他混迹其中的那个时髦的社交圈始终怀有隐蔽的敌意。多年后，他曾谈到他当新郎时的感受："这个口袋里装满叮当作响的银钱的男人娶了那姑娘，一年来他总是对有闲阶级抱着一种不信任，一种怨恨——但这不是革命者的信念，而是一种农民式的闷在心里的恶气。"应当说这是一种坦率而准确的告白，他对他所抨击的"有闲阶级"其实是情绪复杂的，其中混杂着向往、不齿和怨恨。这种暧昧的态度当然不会为那些"旗帜鲜明"的左翼作家们接受，但他的小说最终却受惠于这种暧昧，他对自己身在其中的那个阶层的批判因而显得更为丰满而有说服力。

随着时间的推移，当左派的观点不再那么时髦时，菲茨杰拉德那些更关注个人感受的小说似乎更受批评家和读者的青睐。当年菲茨杰拉德颇为妒忌的刘易斯和帕索斯似乎不再是他的对手，而美国近年出版的多种文学史在列举那个年代的代表作家时，能和菲茨杰拉德相提并论的似乎只有福克纳和海明威。但这远非定论，而是这个时代文学风尚的表露而已。

实事求是地说，菲茨杰拉德在处理广阔的社会题材方面确实较弱，他处理的只是社会的一个较窄的层面，其中充斥着形形色色华而不实的舞会、酒会和狂欢，就连他自己比较偏爱的处理 1919 年五一大游行的《五一节》（那几乎是他唯一直接处理重大现实题材的小说），也是通过对耶鲁学生舞会的描述顺便带出的。我在菲茨杰拉德小说中看到过多少个散发着浪漫气息的舞会啊，而且往往是某个心事重重的青年在人群中寻觅光彩夺目的姑娘。

如果我们能给予题材应有的重视，那可能菲茨杰拉德还算不上是一位大作家，但他自有过人之处，那就是他浓郁的诗人和梦想家的气质。作为小说家，菲茨杰拉德最为倾心的作家却是英国浪漫主义诗人济慈。他把自己和济慈划归同一类型："成熟得早的才华往往是属于诗人类型的，我自己基本上就是如此。"的确，菲茨杰拉德对世界的观察是细腻的、诗人式的，往往能在普通的场景中发现动人心魄的美，这也是他拯救他的小说于寻常场景屡试不爽的灵丹妙药。

现当代小说家往往自觉地将客观描写当作必须谨守的首要法则，就像福楼拜那样，而少有人再像大多数19世纪作家那样离题千里大发感慨了。这样做的好处是小说会变得紧凑结实，而且明白无误地展示出作者在观念上的现代性——那可是个训练有素的作家。但现代作家这种特有的精明是以放弃尝试自身的潜力为代价的。换句话说，现代作家们普遍鄙视的"抽象能力"却是造就大作家不可或缺的一课，当然也只有真正自信的作家才敢动用这一本身充满危险性的手法。

菲茨杰拉德正是这样的作家。就这一点，不妨将菲茨杰拉德和他同时代的两位作家做个比较。海明威的小说善于紧紧抓住人物的行动和对白，小说显露出来的首要品质正是他追求的硬朗。当然，这种品质也是整个现代主义一再确认和追求的，这使他的小说很容易获得不无教条倾向的批评家的赞誉。托马斯·伍尔夫是那个时代另一位被誉为天才的作家，他也是才华横溢、长于抒情的，可是他的小说语言抒情得多少有些陈腐——尤其在短篇小说中。就这一点而言，他和菲茨杰拉德还不在一个档次上。菲茨杰拉德小说的诗意不在于表面的诗化语言，而在于他的整个感受方式是诗歌式的，他有着卓越诗人才有的那种抽象能力，这使他的小说就算是记载个人化的生活场景，仍然能让你明确意识到这是一部"史诗"。

菲茨杰拉德最重要的小说《了不起的盖茨比》篇幅并不长，译成中文只有 12 万字，但由于菲茨杰拉德出众的抽象能力，这部小说所承载的意义远远超出其篇幅所能承载的，它几乎成为一个时代的寓言——甚至一个有关美国梦的寓言。这部小说的结尾部分给我留下很深的印象，而数部美国文学史都便利地将它当作对那个时代文学描述的总结，它成功地将一部表面上看起来不无感伤的爱情小说提升到广义的诗的高度：

　　它那些消失了的树木，那些为盖茨比的别墅让路而被砍伐的树木，曾经一度迎风飘拂，低声响应人类最后的也是最伟大的梦想，在那昙花一现的神妙瞬间，人面对这个新大陆一定屏息惊异，不由自主地堕入他既不理解也不企求的一种美学的观赏，在历史上最后一次面对着和他感到惊奇的能力相称的奇观。

《了不起的盖茨比》是菲茨杰拉德最用心的一部小说，整个1924年他都沉浸在创作的喜悦之中。10月初，当书快完稿时，他写信给埃德蒙·威尔逊，言语热情又自豪："我的书太棒了，连这里的空气和大海也都那么可爱。"小说于1925年出版，在商业上并不成功，首印的两万册都没有卖完，却赢得了批评界的高度赞誉，艾略特立刻称之为"美国小说自从亨利·詹姆斯以来迈出的第一步"。他的朋友埃德蒙·威尔逊认为，这本书在某些方面是菲茨杰拉德干得最漂亮的一手，而在两年前他还不留情面地批评过菲茨杰拉德的小说。

九年之后，历经个人生活的种种磨难和文学声誉的持续下降，菲茨杰拉德艰难地推出了他的又一部长篇小说《夜色温柔》。如果说《了不起的盖茨比》还留有某种朦胧的希望的话，这部小说则以梦幻破灭、人生颓败为主题，小说的基调是颓靡和绝望的。《夜色温柔》的结构也更为复杂，从而被那个时代的批评家攻击为"支离破碎、结构混乱"。就连海明威也是在数年之后重读该小说时，才有了新的感觉，发现这是一部极优秀的小说。他让他们共同的编辑伯金斯转告菲茨杰拉德他的这种感觉，因为当时两人曾经的亲密关系已经成为过去。

在创作长篇小说的同时，菲茨杰拉德还写了160余篇短篇小说，翻译成中文的有22篇。总体而言，他的短篇小说成就不如长篇，这些短篇大多是给一些流行杂志撰写的，因为它们可以支付更高的稿酬。海明威在《不固定的圣节》中对此有过记述："他（指菲茨杰拉德）曾在丁香园咖啡馆告诉我，他是怎样写出那些他自以为是很好的短篇小说的。此后，他把这些小说改写成投寄给杂志的稿件，完全懂得该如何运用诀窍把它们改写成容易出手的杂志故事。这使我震惊，我说我觉得这无异为卖淫，他说正是卖淫，他要先从杂志赚到钱才能进一步去写像样的作品。"因为这个原因，这些小说通常都有跌宕起伏的情节、华美的修辞，以及上流社会人士的喜怒哀乐（杂志对于上流社会总是趋之若鹜）。

译成中文的这些短篇小说已经是菲茨杰拉德各个时期比较有影响力的作品了，可是他早期的小说——比如

《头与肩》《伯尼斯剪发》《近海海盗》等——还跳不出校园小说的窠臼，尽管小说本身写得生动流畅，但无论社会意义还是文学价值都不大。

菲茨杰拉德最好的短篇小说是《阔少爷》和《五一节》，前者不动声色地抨击了所谓上层社会的虚伪，而后者则是对重要现实题材所做的一次有深度的尝试。这两篇小说在菲茨杰拉德一贯的细腻之余，还有着他通常并不具备的硬朗和力量。而《一颗像里茨饭店那么大的钻石》和《本杰明·巴顿奇特的一生》则是菲茨杰拉德最为别致的小说。这两篇小说都充分发挥了他幻想的特质，像出自爱玩超现实主义理念的意大利小说家（如皮兰德娄和卡尔维诺）之手。

加缪：为人道主义立下里程碑

  1957 年 10 月 16 日，加缪和友人在巴黎福赛圣贝尔纳街的一家饭店吃饭，一个穿制服的服务员跑来，告诉他得了诺贝尔文学奖。加缪顿时脸色苍白，显得非常震惊，不住地说应该是马尔罗得奖。是啊，谁会想到诺贝尔文学奖会颁给这位甚至可以称得上是年轻人的作家。

  实事求是地说，这次颁奖给加缪，是诺贝尔文学奖历史上最具慧眼的几次颁奖之一。把诺贝尔文学奖授予加缪，完全是瑞典科学院自己的选择，因为加缪不是任何重要团体推举的候选人，而且当年法国共提出九位候选人（不包括加缪），众望所归的正是加缪获奖后一直念叨的"马尔罗"。同时，1957 年的候选人中还包括日后获得此奖的帕斯捷尔纳克、圣-琼·佩斯和贝克特。

　　半个多世纪后，所有人的感觉一定都是加缪理应得奖，而加缪作为作家的声誉不仅没有随着三年后车祸丧生的悲剧而降低，其影响却变得越来越大，今天我们甚至可以断定加缪是能为诺贝尔文学奖增色的少数作家之一。这一方面和加缪作品被时间证明的生命力有关，也毋庸置疑地和加缪对所有专制制度所采取的坚决抵抗的态度有关。事实雄辩地证明加缪早年的某些决定，既符合一个作家的良知，也是他锐利的社会洞察力的证明。

　　我们当然可以方便地说，每个人都是一个悲剧，但加缪因车祸而戛然而止的生命尤其让人痛心。手上这本八百多页的《加缪传》，在看到最后几章时竟有一种越来越揪心的感觉——这哪里是就要终结的生命，这个生命正在盛放啊！他刚刚用诺贝尔文学奖的奖金在远离巴黎的普罗旺斯的卢马兰村买了一幢房子，避开巴黎无聊势利的文学圈潜心创作。

　　事实上，他的写作进展顺利，他用大幅稿纸写小说《第一个人》，到1960年1月2日（也就是他去世前两天），已经密密麻麻地写满了145张，甚至题词也已想好："献给永远无法阅读此书的你。"据猜测，"你"是指他不识字的母亲。在写作过程中，他还抽空指导戏剧《群魔》的排练，抽空飞回阿尔及利亚照顾病中的母亲，继续努力干预，解救遭起诉或监禁的阿尔及利亚人。他也和两年前在花神咖啡馆认识的美丽的丹麦女郎展开热烈的恋情，在 1959 年圣诞节前不久，这位女郎还住在加缪卢马兰的住所里。可是所有这些美丽的文字、恋情都因为一场车祸而变得狼藉不堪，而原本欢快的乐曲仿佛突然披上了一层哀婉的音调。

1947 年 6 月，加缪最重要的小说《鼠疫》出版，获得成功，所有评论都充满赞誉之词。不久，加缪和家人离开巴黎去了勒帕奈利耶，在那里，他再次对自己过去、现在和未来的作品进行回顾和展望，基本上都是三部曲：

第一系列"荒谬"：《局外人》—《西西弗神话》—《卡利古拉》和《误会》

第二系列"反抗"：《鼠疫》（及其附属品）—《反抗者》—《卡利亚埃夫》

第三系列"撕心裂肺的爱"：《焚尸的柴堆》—《论爱情》—《迷恋》

第四系列"文明世界或制度":长篇力作—长篇沉思录—未上演的剧本

后来,在重新整理日记时,加缪又在第二系列和第三系列之间加上了《审判》(就是后来出版的《堕落》)和《第一个人》。而那个"长篇力作","那个不朽的作品将诞生于 1960 年至 1965 年间",那会是加缪自己的《战争与和平》,而预计的五年也是比照托尔斯泰写《战争与和平》的时间拟定的。看到这个恢宏的计划,相信许多读者都会有一种深深的遗憾,真是天不假年,英年早逝的加缪刚刚完成了写作计划的一半。如果他能活到法国人的平均年龄,他在青年时代就已经在酝酿的长篇力作和长篇沉思录都将问世,文学世界和读者将会获得怎样一笔财富!而现在我们连篇名都不知道,只能在虚空中想象它们可能的样子——带着深深的惋惜。

从这个计划也可看出加缪独特的写作方式,他不像大多数小说家那样总是从人物和围绕人物的故事展开,处于他创作核心的往往是某个哲学问题,然后以小说、戏剧或论文的方式从各个角度予以揭示。这种思路很可能和他少年时代的老师、古典派哲学家让·格勒尼埃的影响有关，哲学或者说人在世界中的处境往往是加缪作品的原动力。通常，这种概念先行的写作方式产生的往往是二流作品，可是加缪凭借自己过人的才华，让小说受惠于某种弥漫的暗示性的哲学意蕴，避免了习惯从人物故事入手的小说家通常会犯的过于重复的毛病。想想他最重要的几部小说——《局外人》《鼠疫》《堕落》——在小说的形式、主题、语调等方面都有不小的差别。

当然，在写作过程中，加缪对于哲学对小说的过分干扰也有着足够的警觉。在阿尔及利亚奥兰潜心写作《鼠疫》时，加缪也在聚精会神地阅读麦尔维尔的《白鲸》——刚由伽利玛出版社出版了法文版。

尽管加缪从一开始就是一个善于思考的青年，但是《反与正》《婚礼集》等早期作品中大段大段极富诗意的句子表明他也是一位情感充沛的青年。从一开始，思和诗就在他的作品中交织着发挥作用，它们彼此提携、相互刺激，从而将文本提升到杰作的高度。通常，思和诗的交汇点只有技艺高超的作家诗人才能捕捉到（和加缪私交甚笃，也是加缪最钦佩的 20 世纪法国诗人勒内·夏尔正是这样的诗人），由此，可以断定青年加缪就是一个罕见的文学天才。这也解释了为什么加缪的小学老师热尔曼和大学老师格勒尼埃很早就断定这个孩子将会前途无量，他们的依据当然不仅仅是少年加缪清澈聪慧的眼神。

加缪从没有偏离文学的正途。就像萨特那帮人在和加缪论战时攻击他的那样，加缪确实没有多少"原创性思想"，可是对于一流小说家而言，先在的所谓原创性思想不正是他避之唯恐不及的吗？在小说和哲学的关系上，加缪牢牢将自己的笔触控制在最微妙的那个点，这时，哲学就成为促成小说向前进发的预备性力量——一种弹簧般的发射装置，而不是以怠惰的思想拖垮小说的双腿。是啊，萨特倒是拥有存在主义这种颇时髦的"原创性思想"，可这并不能保证他的小说和戏剧始终处于一流水平，也不能保证他不会陷入斯大林主义，而后者在加缪看来只要拥有常识就完全可以避免。

从加缪之死出发回顾他短暂的一生，我们得以对他的人生和思想有一个更为透彻的了解，毋宁说他的死亡更反衬出他思想上的崇高和行动上的勇敢。

加缪自幼丧父，少年时代起又备受肺结核的折磨，此外像婚姻的失败、友情的终结、创作上的停滞不前等遭遇从来不曾远离他，但是，这个以晦暗为起点的生命，最终燃烧到光辉灿烂的程度，令人炫目的同时也让我们意识到自身就在他的光照之中——我们受惠于他，这甚至已经超出了一个读者对于一个作家的正常情感。你看到他在受苦，但你分明感到他是在替我们所有人受苦，而他获得的光荣，你亦会为之欣喜，因为那恍然是馈赠给全人类的光荣。这大概就是加缪获得持久热爱的原因之一吧，他用他的作品和温暖的思想唤起人们心中潜伏的爱，他也因此成为这种爱首先的投射物。

这是一个追求人道尊严的生命，甚至是一个为一代人追求人道尊严的生命。加缪当然足够尊重个体生命的尊严和价值，但是对于那种置身事外、追求独善其身的人生态度他从来都毫不掩饰其蔑视。在他笔下，"为艺术而艺术"是一个十足的贬义词。相反，一种勇于担当的责任感贯穿加缪的写作生涯，也贯穿他的生命本身。也许正是在此意义上，苏珊·桑塔格说加缪是"当代文学的理想丈夫"，并发现加缪"从流行的虚无主义的前提出发，然后——全靠了他镇静的声音和语调的力量——把读者带向那些人文主义和人道主义的结论"。

加缪在年少时出过的两本小册子——《反与正》

《婚礼集》，就已经展露了极为敏感的语言天赋，曾经向这两本小书表达过激赏之意的著名作家就有（据我目力所及）纪德、埃德蒙·威尔逊、苏珊·桑塔格等。

更让人意外的是，加缪从没有滥用他的才华——不是用它制造浑浊的梦幻，而是从一开始就用这才华从事祛魅的工作。他在《反与正》再版序中写道，他的诗人朋友布里斯·帕兰经常说这本小书里包含了加缪写得最好的东西。我同意帕兰的看法，书中那篇《灵魂中的死亡》我个人极为偏爱，我以为在这篇文章末尾，加缪坦率道出了他的文学观："我需要一种崇高的东西。我在我的深刻的绝望和世界上最美丽的风景的某种秘密而冷漠的对比中发现了它。我在其中汲取了既有勇气又有意识的力量。这种如此困难、如此反常的东西，于我足矣。"

从加缪生命的后期去回顾，我们发现他毫不偏差地推进着一条显然属于理想主义者的路。在他短短的写作生涯中，真理和自由始终是他殚精竭虑去渴求的目标，并为此付出了自己的全部生命，在此意义上我们可以说加缪是一个大写的、纯粹的写作者。

1957年，利用诺贝尔文学奖的讲台，加缪对"崇高的写作"做了具体界定："每一代人都以改造世界为己任，不过我这一代人知道它改造不了世界，但它的任务也许更伟大。这任务是阻止世界分崩离析。这一代人继承了一段腐败的历史，其中堕落的革命、疯狂的技术、死去的神祇和筋疲力尽的意识形态搅作一团，平庸的政权今天可以毁灭一切，却不知道如何服人，智力卑躬屈膝到为仇恨和压迫当婢妾的程度。因此，这一代人不得不在其自身及周围从自我否定开始来恢复些许造就生与死之尊严的东西。"

加缪47岁因车祸去世，可是因为上天巧妙的安排，加缪短短的一生恰巧横跨人类最富有戏剧性的20世纪上半叶。在诺贝尔文学奖受奖演说中，加缪特别提到他那一代人经历上的特殊性，以及为之代言的迫切性："它特别迫使我按照我的本来面目并根据我的力量来和经历着同一历史的人们承受我们共有的痛苦和希望。这些人生于第一次世界大战之初，在希特勒政权建立和最初的革命审判发生时是二十岁，随即面临西班牙战争、第二次世界大战、集中营的天下以及酷刑和监狱的欧洲，并以此完成了他们的教育；今天，他们得在一个受到核毁灭威胁的世界中教育他们的儿女和从事他们的事业。"在加缪有生之年，世界的动荡从未止息，这动荡锤炼着加缪的韧性与思想，竟使他短短的一生有了"丰盈"之感。他就像上天的玩偶，仿佛用以测试在怎样动荡的条件下可以在最短的时间里创造出最杰出的人。

洛特曼的《加缪传》正是对这一过程生动翔实的记录。从一开始就命中注定加缪不可能是那种躲在象牙塔里的纯艺术家。加缪 1913 年 11 月 7 日出生，次年夏天第一次世界大战爆发，加缪父亲应征入伍，参加了旨在阻止德军逼近巴黎的马恩河战役，8 月下旬被弹片击中负伤，10 月 11 日不治身亡。这自然是加缪家中不幸的大事，但它同时也是一种象征——在加缪生命的开端，重大历史事件即以极其粗暴的方式闯入，尚在襁褓中的加缪逃无可逃。

加缪母亲不识字，谋生能力可想而知，只得带着加缪兄弟回到阿尔及利亚娘家，寄人篱下的生涯从此开始。了解加缪儿时的生活，就可以理解加缪早期才气逼人的散文作品中偶尔出现的"贫穷"二字确有所指。当然，和许多杰出作家一样，加缪不会被贫穷的生活压垮，但这种生活的确为他的生命打下底色。加缪对底层人民的关注，和萨特为首的巴黎文人圈的反目，都可以从他的早年生活中找到蛛丝马迹。尽管后来的许多事情都有具体缘由，但是巴黎文人圈对于这位来自北非穷小子的不屑和嫉妒确实是许多事情发生的背景因素。

埃德蒙·威尔逊 1963 年写过一篇有关加缪的长篇论文《荒谬的存在主义者——加缪》，这位口味挑剔、性格直率的美国批评家在文中高度赞扬加缪，称其"不仅寻求，亦已经发现拯救之道的痕迹，他为积极的人道主义立下里程碑"。威尔逊也试图解释为什么加缪作品如此受欢迎："不仅由于他赋予艺术家唤醒人类良知的解放使命，而且他在写作的操练中发觉心灵宁静之道，同时他喜欢从人道精神中，接受纯粹次序的特征。"无论如何，"唤醒良知"都是加缪作品的核心关注点。综观文学史，大概很少有作家像加缪那样，主动将文学和道德的关系置于如此明亮的聚光灯下。

一种被修辞检验、确定过的健康的道德力量，当然是文学力量的核心组成部分，但是文学中的道德从来就是危险的，一种反噬力量也一直在伺机而动。它不仅考验修辞，也或明或暗地向作家的人生提出诘问。换言之，一个充满道德力量的句子确实容易打动人，可这句话是谁说的也同样重要，否则沦为伪善的道德会形成同样强劲的反作用力而吞噬作者本人。

现在，这部《加缪传》给我们提供了便利检视的机会。这本传记资料收集相当翔实，却并非没有主次。作为传记当然不免要涉及传主大量私生活，但作者极其清晰地控制笔墨以免对加缪私德做出过于主观的评价。我们都知道加缪风流倜傥，很有女人缘，也有很多情人，但这些在这本传记里都一笔带过（对加缪临终前的那段持续两年的火热恋情也很少提及，甚至没有写明那位丹麦姑娘的名字），决不像某些低级趣味的传记那样大肆渲染。因为在洛特曼看来，评价一个像加缪这样的公众人物，主要的依据是对其公德的考察，而不是对其私德窥阴癖般的揭示。由这位具有强烈道德感的作者给加缪作传真是再恰当不过，和加缪的作品一样，这本传记也称得上是一部"端庄的传记"。

桑塔格曾经说过："加缪在他短暂的一生中被迫做出了至少三次堪称典范的抉择——亲身参与法国抵抗运动，与法共分道扬镳，在阿尔及利亚叛乱问题上拒绝采取立场——在我看来，在这三次中有两次他表现得令人钦佩。"相信大多数人都认同桑塔格的判断，但她搞错了次序，加缪与法共分道扬镳发生在他参加抵抗运动之前。

1935 年夏天，加缪 22 岁，在一次夭折的旅行之后加缪加入了法共。在给老师格勒尼埃的信中，加缪坦言他加入法共的原因："我感到更多的是生活，而不是思想，把人们引入共产主义。我有一个强烈的愿望，希望毒化人类的痛苦和辛酸得以减少。"年轻加缪的真诚毋庸置疑，他被派到以吸收大学和市民居住区中的青年知识分子为主的一个支部。他很快显示出组织才干，组建了一个劳动剧团，排演了马尔罗《轻蔑的时代》、高尔基《在底层》等明显带有左翼色彩的戏剧。在一份介绍剧团使命的传单上，加缪写道："剧团意识到大众文学的艺术价值，它希望表明艺术应该从象牙塔里解放出来，它相信美感是与人性紧密相连的。"尽管两年后加缪就和法共分道扬镳，但从这句话，我们可以看到在发挥艺术的社会功用方面，法共文艺的介入特征，和加缪的文学观念是有契合之处的，加缪之后多年的文学创作也表明那句话基本就是他恪守终生的文学观念。

法共对人类美好前景的描述吸引了年轻的加缪，可是在如何达致目标的手段方面，加缪显然更倾向于他的老师格勒尼埃，他记得后者对法共的评价："为了实现正义的理想，是不是一定要同意干蠢事？回答'是的'也许高尚，但回答'不'也许更诚实。"对于加缪而言，他不可能为了一盘不着边际的"很大"的棋，而去忍受眼前的几招明显的"臭棋"，因为在政治生活中这臭棋往往意味着流血和死亡。

加缪加入法共还有一个现实原因，就是法共最初推动的反殖民运动，和加缪对阿尔及利亚穆斯林的同情相吻合。可是政党政治的一个特点就是对于利弊的权衡权衡再权衡，换言之，它们身段灵活，没有明确而持久的是非观，只以实际利益为最终衡量标准。1937年，国际形势为之一变，苏联为了抗衡日益壮大的法西斯力量，开始实行和一切民主力量联合的总路线，这意味着在劳工运动方面，法共将和他们的宿敌联合，而在这种转变中，年轻的穆斯林知识分子成了牺牲品，因为社会党人一直在打压他们，而法共却停止了之前施以的援手。这对加缪而言，当然是不折不扣的背信弃义。有一次，一些成功逃脱社会党围捕（法共则在一旁鼓掌）的穆斯林找到加缪，问他是否继续容忍这些行为，据说加缪"气得全身发抖，愤怒之情溢于言表"，而法共又是特别强调纪律的政党，所以很快加缪就被开除出党。

此后二十多年，加缪一直对法共保持明晰的批评态度。十几年后，在《反抗者》一书中，加缪有所指的宣扬一种"纯粹的反抗"，也即反对暴力革命，这本书的出版引起轩然大波，萨特授意其弟子让松撰写措辞激烈的批评文章攻击加缪，法国文学界两位大佬其乐融融的关系一下降至冰点。两人在媒体上唇枪舌剑，尽管有人讥讽萨特的翻脸部分是因为嫉妒加缪在女人方面的性魅力，但当时更多的人都站在萨特的立场上，来自北非的穷小子加缪显得形单影只。这件事对加缪的打击非常大，以至于在1957年诺贝尔文学奖授奖台上，加缪发表的演讲在很大程度上仿佛是说给萨特听的。性嫉妒当然是流于八卦的说法，其实两人分歧的关键恰恰在于对待左派政党的态度上。在大清洗的材料被逐渐披露出来的四五十年代（甚至早在三十年代纪德就写过影响巨大的《访苏归来》），萨特却领着一群法国知识分子朝左转，寄望于斯大林主义能一劳永逸地解决问题，如果萨特的诚实没问题，那只能说他真是昏了头。对此，加缪的愤怒可想而知，在日记中，他的批评一针见血："《现代》杂志，他们接受罪恶但拒绝宽容——渴望殉道。他们唯一的借口是这可怕的时代。他们身上的某种东西，说到底，是向往奴役。"

至于加缪积极参加抵抗运动的事，洛特曼认为有被夸大的成分："事实上，加缪在勒帕奈利耶的那段时间并没有积极参加过任何一个抵抗小组的活动，既没有收集过情报，也没有从事过破坏或宣传活动。"1943年底，加缪最终定居巴黎，受雇于地下运动报纸《战斗报》编辑小组，但报社人员确实是冒着"被逮捕、关押、折磨或枪决的危险出版这份报纸"。加缪虽然不像马尔罗、勒内·夏尔那样在抵抗运动的第一线冲锋陷阵，是抵抗运动中无可争议的英雄，但他在法国沦陷时期的操守是经得起考验的。他是一众抵抗运动人员的好友，他和诗人勒内·夏尔深厚的友谊更是众所周知。1940年加缪初到巴黎时还认识了一位诗人朋友莱诺，两人非常要好，而莱诺就是一位坚定的抵抗运动战士，1944年被盖世太保枪杀。

如果说加缪通过编辑抵抗运动的报纸间接参加了抵抗运动的话，他的扛鼎之作《鼠疫》则艺术地表达了他对抵抗运动最彻底的声援。小说颂扬了人类因荣誉和勇气而团结起来所滋生的友谊，道出了对被痛苦折磨的人类的怜悯。加缪的最后十年，声誉日隆，影响力越来越大，他往往通过给各国政要写信的方式营救落入专制政权虎口的人，包括被迫害的西班牙共和主义者、东欧异见分子（米沃什就曾得到过加缪的救助）、阿尔及利亚民族主义分子等等，只要是他力所能及，他一定施以援手。这大概是良知这个词之所以能在加缪身上持久闪耀的一个原因吧，就像萨特和加缪还是朋友时对他的评价——加缪是个人、作品、行动令人钦佩的结合。

加缪生命中的最后十年日子并不好过。那十年，他遭遇了长久的创作枯竭期，十年中出版的重要作品只有两部——哲学随笔《反抗者》和小长篇《堕落》，前者还招致以萨特为首的左派知识分子的围攻。为了摆脱创作上的停滞，加缪寄希望于戏剧，他和友人组建了队友剧团，在戏剧方面投入不少精力。

那些年，另一个如阴魂般纠缠他的问题就是阿尔及利亚问题。那是他的故土，他整个儿童、青少年时期都在那里度过，那种成长中不可遏制的幸福感，在他的名篇《蒂巴萨的婚礼》《杰米拉的风》中触手可及。他最希望生活在阿尔及利亚的一百万法国人能和当地的阿拉伯人和平共处，但时局却朝着日益极端的方向发展，而他的中间态度则招致双方的不满，传记里记载了加缪演讲时多次遇到的责难式诘问。在我看来，加缪在这个问题上的失语也象征着伦理本身的困境——在任何事物中想要绝对清晰地划分出善恶都是极其困难的，甚至是根本不可能的。

加缪当然知道，对这类问题最好的回答就是文学本身——小说或戏剧。他铆足了劲想要重新找回状态，当他搬到距离巴黎六百公里的卢马兰村，他确实正在重新找回状态。在此，他从1959年1月开始写长篇小说《第一个人》，一年后，小说已经有了一个较完整的轮廓。然而一场猝不及防的车祸毁掉了一切，给加缪念兹在兹的"荒谬"这个字眼增添了一个活生生的例证。

1961年4月，加缪在阿尔及利亚的好友齐聚蒂巴萨，出席加缪纪念碑揭幕仪式。这是一块齐人高的腓尼基时代的古墓碑，是在蒂巴萨废墟里找到的，碑上刻着加缪的一句话："在这儿，我领悟了人们所说的光荣：就是无拘无束地爱的权利。"

昆德拉：我总是听见小说

　　1975 年夏天，因"布拉格之春"而陷入困境的米兰·昆德拉，接到法国上布列塔尼省雷恩第二大学的邀请，出任该校比较文学副教授一职，聘期两年，昆德拉毫不犹豫地接受了。这个合乎规定的邀请使昆德拉夫妇得以合法地离开自己的国家，捷克斯洛伐克当局给他们发放了离境签证。1975 年 7 月 20 日，在妻子薇拉的陪同下，昆德拉登上一辆雷诺 5 型轿车，向西方驶去。

　　对比几年前，布罗茨基突然被逐出苏联时的窘迫（不知道在哪里落脚，不知道如何谋生），昆德拉的流亡之路出人意料的平静：他的目的地是明确的，教职是明确的，如果他愿意，他甚至可以随时返回捷克。可能正是因为离开时的顺利，以及对于伤感一贯的弃绝态度，昆德拉始终拒绝被视作受害者，对于美籍巴勒斯坦裔学者萨义德所宣称的"流亡是最悲惨的命运"，昆德拉多少有点不以为然。相反，他不停地强调移居法国给他的作品和他本人带来的益处："我的处境中的悖论在于，我失去了我的第一个祖国，可我在法国非常非常幸福，对我作为小说家的工作而言，这是一种极大的丰富。"

但鱼和熊掌兼得的好日子不会太久。1979年随着昆德拉在法国撰写的第一部小说《笑忘录》的出版（可以想见随着身处环境的宽松，昆德拉下笔也更加大胆），昆德拉收到来自布拉格当局的一封信，告知他8月24日通过了一项关于他的决议，该决议取消了他的捷克斯洛伐克公民身份，这实际上是断了昆德拉回家之路，理由是"损害了捷克斯洛伐克在其与苏维埃联盟关系中的利益"。此外，昆德拉还因为几个月前在《世界报》图书周刊《书的世界》上发表的言论而受到指责。在那次采访中，昆德拉将"遗忘"的概念用在历史中，揭露了苏联想消灭捷克文化的意图，在他看来，这完全是俄国帝国主义的一种变形。从这些言论可以看出，"流亡"不仅丰富了昆德拉的生活，也令他的言论更加直率和勇敢，在捷克斯洛伐克时，很难想象他会用如此直接的方式表达上述言论。

1979 年 9 月，与雷恩大学的合约到期时，昆德拉被享有盛誉的法国社会科学高等研究院聘用，该研究院坐落于巴黎的拉斯帕伊大道。昆德拉一家就此离开布列塔尼前往巴黎，入住蒙帕纳斯区，他们将在那里居住多年。1981 年 7 月 1 日，在文化部部长贾克·朗的建议下，昆德拉被刚刚当选的法国总统密特朗授予法国国籍。昆德拉在表达了感谢之后，又颇为动情地说道："法国已经成为我的书的祖国，因此，在某种意义上，我追随了我的书的道路。"

从昆德拉流亡法国的经历，从他早年的小说《玩笑》《告别圆舞曲》《笑忘录》，尤其是以"布拉格之春"为背景的《不能承受的生命之轻》中，都可以看出"政治因素"在昆德拉作品中处于一个特别核心的位置。事实上，昆德拉最早引起法国文坛的关注，受到法国文坛"大佬"萨特和阿拉贡的赞誉，也和其小说中常有的戏谑语气对社会主流价值观的消解有关。不过，有点让人意外的是，昆德拉对于这个贴在他几乎所有作品上的政治标签并不买账，他在访谈和随笔中一再试图撕下这个标签。

在《被诋毁的塞万提斯的遗产》一文中，昆德拉强调小说的首要任务是对于人的存在的认识和勘察："发现只有小说才能发现的，这是小说存在的第一理由。没有发现过去始终未知的一部分存在的小说是不道德的，认知是小说的唯一道德。"而在1979年接受法国《世界报》采访时，昆德拉把话挑得更加明了："所谓介入的艺术并不抨击现实，而是将现实隐藏在事先准备好的解释之下。它属于一种强大而有害的倾向（西方都未能幸免），这种倾向想为了抽象的体制而掩盖具体的生活，把人局限于唯一的社会职责，令艺术丧失其不可预见性。无论表态拥护这些人还是那些人，为某种政治目的服务的艺术都必然具有这种普遍的愚昧。"因此，在很多场合，小说家成为昆德拉的护身符，或者说小说家是昆德拉唯一可以接受的身份标签。因为这一标签意味着在肯定生活本身极端复杂性的前提下，对人的存在做出任何一种单一结论都会显得荒诞不经，而复杂性正是养育小说家的土壤。

昆德拉在左翼意识形态居于绝对主导地位的国度生活了46年，而且这一意识形态特别强调文学为政治服务。在青年时代，即昆德拉后来试图抹除的自己的诗歌时期

（这些诗中的陈词滥调和廉价激情让他羞愧不已），他甚至也给反法西斯英雄伏契克写过赞美诗《最后的五月》：

> 我的生命之鸽
>
> 飞向明日的时光，
>
> 那里不再有锁链，
>
> 不再有监狱沉默的高墙。

> 鸽子，我的使者，
>
> 向这个国家致敬吧，
>
> 这个壮丽的国家，
>
> 那里不再有博姆。

事实上，昆德拉从诗歌创作转向小说创作，正是基于他对廉价的青春激情的清算。1970 年，在和美国作家菲利普·罗斯的交谈中，昆德拉阐释抒情性与"恶"之间纠缠的关系："人们乐于说：'革命很美好，恶在于革命导致的恐怖。'可这不是真的。恶已经出现在美之中，恶已经在天堂之梦里萌发，如果我们想了解地狱的本质，就必须从考察天堂的本质开始，因为它是地狱本质的起源。"此时的昆德拉已经有了清醒的批判性认识。当然，这种认知的转变并不仅仅在文学内部的思考中达成，也在历史事实直接的推搡下完成。

不过，我想补充的是，昆德拉就此认为抒情诗是一种天生携带幼稚缺陷的文体，而小说凭借讽刺语调成为成熟文体，这种看法难免以偏概全。首先，诗歌完全可以采用讽刺语调，而且许多诗事实上早就做到了对人的存在的精深勘察。且不说别的语言中的大诗人，和昆德拉同时代的捷克诗人——霍朗、塞弗尔特、赫鲁伯、奈兹瓦尔等——都曾写出过勘探人的存在的优秀之作。谈到诗歌，昆德拉少有不是讽刺的语气，唯一显著的例外发生在1985年，在奥尔佳·卡丽斯勒的采访中，当她问昆德拉受到何种影响时，昆德拉列举了三大类作家。首先是"第一时作家"——拉伯雷、塞万提斯、狄德罗等，然后是20世纪中欧几位杰出的小说家——穆齐尔、赫尔曼·布洛赫、贡布罗维奇。昆德拉最后提到捷克现代诗歌，他说对他而言那是一所想象力的学校。昆德拉特别提到霍朗，甚至认为他可以和里尔克、瓦雷里相提并论，他还引用霍朗去世时塞弗尔特的评价："带着蔑视，他在自己身边扔下他的诗句，仿佛把一块块生肉扔进波希米亚这个令人悲伤的大鸟笼里。"换言之，昆德拉对于诗歌的鉴赏力没有问题，但他习惯性地为了辩护某物而贬低另一物的论说方式，使他有意无意地夸大了诗和诗人的缺陷，而这种论说方式也为他日后和捷克作家之间发生龃龉埋下了伏笔。

1968 年 1 月 5 日到 8 月 21 日，捷克斯洛伐克发生了改革运动，但在华约国家的干预下，改革运动很快夭折。和捷克斯洛伐克大多数民众一样，昆德拉对这场运动怀有好感并抱有期待。但政治到底是残酷的，改革运动被镇压后，报复接踵而至。1970 年 1 月，昆德拉和其他三万多名党员被开除出党，他同时还被作家联盟除名。文化精英们被禁止从事自己的职业，由于没有收入，他们不得不做零活儿维持生计。在《不能承受的生命之轻》中，昆德拉提到了知识分子陷入的窘境："俄国人入侵后，他们全都失去了自己的工作，变成玻璃清洗工、停车场看守、守夜的门卫、公共楼房的司炉，最好的就是出租车司机，这得有门路才行。"1972 年，昆德拉被布拉格电影电视学院解雇，在那里他已经从教二十年。为了谋生，昆德拉在一位朋友的帮助下，一直匿名为某周刊主持星相学专栏。就这样，在诗人和小说家之间被硬生生塞进了星相学家这个怪异的职业——拜政治所赐。

实事求是地说，昆德拉的小说《玩笑》和《好笑的爱》能在法国顺利出版，很大程度上得益于政治的"关照"，甚至几年后法国雷恩大学向他发出的教职邀约，也可视作那场改革运动带来的一系列连锁反应之一。所有上述这些历史事实以及个人遭遇，都说明昆德拉身上的政治标签不是贴上去的，而是烙印在骨子里的。昆德拉对于自己身上政治标签的弃绝，以及对于相对纯粹的小说的向往（"小说发现只有小说发现的东西""小说是个人想象的天堂"，诸如此类），可以视作对压迫在他身上的过于沉重的政治标签的反抗，但同时不得不说这也是一种徒劳的反抗。

无论如何，昆德拉小说的价值是建立在对"端庄"的意识形态解构的基础之上的，萨特和阿拉贡很早从政治方面解读和赞誉他的小说，尽管引起他复杂的不悦情绪，却并不是毫无来由的错误解读。昆德拉作为诗人一直没有找到过成熟的声音，可是当他写小说，哪怕是最初的短篇小说——《搭车游戏》《永恒欲望的金苹果》等，他似乎一下就抓住了某种反讽的轻快语调，以针对某个庞大丑陋的"利维坦"，而唯有此种语调能让我们承受人类处境的荒诞与悲剧性。在《七十一个词》一文中，昆德拉借用康拉德小说《在西方的眼睛下》中的一个说法，道出自己对于讽刺的看法："讽刺使人愤怒，不是因为它嘲讽或攻击什么，而是因为它把世界作为一种暧昧揭露出来，使我们失去了把握。"

昆德拉在小说里以讽刺之笔勘察人的存在状况，可是他的小说人物并不是飘浮在空中的没有根基的抽象的人（作为杰出小说家，他不允许这种情况发生）。短篇小说《永恒欲望的金苹果》看起来就是一个猎艳故事，但背后却隐藏着让人颇感不适的政治的"鹰犬"。比如主人公为了寻找艳遇的刺激，不得不和所在单位请假——某种体制的钳制无所不在，而且昆德拉还借小说叙述者之口说出了一段貌似离题却不是可有可无的话："那些政治谎言和那些诡辩的存在，并不是让人们来相信的；它们更多地是被人们用作心照不宣的借口，那些把它们太当真的天真的人，迟早会发现这里头矛盾重重，漏洞百出，都会开始反叛，最终可耻地成为叛徒和变节者。"如果没有这些好像漫不经心涂抹上去的政治色调，这篇小说的价值毫无疑问是要打折扣的。

在和萨尔蒙的谈话中，昆德拉道出了自己在小说创作中将历史（政治）淡化的方式："对于所有历史背景，我在处理上都尽可能简练，对待历史，就像一位舞美专家只用几件对于情节必不可少的东西来安排出一个抽象的舞台。"问题是，淡化的历史也是历史，抽象的舞台也是舞台，像昆德拉一再抨击的奥威尔那样把政治意旨作为小说核心动力的小说家毕竟是少数，大多数作家还是会将小说重心放在时代背景下小人物的命运上——和昆德拉的路数如出一辙。

除了小说中隐含的政治批判，昆德拉小说在形式方面有两个比较突出的技法：一是在小说结构上对于音乐结构的借用，一是从塞万提斯、拉伯雷、狄德罗等小说家那里继承过来的在小说内部对小说人物进行评论——当然是以昆德拉招牌式的戏谑语调。

昆德拉的父亲卢德维克·昆德拉是捷克著名音乐家雅纳切克的好友，曾撰写过多部关于音乐史的著作，1948年至1961年担任布尔诺雅纳切克音乐与表演艺术学院院长。昆德拉自幼年起就目睹父亲演奏钢琴，透过房门，他听见父亲一遍又一遍地练琴，尤其是现代音乐家的乐曲——斯塔拉文斯基、巴托克、勋伯格、雅纳切克。年岁稍长，昆德拉就跟随父亲学习音乐，后来经父亲介绍又师从多位捷克著名音乐家。虽然昆德拉后来的主要兴趣从音乐转向文学，但他所受的音乐教育还是润物细无声地对他的写作施加了重要影响。

如此频繁地论及音乐的小说家并不多。在昆德拉的小说中，关于音乐的段落有时会稍显突兀地出现在小说情节中，或者与其他通过虚构与自省的方式设想的主题一起插入。在《玩笑》第四部分，突然有五页篇幅用来描述摩拉维亚音乐的特征，与情节看不出有明显的联系。当然，对于昆德拉来说，音乐是某种文化的鲜明印记，因此是小说不可或缺的一部分。在谈论小说结构这一典型的文学形式问题时，昆德拉也喜欢从音乐的角度谈论，他认为设计小说结构的过程更倾向于听觉而不是视觉："我听见小说，听见它的结构。……我相信一部小说就是节奏的安排。在这个意义上我总是听见小说，我的第一个想法总是关于节奏。"

昆德拉绝大多数小说都符合一种共同的音乐原则——复调原则。在和萨尔蒙的谈话中，昆德拉特别指出何为复调："音乐上的复调，是指同时展开两个或若干个声部（旋律），它们尽管完全合在一起，但仍保持其

相对独立性。"而昆德拉之所以频繁地使用复调方式
——他的大多数小说都是由七部分构成，围绕某个事件
进行多侧面多层次的描述，如同音乐里的多重变奏——
正是继承了从塞万提斯开始的对于小说单调的线性结构
的颠覆——貌似离题之语的插入，几条故事线索交错或
并行不悖地展开。

在另一次和安托万·戈德马尔的谈话中，昆德拉对
于小说中的复调技巧给予了更加明晰的说明："在相同
的叙述中，您讲述好几个故事，这些故事既不由人物，
也不由因果关系相连，而是各自构成一种文学体裁（随
笔、叙事、自传、寓言、梦）。把这些元素统一起来，
这要求一种真正的炼金术，以便这些很不协调的元素，
最终被视为一个以完全自然的方式引导的唯一的整体。"
昆德拉这段话实际上也是对他的小说缺乏情节统一性的
辩护，因为音乐思想的原则就是主题与变奏的原则，通
过将音乐的各个构成元素对应地搬到文学场域中，昆德
拉创造出他自己的小说美学："一个部分，就是一个乐
章。每一章，就是一个小节。这些小节或长或短，或者
长度非常不规则。这就将我们引向速度问题。在我的小
说中，各个部分都可以标上一个音乐标记：中速、急

板、柔板等。"

昆德拉小说另一个比较明显的形式特点，是小说的某种随笔化。他对福楼拜所确立的某种现代小说标准——作家隐身于小说之后，最大限度地以小说人物的言行构成小说主体，小说里的想法和议论也伪装成某个人物的所思所想——颇不以为然。昆德拉习惯于在小说中对人物的言行直接发表评论，这当然也是打破小说线性结构的一种方式——它会让小说情节发展的速度明显放缓，从而为旁逸斜出的"小说思想"留下空间。自然，这也是一种文学方法论上的"弑父"行为——后一代作家为了凸显自己的美学观念而和上一代作家背道而驰。如果海明威还健在，看到昆德拉的小说会做何感想？也许是不屑地扔到一边吧。在《人物描写》一文中，海明威仿佛是在"提前"批评昆德拉："如果人物没有必要谈论这些问题（指文学、音乐、绘画、科学等主题），而是作家叫他们议论，那么这个作家就是一个伪造者；如果作家自己出来谈论这些问题，借以表现他知道的东西多，那么，他就是在炫耀。"如果海明威的指控成立，昆德拉小说里"炫耀"的地方可着实不少。

对于昆德拉小说里经常性的议论，记者萨尔蒙显然有不同看法。在《小说的艺术》收录的昆德拉和他的两次谈话中,昆德拉对萨尔蒙犀利的提问多少有点疲于应付。萨尔蒙在谈话中不仅指出昆德拉小说过于抽象的叙述特点使得小说人物缺乏生气,还认为昆德拉小说里的思考通常不与任何人物相联系。他举出的例证是《笑忘录》中对音乐学的思考,以及《不能承受的生命之轻》中对斯大林儿子之死的看法。昆德拉为自己辩护说:"的确,我经常想作为作者,作为我自己,进行直接的干预,在这种情况下,一切都取决于我所用的语气,我的思考从第一个字开始采用游戏、讽刺、挑逗、实验或疑问的语气。"作为旁观者,我必须说,昆德拉的辩护有点软弱无力。昆德拉小说在增加作者直接干预的议论篇幅的时候,使自己相对清晰地和上一代强调作者隐身于人物背后的作家们区分开来,但是他的小说人物的确不够生动,某种程度的扁平化的确是其小说的痼疾。

昆德拉始终注重把深刻与轻快结合在一起,避免让深刻变为一种重负,这有点像辛波斯卡在其名诗《在一颗小星星底下》中所表达的:"噢,言语,别怪我借用了沉重的字眼,又劳心费神使它们看似轻松。"

历史赋予东欧作家更多苦难的经验,但他们中的优秀者始终对过于庄严的表达有一种警觉，不用说，这是作家自尊心和风度的体现，而且最终必然会使文学受益。

昆德拉小说的轻快感很大程度上来自于行文中的讽刺语调，他以此来矫正他极为抵触的抒情语调，在这方面，昆德拉显示了一位优秀小说家的敏锐。可萨尔蒙的问题依然存在，在小说里强行插入作者的思考，造成思考和小说情节的脱节。昆德拉一再强调小说要发现小说应该发现的，强调小说的思想是一种复杂的感觉的综合，这些说法都颇有见识，但是他自己不少小说里的思考并不是从小说人物和情节中自然生发出来的，当它强行插入到小说中，并不能有助于形成小说的复调，而是令小说变得有几分生硬了。在这个问题上，萨尔蒙的疑问不是孤立存在的。

当昆德拉在法国如他所说幸福地生活着，愉快地谈论着小说本体的各种问题，享受小说带给他的崇高声誉时，世界也在发生着匪夷所思的剧变。1989 年 11 月 9 日，柏林墙倒塌。在巴黎，昆德拉密切关注着这一切，并非没有动情，但也没有动摇他一直强调的留在法国的决心。昆德拉对巨大的政治变局的反应既复杂又感人：

"1989年11月，我被巨大的快乐所淹没——也淹没在悲伤中。对我来说，这一变化来得太迟了，太迟了，我已经不可能——也不愿意——再推翻一次我的生活，再换一个自己的家。"

但在捷克斯洛伐克，理解昆德拉的人好像不多。大约十年前，我在《布拉格精神》一书中读到伊凡·克里玛与美国作家菲利普·罗斯的对谈（谈话发生在1990年的布拉格），他们不可避免地谈到昆德拉，克里玛语气中对昆德拉的厌恶给我留下很深的印象。克里玛在谈话中直率地批评昆德拉表现捷克人生活的方式："捷克人的生活很艰难，昆德拉也承认这一点，但他们生活的艰难是多方面的，比昆德拉让我们看到的复杂得多。他所描绘的是一幅讨好西方读者的图景，因为他证实了西方读者的期待，确证了善恶较量的仙女传说。可是捷克的读者很清楚，现实绝非仙女传说。"克里玛指出，捷克部分知识分子反对昆德拉是因为文学外的因素，认为昆德拉获得国际地位之后，便干脆抛弃了他的同胞，让他们独自与邪恶势力做斗争。事实永远是复杂的，昆德拉的朋友克洛德·鲁瓦则为好友辩护，认为昆德拉并没有忘记祖国，抹去他的过去，只是以更强硬的态度回击侵犯。"国家机构的复仇很卑鄙，为了'惩罚昆德拉'，把他父亲令人赞叹的唱片模具全部毁掉。他病重的老母亲被围攻，被孤立，甚至在弥留之际被投进监狱，迫使她避开远方的儿子"。

昆德拉在法国越是成功，越是强调他的幸福生活，他的同胞就越是厌烦他。这种厌烦甚至在 2009 年反馈到法国新闻界，一篇报道的题目直接就叫《为什么捷克人讨厌米兰·昆德拉》。无论如何，1989 年 11 月是一个转折点。《米兰·昆德拉传：一种作家人生》的作者让-多米尼克·布里埃曾设想，如果昆德拉在 1989 年 11 月回到捷克，也许他会像一个回头浪子受到欢迎。如果说在八十年代由于东西阵营对垒，昆德拉待在法国是可以理解的，那么 1989 年 11 月之后，他的拒绝回归，对于捷克人来说就是一种冒犯了。另一方面，捷克人对他的反感又进一步刺激了昆德拉，以至于他做出了一些更加极端的决定，比如拒绝当年被捷克当局禁止出版的那些书在捷克出版，虽然这些书是用捷克语写的，但是捷克人很长时间都无法看到他最重要的那些作品——《生活在别处》《告别圆舞曲》《笑忘录》和《不能承受的生命之轻》。对于用法语写的书，昆德拉坚持只有他自己是最合适的译者，可他没时间，永远不可能去做，但又坚决拒绝求助于译者，如此，捷克读者同样无法看到这些书。在戏剧方面，昆德拉也不让步，拒绝捷克戏剧家把他的戏剧搬上布拉格的舞台。所有这些在捷克都被看作任性或傲慢的表示，有损他的形象，正如布里埃在昆德拉传记中所写的："众人被辜负的仰慕往往会被一种强烈的怨恨所取代。"

在我看来，昆德拉的这些决定是情绪化的，是对他在捷克所遭受的误解和批评的反击。昆德拉拒绝回归的态度一向坚定，但是这个问题也一直困扰着他，否则他就不会在1993年出版的《被背叛的遗嘱》中，列举出康拉德、贡布罗维奇、纳博科夫等作家，以强调自己拒绝回归并非孤例。如果说捷克普通读者可能是因为昆德拉对祖国的"背叛"而嫌恶他，那么，以克里玛为代表的捷克作家对昆德拉一再强调的文学作品的去政治化倾向则是相当不以为然了。在他们看来，从政治泥淖里爬出来的作家，身上的污迹还历历在目就大谈所谓"纯文学"，是明确无误的夸夸其谈，是一种投法国人所好的媚俗。就这一点而言，捷克作家对昆德拉的批评不无道理。的确，政治标签是在高压制度下生活的人终身的标签，昆德拉生命中的前 46 年都生活在这种制度下，他如何可能轻易摆脱那个烙在他身上的政治标签呢？况且，他的小说之所以在西方获得关注，获得名利，说到底也和政治因素有莫大关系。对此，远距离观察的捷克作家其实看得清楚，也因此认为昆德拉去政治化的文学观念有几分娇情。

1985 年以来，昆德拉逐渐从公众生活中退隐，拒绝参加电台节目，拒绝在电视上露面，甚至不让人拍照。有一次，《雅克和他的主人》导演乔治·沃勒组织了一场新闻摄影会，活动那天，他看到昆德拉走来，脸上贴着橡皮膏，沃勒一看慌了神，赶紧问他出了什么事，昆德拉回答说："别担心，没什么，我只是不愿别人拍照。"

这种从流亡者向隐居者的靠拢，在我看来是有多重原因的。首先，这和昆德拉对于小说本质的理解有关，他认为小说家只应该以他的小说呈现他对这个世界的看法（某种附着在小说内部的思想）。他援引纳博科夫的话宣称："我厌恶把鼻子伸到伟大作家珍贵的生活中去，任何一个传记作者都不能揭开我私生活的面纱。"在这方面，福克纳也被昆德拉引为同道，福克纳下面这段话昆德拉也引述过："作为个人存在，要有被大写的历史消除、淘汰的雄心，除了我已经印刷的书，决不留下任何痕迹、任何垃圾。"因此，当昆德拉在《小说的艺术》中说"一个真正小说家显著的特征是：他不谈论他自己"时，他只是把自己视为那一列不太长的真正小说家中的一员，可能还是排在前面的那一个——昆德拉在这方面比任何别的小说家都要极端，他甚至不和朋友们通信（担心信件成为研究者的材料，对他的小说造成不必要的歧义），他一心想的就是不要有任何东西插在读者和他的作品之间。他知道在当今这个过度阐释的时代，对档案材料的关注已经取代了对作品本身的理解。

另一方面，东欧阵营解体后，来自捷克的读者、作家群体的误解和渐长的敌意，也使他进一步退缩到私人生活的小天地中。这时，隐居不再是轻松惬意，而是和外界敌意相抗衡的堡垒。20 世纪 90 年代以后，昆德拉对外界的抵触情绪更为强烈。法国学者芬基尔克劳是昆德拉的朋友，有一次他们几个朋友在弗纳克书店做活动，昆德拉也参加了，但一直躲在技术室里。

总之，随着时间的推移，世事变得愈益残酷，而昆德拉则过着比八十年代刚刚流亡时更加隐蔽的生活。这时，我们再回顾萨义德那句名言——"流亡是最悲惨的命运"——也许会有更深的理解。对于流亡者而言，一旦流亡，就永远流亡，哪还有舒适幸福的生活可言！要说有，那也是短暂的假象。终其一生，昆德拉身上的政治印记对他的巨大伤害从来没有消退过，而他极力掩饰的言行其实是这种伤害的一种变体罢了。昆德拉极力想要跳出政治的漩涡，拒绝顺应公众的要求，成为感伤的流亡者，但各种误解和批评却在不停鞭答着他敏感的心灵，使他进一步退缩为决绝的隐居者。

弗朗索瓦·凯雷尔是昆德拉的朋友，也已多年没见过他，对此，凯雷尔并不觉得奇怪。作为朋友，他对昆德拉避不见人的分析可谓入木三分："所有生活在专制制度下的人都有一个特点，那就是他们的神经都绷得紧紧的，他们学会了提防一切，包括他们的朋友。这是一些曾在恐惧中生活的人。米兰没有摆脱这一切。"也许对于昆德拉来说，"政治制度的受害者"是比小说家、流亡者、隐居者更准确的身份标签。这时，再反观昆德拉笔下的那些人物，那种轻松讽刺的笔调，那个他常提到的词——笑（《玩笑》《好笑的爱》《笑忘录》），也许我们将不再笑得出来。

聂鲁达：自传中的留白

聂鲁达是时代潮头浪尖上的诗人，他生于 1904 年，逝于 1973 年，虽然不算长寿，但是成名很早，并深度介入 20 世纪层出不穷的社会政治运动。聂鲁达是西班牙内战的亲历者，也是智利国内政治的积极参与者和被迫害者。1948 年至 1949 年，他因反对智利右翼总统维德拉被追捕一年半之久，最终取道偏僻艰险的安第斯山小道才逃出智利。

聂鲁达是 20 世纪中期开始的东西方冷战中最著名的左翼文化人物之一，这为他赢得了众多著名文化左翼人士——如艾吕雅、阿拉贡、爱伦堡、希克梅特、阿尔维蒂、毕加索等——的友谊，也为他赢得 1953 年斯大林和平奖。另一方面，他始终鲜明的左翼立场也为他招致不少来自右翼的敌人。聂鲁达自 20 世纪 50 年代就是诺贝尔文学奖的热门人选（他在逃亡期间创作的扛鼎之作《诗歌总集》出版于 1950 年），但是由于右派势力（最著名的是由田纳西·威廉斯和阿瑟·库斯勒领衔的文化自由大会）从中作梗，到离世前两年的 1971 年，聂鲁达才赢得了这个他早该获得的世界上最著名的文学奖。

在如此波澜壮阔的背景下，聂鲁达展开了他音域极为开阔的诗歌创作，从夜莺般细腻婉转的爱情诗到擂响战鼓的政治诗，聂鲁达全都擅长，面对任何题材他似乎都可以信手拈来最适合的乐器，弹奏出足以拨动读者心弦的美妙乐音。迄今为止，聂鲁达最著名的诗集仍然是他 20 岁时出版的爱情诗集《二十首情诗和一首绝望的歌》。这本诗集 1961 年在全球范围即销售了一百万册，到今天更是销量过亿，其中许多诗句（如写聂鲁达年少时的女友阿贝提娜的第十五首："我喜欢你是寂静的，仿佛你已不在。"写另一位女友特丽莎的"我们不再相爱，但我还爱她/爱情如此短暂，遗忘如此久长"）已成为爱情这个词语固有属性的一部分。而代表聂鲁达诗歌最高成就的无疑是厚达六百多页的《诗歌总集》，其中就包括备受赞誉的单篇诗作《马丘比丘高地》。这部诗集纵贯古今的开阔视野，解放被压迫人民的政治热情，和高亢音调、美妙修辞完美结合在一起，既是聂鲁达的代表作，也无可置疑地成为人类文学宝库中的一件珍品。

给这样一位阅历丰富、创作多产、风格多变的诗人做传，不用说是一件具有挑战性的工作。在译成中文的数种聂鲁达传记中，英国人费恩斯坦所著《生命的热情：聂鲁达传》是最为翔实的，尽管译成中文后有六十多万字。费恩斯坦更多的是在梳理聂鲁达极为丰富的人生，对他多产的诗作有涉及但评论多半点到即止。当然，传记重点落在对传主人生事件的描述是必然的，而要对聂鲁达诗歌做一次有深度的全面评论，恐怕还需要另一个六十万字吧。

众所周知，聂鲁达晚年写过一部自传《我坦言，我曾历尽沧桑》（译成中文有三十万字），那么，比较他的传记和自传将是非常有意思的事，我们可以从中发现诗人迫不及待想要告诉世人的是什么，而他又在哪些地方留白或沉默。我们知道，充沛的情感往往会封住我们的嘴，而不是相反，这时难免又要想起那句美妙的诗：

"我喜欢你是寂静的，仿佛你已不在。"也就是说，聂鲁达在传记中故意的留白，并不是这些空白不重要，恰恰是太重要，以至于不愿轻率触及。那么，找出聂鲁达自传中的留白，也就意味着有机会靠近聂鲁达生命中秘密的激情，并因此更好地理解他的诗。

　　一般来说，传记对于事件真实性和时间精确性的追求是放在首位的。他首先要提供一份令人信服的传主履历表，他的所有描述都要符合时间逻辑和事件本身的逻辑。但对于作家和诗人来说，在自传中，他们并不在意此种逻辑，甚或这种逻辑正是他们要反对的。记忆如同星空，许多事件和情绪就在天幕上彼此隔绝地闪亮着，对于优秀作家，他们在意的是如何准确呈现星星的闪烁，而不是星与星之间的逻辑关系。只要他们落笔（哪怕是写自传），某种文体意识也必定如影随形，他们自然不会为了文体之美而有意篡改事实（因年代久远的记忆模糊除外），但对某些事件和逻辑的双重省略，对某些特别时刻的浓墨重彩则是可以想见的。这也解释了为什么作家的自传往往是他作品的重要组成部分，比如纳博科夫的《说吧，记忆》、塞弗尔特的《世界美如斯》、米沃什的《米沃什词典》等，聂鲁达的传记自然也属此列。

可是如此一来，过分追求真实的传记作者往往会对作家自传颇有微词。费恩斯坦在《生命的激情》中就曾气呼呼地批评聂鲁达的自传："聂鲁达的回忆录是世上所有回忆录中最诱惑人的，但你在其字里行间找不到稳定的真实性——或任何诸如完整故事这样的东西。"问题是，对于"诱惑"的迷恋往往是人们读一本书的主要原因，聂鲁达自传中的许多片段的确只有卓越的诗人才写得出，这些片段往往无关真实，而只关乎才华与见识。

聂鲁达的《我坦言，我曾历尽沧桑》和上述几本自传还有一点不同——前者是不折不扣的未竟之作，其中的某些留白原因很简单，就是因为来不及写而令人遗憾地空缺了。聂鲁达直到临终前都保持着旺盛的创作力，在离世前两年，聂鲁达同时在写八本书——七本诗集，一部自传，并完成了六本。据聂鲁达的朋友——阿连德政府司法部部长塞尔吉奥·因孙查的回忆，聂鲁达"想要写很多卷的回忆录，不漏掉任何事情和任何人"，而在目前这个版本的传记中，许多聂鲁达生命中非常重要的人物甚至还没有登场，比如他的前两任妻子玛露卡和迪莉亚。这本自传最后的章节《阿连德》，写于 1973 年 9 月 11 日政变之后三天，民选的阿连德总统在政变中丧生，而聂鲁达自己也在写完这篇文章九天后离世。

聂鲁达之死的原因一直众说纷纭。《生命的热情》后记着重介绍了这方面的情况，并把聂鲁达之死的原因明确指向皮诺切特政变军人的谋杀。指控主要来自聂鲁达生前的司机马努埃尔·阿拉亚，他坚持认为聂鲁达被皮诺切特的特务注射了毒药，那是聂鲁达在圣地亚哥玛丽亚医院躺在 406 房间病床上的时候。

1973 年 9 月 20 日，墨西哥驻智利大使科尔巴拉到医院看望聂鲁达，给他带来一封墨西哥总统埃切维里亚的邀请函，让他和妻子玛蒂尔德飞出智利到墨西哥去。聂鲁达马上拒绝了这个请求。科尔巴拉说墨西哥政府正在安排专机到圣地亚哥，来满足诗人治疗的需要。9 月 22 日星期六早上，墨西哥大使再次来到医院，打算直接带聂鲁达夫妇去圣地亚哥机场，可是诗人觉得太仓促，还有些手稿之类的东西需要收拾，要求推迟两天，也就是 9 月 24 日。

9 月 23 日，玛蒂尔德和司机阿拉亚正在聂鲁达黑岛的居所收拾行李，突然接到来自聂鲁达的一个痛苦的电话，时间是下午四点，说他受到了一个神秘的腹部注射。聂鲁达死在晚上十点半，那架停在圣地亚哥机场的墨西哥飞机将再也见不到诗人。阿拉亚认为：诗人是应皮诺切特的命令被谋杀的，以阻止他逃亡到墨西哥，在那里他显然将会代表一种反对智利军政府的强有力的声音。玛蒂尔德认为聂鲁达虽罹患前列腺癌，但得到了有效控制，治疗诗人的专家——查拉查尔，当时智利最受尊敬的泌尿科专家——曾向她保证聂鲁达至少可以活五年。另外，从聂鲁达临终前的创作状态看，他的思维还保持着旺盛的活力，根本不像一个弥留之际的人。所有这些证据表明，聂鲁达极有可能是一起卑鄙的政治谋杀的牺牲品。

布罗茨基在那篇评论俄罗斯诗人曼德尔施塔姆的文章《文明之子》中，精彩地论述了诗人之死对于诗人的意义："基于某种奇怪的理由，'诗人之死'这个说法听上去总是比'诗人之生'更具体。也许这是因为'生'和'诗人'作为词语，其正面含混性几乎是同义的。而'死'——即便作为一个词——则差不多如同诗人自己的作品例如一首诗那样明确，因为一首诗的主要特征是最后一行。不管一件艺术作品包含什么，它都会奔向结局，而结局确定诗的形式，并拒绝复活。"同样，聂鲁达悲剧性的死亡也像一束回光灯，照亮他的过往，照亮他饱含激情的诗行，令我们对他的左派倾向有了一种同情之理解。另一方面，聂鲁达那部计划中的多卷本自传也终于无法完成，而不得不保持它未经修缮的戛然而止的状态。

对聂鲁达而言，一些特别重要的人和事，也许因为他过于慎重而有意避开了，也许他想着将来更加细致地书写而没来得及写下。比照聂鲁达的自传和《生命的热情》，会发现聂鲁达自传中的留白形成了一个个呼喊的深渊，声音最终被扼杀在张大的嘴巴里，而生命的热情和神秘都不可避免地堕入其中。

聂鲁达无疑是一个多情而善良的人，与此对应的则是一位卓越的爱情诗高手。他的爱情诗创作贯穿他漫长的诗歌生涯始终，从少作《二十首情诗和一首绝望的歌》，到年过半百之后写给玛蒂尔德的《爱情诗一百首》，都写得摇曳生姿，打动过无数读者。可是聂鲁达1952 年在意大利首印的爱情诗集《船长的诗》——一本关于爱情、迷恋和痛苦的书——却是以匿名的方式出版的。聂鲁达在自传中坦承了缘由："我不愿让这些诗伤害已经同我分手的迪莉亚（聂鲁达阿根廷裔的第二任妻子）。迪莉亚是个非常温柔的女人，在我写出最动听的诗歌的岁月里，她是捆住我双手的钢和蜜编成的绳子，是我十八年间的模范伴侣。这本充满突发的和炽烈的激情的书，会像一块扔出去的石头击中她柔弱的身躯。这些，也只有这些，才是我怀着深情的值得尊重的匿名的个人原因。"

这大概是聂鲁达在自传中少有的提到第二任妻子迪莉亚的地方，可是迪莉亚对于聂鲁达的意义绝非这么几句话可以囊括。通过《生命的热情》我们知道，迪莉亚是一位具有很高文化素养的女人，比聂鲁达大差不多二十岁，在他们共同生活的那些年，聂鲁达一旦写出新作即给迪莉亚过目，后者提出的意见聂鲁达都会接受并加以修改。迪莉亚是共产主义者，她赤诚的政治信仰显然深刻影响了聂鲁达。事实上，聂鲁达的许多左派挚友正是通过迪莉亚结识的，比如毕加索、阿拉贡、艾吕雅、莱热等，迪莉亚促成了聂鲁达在政治上的迅速左转，而后者终于在 1945 年加入了智利共产党。

聂鲁达的政治热情是其生命热情的必然后果和某种转化，而他的生命热情也找到了施展魔力的更大舞台。

在把聂鲁达从一个忧郁敏感的诗人塑造为一个开阔有力的诗人方面，他的政治热情显然起到了火箭助推器般的作用。对此，聂鲁达在自传中做过诗意又坦诚的表述："我的诗和我的生活宛如一条美洲大河，又如发源于南方隐秘山峦深处的一条智利湍流，浩浩荡荡的河水持续不断流向海口。我的诗绝不排斥其丰沛水流所能携带的任何东西；它接受激情，展现神秘，冲开进入人民心灵的通道。"

在决定其诗歌转向的那些年，聂鲁达是和迪莉亚生活在一起的，这绝非偶然。人生中如此重要的人在聂鲁达自传中所占篇幅如此之少，当然聂鲁达被谋害突然离世是一个原因，更有可能的是聂鲁达在尽力避免对迪莉亚深情回忆伤害到身边的第三任妻子玛蒂尔德。

聂鲁达在自传中倒是写过自己颇具传奇性的几次艳遇：比如年少时在麦秸堆里摸黑向自己靠拢的丰满的女人，在巴黎蒙巴纳斯和朋友阿尔瓦罗共享过的那位奇女子，在驶往巴达维亚（雅加达）轮船上遇到的金发犹太少女克鲁齐等等，可一旦涉及自己倾注大量情感的女人，聂鲁达则立即陷入缄默之中。

在自传中，聂鲁达甚至对《二十首情诗和一首绝望的歌》中的女子是谁,都以一种模糊暧昧的方式予以回应:"在这些既忧伤又炽热的诗中交替出现的两三位女子,可以说对应着玛丽索尔和玛丽松布拉。玛丽索尔是夜空布满迷人星星的外省的爱神,她的黑眼睛宛如特木科湿漉漉的天空。玛丽松布拉是首都的女大学生,头戴灰色贝雷帽,眼睛无限温柔,身上散发着飘忽不定的校园忍冬花般持久的芳香,是在城市隐蔽地点幽会时肉体的宁静。"

通过《生命的热情》,我们知道玛丽索尔是聂鲁达在家乡特木科认识的一位名叫特蕾莎的少女,她曾在镇上的花神大会上被评为女王;而玛丽松布拉则是聂鲁达一位文友的妹妹阿贝提娜。在离开智利做东南亚国家领事期间,聂鲁达给她们写过大量书信,甚至一再恳请(分别)她们嫁给自己。特蕾莎和阿贝提娜因为家人的反对(看不起聂鲁达低等阶级的出身)而放弃了这段感情,而这种不能得到满足的情欲则激起聂鲁达更大的激情和痛苦,这些在《二十首情诗和一首绝望的歌》中得到了淋漓尽致的展示。事实上,聂鲁达给特蕾莎写过远远多于二十首爱情诗,这些诗直到前些年才结集出版,在最新版的聂鲁达全集中,归属于"特蕾莎专辑"

名下。

所有这些早年真挚的情愫都在聂鲁达迷人的诗句中得到完美的保存，多年后当聂鲁达试图在理性的散文中对此予以抑制的时候，给人的感觉却是欲盖弥彰。从中，我们亦可得出一个结论——诗人的诗句远比他的散文要真诚，因为真诚如同打开神秘宝库的那句暗语"芝麻，开门吧"，除此以外你不可能获得第二个门径。也就是说，谁想在诗中撒谎，谁就会被诗歌抛弃，不存在灰色的中间地带，这就是非此即彼的选择。

在东南亚各国做领事期间，这位才华横溢的年轻诗人虽然情感没有着落，性生活倒并不欠缺。"不同肤色的女友们在我的行军床上睡过，除了闪电般的肉体接触，没有留下更多痕迹。我的身躯是一堆孤独的篝火，在那里的热带海岸日夜燃烧。"在巴达维亚期间，聂鲁达认识了他的第一任妻子，有点马来血统的荷兰姑娘，名叫玛露卡，在聂鲁达自传中只有可怜的一段话提到她："我很喜欢她，她身材高挑，性情温柔，对文学艺术界毫无所知。"作为聂鲁达的第一任妻子（从1930年到1936年），玛露卡在《生命的热情》中占据了较大篇幅。1934年玛露卡还为聂鲁达生了一个女儿，但孩子体弱多病，9岁就夭亡了。可以想象这件事给聂鲁达带来了怎样的冲击，他曾写过一首动人的哀歌给这个病弱的女孩——《我家的疾病》："就像沉默中的一根麦穗，但/谁为一根麦穗祈求怜悯？/看，万物的境况如何：太多队列/太多医院，有着破碎的膝盖，/太多商店，有着垂死的人们。"但总的来说，在三任妻子里，聂鲁达对玛露卡的情感浓度要逊色于后两任妻子。

《生命的激情》说聂鲁达和玛露卡结婚主要是因为孤独——那种远离故土，在东南亚热带国度独自漂流的孤独。聂鲁达写给玛露卡的诗不多，足以见出这位爱情诗圣手对于这段情感的真实态度。但那种深刻的孤独感却出人意料地馈赠给诗人一部杰出的诗集——《大地上的居所》（1933年出版），有评论认为这是"西班牙语中超现实主义诗歌的最精美诗集"。这部诗集是聂鲁达朝向内心的最远航行，其灵感不是来自某个女人，而是所有女人背过身去的那种孤独。在这部诗集之后，聂鲁达的诗作开始有意识地转向外部世界，转向底层人民，转向拉丁美洲的历史。并不巧合的是，与诗风上的转向并行不悖，聂鲁达被派往西班牙巴塞罗那做领事，在此，他迎面撞上了西班牙内战。

1934 年 5 月，聂鲁达和玛露卡乘坐轮船抵达巴塞罗那，他虽然不很喜欢这座城市，但在此他可以便利地前往马德里，那是西班牙首都，也是整个西班牙语国家文化的首都。在马德里，聂鲁达和洛尔迦得以重逢，他们是两年前聂鲁达任布宜诺斯艾利斯领事时认识的，并迅速结为密友。后来，在对众多逝去友人的追忆中，聂鲁达对洛尔迦显然是最动情的："他是个何等了不起的诗人啊！像他这样兼具美德与才华，才思敏捷，心灵明澈如清泉的人，我还从未见过。洛尔迦是个慷慨的精灵，是个播撒欢乐的离心器，把生活的热情收集在胸中，然后像行星那样放射出去。"

　　就是这样一位诗人，西班牙内战开始不久（1936年 8 月 17 日夜）在家乡格拉纳达被长枪党徒虐杀，这在聂鲁达心中激起的悲愤之情是可以想象的。聂鲁达原本就对底层人民怀有一种朴素的关爱，挚友的惨死又将他向左翼猛推了一把。聂鲁达随即着手创作献给西班牙内战牺牲者的赞美诗《我心中的西班牙》，这部情绪激昂的诗集的第一首是《牺牲民兵之母的歌谣》，这是聂鲁达清晰表明他忠于社会正义的第一首诗：

他们没死！
他们像燃烧的导火索，
火药中屹立！

他们纯洁的身影
凝聚在黄铜色的草原上，
就像带装甲的风的护帘，
就像愤怒颜色的围墙，
就像天空无形的胸膛。

母亲们！他们屹立在麦田，
像深邃的中午一样高大，
俯视着辽阔的平原！
他们是黑色的钟声
掠过被杀害的钢铁身躯，
将胜利的喜讯频传。

　　很明显，在这部诗集中，聂鲁达在早期几本诗集里
苦闷纠结的情绪得到释放，安静神秘被一种高亢明亮所
替代，向内的眼光开始朝向广袤的社会和原野。尽管不

乏真情，但在诗艺上则明显不如低语的《二十首情诗和一首绝望的歌》，也不如《大地上的居所》繁复的修辞。

对于文学而言，政治热情永远是一种危险的因素，它可以迅速提高诗歌的音量，但通常是以牺牲诗歌的音质为代价，让后者变得模糊而充满杂音，从而令崇高的动机找不到落脚之地，其效果反倒不如一把私语的小提琴。从另一方面看，诗歌尽管貌似柔弱，却有着内在的倔强，当它意识到自己被当作工具使用时，隐蔽的缪斯将毅然决然地逃亡，只留下徒然的语言的空壳。

综观聂鲁达全部创作生涯，《我心中的西班牙》还不算最差的政治抒情诗。十几年后，在完成了杰出的《诗歌总集》和《船长的诗》后，聂鲁达创作了诗集《葡萄与风》，尽管他自己颇为偏爱，却被评论界公认为其中包括了一些"极端差劲"的诗。

《葡萄与风》所呈现的是一个共产主义诗人在冷战时期旅行于东欧的个人记述，《生命的热情》作者费恩斯坦认为，《葡萄与风》中的许多诗歌都过于努力表达聂鲁达和欧洲同志之间的政治团结，这导致了异乎寻常的表达笨拙。

1973 年 2 月（距聂鲁达去世只有半年），聂鲁达最具争议性的诗集《打倒尼克松，赞扬智利革命》出版，聂鲁达为了声援危机四伏的阿连德政权，有意将这本诗集写成宣传品，从而抛弃了他所擅长的抒情风格，艺术上的后果自然是灾难性的。

从聂鲁达的全部作品看，只有当他将政治热情和更深邃的历史感结合起来（《诗歌总集》），或者如《元素颂》那样和日常生活本质的神秘性结合起来（也即和直接的政治生活拉开一段距离），他的诗歌作品才真正焕发出一种深沉的活力——它来源于诗人个体活生生的脉搏，又和更广阔的社会背景紧紧联系在一起。

对女人的爱和对政治的热情是聂鲁达诗歌得以飞翔的两架引擎，当它们平衡发力时，他的诗歌不仅飞得更高，也飞得更美。但政治的复杂性决定了它不会甘当诗人手中的玩偶，有时也会把诗人拽入泥淖。如果说聂鲁达在西班牙内战时期转入左倾，还有着人道主义底蕴的话（别忘了聂鲁达曾拼尽全力让智利终于接受了满载西班牙共和国难民的"温伯尼号"船，挽救了两千多个共和国难民的生命），那么，聂鲁达在冷战时期对斯大林和赫鲁晓夫的盲从则使他的声誉严重受损。像帕斯这种西班牙内战时期的老朋友最终都因为政治观点相左，在

1942年某次醉酒之后的争吵中和聂鲁达分道扬镳；而博尔赫斯和布罗茨基在各自的谈话录里频频对聂鲁达语出讥讽，显然也是因为他身上根深蒂固的斯大林主义，使许多人对他的诗歌难以做出公允的评价。

事实上，作为最具国际声望的共产党诗人（聂鲁达1945年加入智利共产党），聂鲁达在东方阵营的国家旅行时都被奉为上宾，他自己曾获得1953年斯大林和平奖，并多年担任该奖的评委，还曾在1951年和爱伦堡一起到中国，给获得该年度斯大林和平奖的宋庆龄颁奖。尽管在自传中聂鲁达对于在访问苏联时看到的个人崇拜和教条主义倾向颇不以为然，但他的反思从来没有进入更深的层次。在晚年撰写的自传中，聂鲁达终于触及核心问题，但也只是轻轻带过："对我们共产党人来说，令人痛心的悲剧是意识到在斯大林问题上，敌人在许多方面占了理。这一揭露震撼心灵，随之而来的是觉醒的痛苦。"紧接着，聂鲁达马上又加以辩护："苏共二十大代表大会无情揭露出来的可怕事实，恰恰证明，把历史公之于世并承担起自己的责任之后继续下来的共产党是坚强的。"

对于聂鲁达身上难以撼动的斯大林主义，1966年曾促成聂鲁达访美的美国戏剧家阿瑟·米勒也百思不得其解。作为当时国际笔会的主席，米勒安排了聂鲁达在纽约的一系列活动——为国会图书馆录制诗歌，在哥伦比亚大学演讲等，并陪同聂鲁达逛纽约的各种书店，在那里聂鲁达斩获颇丰，买了好几本莎士比亚和惠特曼的书。但米勒的困惑也在加深：一个如此包罗万象的灵魂为什么会一直支持斯大林主义？米勒没有当面向聂鲁达提出这个颇富挑衅性的问题，但同为左派的一些著名知识分子对此问题的思考，或许聂鲁达也会颔首同意。

聂鲁达的密友、法国著名左翼作家路易·阿拉贡宣称"一堵墙只有两个面"，暗示着在政治态度上非此即彼的选择。英国左派历史学家霍布斯鲍姆则说："我们为它（共产主义）献出了我们的一切。作为回报，我们获得了必胜的信心以及对兄弟之情的体验。"这些说辞可以赢得同情之理解，却不能全然解答困惑。联想到纪德那本引起轩然大波的《访苏归来》(1937)，同样的事实给不同的作家带来的启示判然有别。是啊，甚至坚定的共产党员阿拉贡都曾在 1956 年写过这样的诗句："1956 年如同一把匕首/刺入我的眼睑。"可翻遍聂鲁达的全部诗作，像这样具有尖锐反省性的诗句从不曾有过。

《生命的热情》在梳理聂鲁达政治态度方面比他的自传翔实得多，对一系列重大历史事件，聂鲁达都自始至终保持沉默：1956年2月当赫鲁晓夫在苏共二十大上批判斯大林时，聂鲁达保持了沉默；同年11月4日当苏军开进布达佩斯，聂鲁达依然没有说一句话予以谴责；1968年8月当苏军镇压"布拉格之春"时，聂鲁达也没有公开做出任何评论——甚至没有向朋友表达过意见。聂鲁达崇敬斯大林和赫鲁晓夫，两人在1953年和1971年的死都曾引起聂鲁达的震动，并撰写过悼念文章。对于作家、艺术家在苏联治下的悲惨命运，聂鲁达很少关注，他虽私下表达过对苏联处置帕斯捷尔纳克、布罗茨基方式的不解，但都不曾公开。只有一次，那是1972年，勃列日涅夫趁访问法国之机，在苏联驻法国大使馆会见了聂鲁达，他才明确要求勃列日涅夫干预停止对索尔仁尼琴的伤害，但理由是："索尔仁尼琴是一个讨厌的人，一个难以忍受的白痴，但我们必须听之任之，因为我们共产主义作家站在另一面，应该由我们来承担这个责任。"

聂鲁达直到晚年才对他信奉一生的政治信仰有所反

思，但是一切都太晚了，这些反思来不及在他的诗篇里得到充分反映。他的自传以及他晚年接受的采访，对这类问题的回答都是防御性的，有着明显自我辩护的色彩。1971年在接受《前进》杂志采访时，聂鲁达的某些回答很像是在为他一生的写作做出带有辩护性的总结："我不仅仅围绕政治而写作，也许我写过七千页诗歌，可是我相信你甚至找不到四页是关于政治话题的。……我更倾向于爱，写出一个人真正感受到的，在一个人生存的每个瞬间。"聂鲁达关于政治话题的诗歌当然远远多于四页，但这段话依然很有说服力，的确是对他一生诗歌创作的准确概括。聂鲁达曾经陷入过政治的泥潭，但是一种本质上的人道主义和爱的直觉，幸运地使他漫长的诗歌创作生涯始终保有一份活力。

1948年到1949年，有一年半之久，聂鲁达过着颠沛流离的逃亡生活，以躲避右翼维德拉政权的追捕。这一段如箭在弦般的紧张岁月赋予他创作最优秀作品《诗歌总集》的灵感和激情，只要细读这卷厚厚的诗集，你会发现政治在其中是用来服务于艺术的，而不是相反，这大概就是这部作品成为伟大的重要秘密吧。

1949年初，智利共产党为聂鲁达制订了翻越安第斯山逃出智利的计划，聂鲁达则假扮鸟类学家作掩护。计划实施得相当顺利，聂鲁达到达安第斯山靠近阿根廷的一处农场，农场属于大地主罗德里格斯，此人和当时的右翼总统维德拉私交甚好。就在聂鲁达一行准备偷越国境前两天，罗德里格斯恰好要来这个农场，经过激烈讨论，负责聂鲁达逃亡的共产党小组有把握农场主不会告密，决定告诉他真相——那位所谓的鸟类学家其实是全国通缉的诗人聂鲁达。农场主和诗人的见面颇具喜剧色彩，前者张开双臂走向聂鲁达："你是聂鲁达，一个我一直想要认识的人，一个我如此强烈崇拜的诗人，我读过你很多书。"之后，农场主难抑兴奋之情，又对自己的朋友说："这是我生命中最美好的夜晚之一，我刚刚见到了这个世纪最伟大的诗人。我才不在乎他是一个共产主义者呢。"

这大概是读者对于诗歌最正确的解读方式吧：当我们被那些美妙的诗句征服的时候，谁会关心他的党派倾向呢；当然，反过来也证明，这样的诗人的确拥有超越党派门户之见的卓越能力。

政治永远拘泥于具体的时空，拘泥于一时的对错，和诗歌比，政治总是显得短视而邪恶。作为具体时空里的诗人，固然难免羁绊其中，但最终，优秀的诗人会凭借爱与直觉的牵引，凭借诗句本身向上飘飞的冲力，将政治的紧身衣甩掉。聂鲁达正是这样的诗人，政治只是他诗歌火箭的第一截助推器，在某个高度它会脱落，而在宇宙里自由翱翔的只能是爱的飞船，唯一的乘客就是诗歌。

布罗茨基：从威尼斯远眺圣彼得堡

"这座城市没有资格成为一个博物馆，因为它自己就是一件艺术品，是我们这个物种所创作的最伟大的杰作。"这句话出自布罗茨基1989年底出版的自传性散文《水印》。这部作品是布罗茨基为他所钟爱的城市威尼斯创作的一部文字肖像，其文字有着浓郁的诗意的敏感，从方方面面道尽了布罗茨基对这座城市的热爱。和布罗茨基别的书一样，这本柔情之书也为他赢得了许多读者，其中一位读者的身份有点特殊，她叫伊莲娜·亚科维奇——20世纪90年代初期俄罗斯文化部长叶夫根尼·西多罗夫的新闻秘书。

通过布罗茨基的老朋友莱茵，亚科维奇和身在纽约的诗人取得联系，并在电话交谈中提出是否可以给布罗茨基拍一部纪录片，布罗茨基客客气气地答道："啊，看看吧……"显然，是要拒绝。但亚科维奇没有放弃，在去莱茵处取材料时，又向他提出这一建议，莱茵显然兴致颇高，而且很大程度上正是由于莱茵的参与，才让这一设想成为可能。他们甚至没有怀疑过布罗茨基自己是否同意，"而直接讨论起该在哪儿拍摄。我们一致决定，就在威尼斯——那里很美，而且布罗茨基还写了一部随笔集《水印》，这就是现成的纪录片脚本嘛。"是啊，布罗茨基怎么会拒绝在自己最喜欢的城市，一边漫步欣赏威尼斯绝美的风景，一边和老朋友回忆往事呢？

不出所料，1993 年 11 月，"我们与布罗茨基在威尼斯一起度过了整整一个星期"。这部纪录片名叫《与布罗茨基一起漫步》，片子拍得很顺利，也很成功，并于 1995 年 5 月 24 日（布罗茨基最后一个生日）获得首届"电视太空"职业电视奖。《与布罗茨基漫步威尼斯》一书是那次拍摄过程的完整文字资料汇编，既包括布罗茨基在纪录片中的谈话记录，也包括摄影机关闭之后录音机录下的内容。也就是说，这是布罗茨基未曾公布的最后的谈话，其重要价值自不待言。

威尼斯美轮美奂的风景给纪录片增添了浪漫的情

调，但亚科维奇很清楚这不是重点，重点在于布罗茨基对于威尼斯的亲近感，会使他在漫步中更加轻松自在，更愿意开口说话——说什么呢？说什么都好！这可是这位享誉世界的诗人离开故国 21 年后第一次在摄像机前用俄语谈论他所热爱的文学、音乐和艺术。当然，在拍摄过程中，亚科维奇也会很巧妙地将话题转向俄罗斯当下的政治，以及布罗茨基过去的经历。尽管亚科维奇本人对此兴趣更大一些，但她很尊重这位诗人骄傲的个性，在漫谈中，话题变得非常开放，而愉悦的谈话气氛则产生了更多有趣的话题和观点。

众所周知，布罗茨基曾两次成为世界新闻的中心人物。一次是 1987 年，由于其作品"超越时空限制，无论在文学及敏感问题方面，都充分显示出广阔的思想和浓郁的诗意"，布罗茨基获得了诺贝尔文学奖。另一次是 1964 年，年轻的布罗茨基被苏联法庭指控"利用黄色诗歌和反苏作品毒害青年"，以"社会寄生虫"的罪名，被判服苦役五年。这一案件，在苏联内外引发了广泛而强烈的抗议。亚科维奇之所以会和布罗茨基取得联系，正是因为她看到了两份苏联政府解禁的布罗茨基档案材料：一份是 1964 年至 1965 年的，涉及"审判布罗

茨基在创作知识分子中引发的各种曲解";另一份是
1987年的,是领导干部们关于他获得诺贝尔文学奖的
通信记录,他们都不知道该如何对待他的获奖。

　　亚科维奇很清楚这两份档案的史料价值,那也是她
和布罗茨基取得联系并动念拍摄纪录片的缘起。在第一
份档案中,记录了当时不少苏联作家和艺术家——楚科
夫斯卡亚、奥尔洛娃、马尔夏克、肖斯塔科维奇等——
对布罗茨基的声援,把对布罗茨基的审判视作"人所共
知的专制宿疾的可悲复发"。引起我特别兴趣的是当时
如日中天的解冻派代表诗人叶夫图申科的态度,他认为
对布罗茨基的审判是对法治的破坏。在所罗门·沃尔科
夫所作的《布罗茨基谈话录》中,我们知道,布罗茨基
对于叶夫图申科等诗人左倾的政治态度是颇有微词的。
因为有切肤之痛,和许多优秀诗人在艺术上持较为包容
的态度不同,布罗茨基心中有一把严厉的政治正确的标
尺,他对所有左派诗人都没有好感,这其中自然也包括
马雅可夫斯基和聂鲁达。对于1960年代在苏联很活跃
的"解冻派"诗人群体,他只对女诗人阿赫马杜琳娜评
价很高。不过这份档案显示,至少在布罗茨基案件上,
叶夫图申科站在了更宽泛的政治正确这一边。

在这份档案中，有一封萨特的信颇为惹眼，是萨特就布罗茨基案件写给米高扬的私人信件，亚科维奇在书中全文录入，其中提道："我很想告知您，反苏报刊利用这个事件展开浩大攻势，将这个意外事件归作苏联法治的典型案例。他们甚至指责政府敌视知识分子，执行反犹主义。我们的苏联朋友向我们保证，最高执法机关的注意力指向布罗茨基案件纯属偶然，法庭的判决会非常审慎。遗憾的是，时间过去了，我们却得知此事毫无进展。"正如亚科维奇评论的那样，这封信的态度十分谦恭，深谙高层政治法则，通晓外交辞令，令我们意外地对萨特油滑的一面有了很直观的认识。但是，萨特毕竟在信的末尾发出了这样的呼吁："我们把全部希望寄托在了这些国家上面，请保护一下这位还十分年轻的诗人，他已经是——或者必将成为一位优秀的诗人。"这封信显然发挥了作用。信写于 1964 年 8 月 17 日，9 月布罗茨基就被释放，从流放地阿尔汉格尔斯克回到了列宁格勒。

亚科维奇也摘录了第二份档案中的部分内容，总的来说，苏联当局对布罗茨基颇为恼火："西方宣传部门将布罗茨基描绘成'在苏联遭受媒体迫害的俄罗斯优秀诗人,他被判刑,被关进牢狱,遭受流放,并被迫离开祖国',与此同时,他本人则是'暴政与诗歌对立的象征。'"而苏共的公开态度则是保持缄默,等待布罗茨基的诺贝尔获奖演说。现在我们知道,布罗茨基诺贝尔文学奖受奖演说已成经典,他确实论及了文学和国家的关系:"文学在对国家的态度上时常表现出的愤怒、嘲讽或者冷漠,实质上是永恒的,更确切地说是无限对暂时、对有限的反动。"

作为一个骄傲的诗人,布罗茨基一直避免将自己的文字变成简单的控诉工具,综观他的全部文字,你根本找不到他年轻时在苏联北方服苦役的记录——他不屑于那样做,他不想展示自己的伤口,他认为那是一种低下的文学品格。只是在沃尔科夫对他做的长篇访谈中,并在沃尔科夫的一再追问下,他才说起国家机器对于一个诗人的折磨——给他强行注射镇静剂,半夜被粗暴叫醒,拉他去冲冷水浴,然后用湿浴巾把他包紧,再将他推到暖气旁烤干浴巾。

亚科维奇问布罗茨基对那两份刚解禁的档案如何看,布罗茨基的回应符合他对自己遭受虐待的往事一贯缄默的态度。布罗茨基在电话中礼貌地回复说,他能做出的唯一评述就是，这不值得任何评述。当时苏联刚解体不久，布罗茨基又补充了几句："这一切之所以轰然倒塌，就是因为高官们都在做无谓的琐事。为此，我既不打算惊奇骇怪，也不打算幸灾乐祸，更不要说义愤填膺了。"的确，这是对权力最彻底的轻蔑，同时也保证了他的文字不会在声嘶力竭的控诉中降低品格。

因为同样的原因，当1993年11月亚科维奇和布罗茨基漫步威尼斯拍摄纪录片时，他们的话题是从轻松的观光游览开始的。整个拍摄过程轻松愉快，老朋友莱茵的加入让布罗茨基兴致更高，很多时候布罗茨基都充当着导游的角色，兴致勃勃地给大家介绍威尼斯的历史，介绍安康圣母教堂、圣约翰教堂、圣米凯莱岛、威尼斯的兵工厂，介绍威尼斯的音乐家维瓦尔第以及意大利众多优秀的画家和建筑师。这些无疑给纪录片披上了一层浪漫的外衣。有一次，他甚至突然对亚科维奇说："你们要是知道我有多么幸福就好了——带着俄罗斯人游览意大利。"一向以冷峻著称的布罗茨基居然有如此外露的情感表达，这足以说明他在拍摄期间是何等愉悦。

我没有看过这部纪录片，但是从《与布罗茨基漫步威尼斯》这本书里，我可以清晰感觉到在威尼斯美妙的桨声灯影里，布罗茨基步履的轻快。需要强调的是，这部片子之所以有别于其他众多有关威尼斯的风光片，正是因为布罗茨基特殊的身份和经历，给这部貌似轻松的片子奠定了厚重的——如果不说是悲壮的——底色。从布罗茨基口中道出的威尼斯历史和众多文化人物，自有一种感人的魅力，但作为读者，我还是对布罗茨基口中的俄罗斯更感兴趣一些，而这不也正是亚科维奇拍摄这部纪录片的初衷吗？

有老朋友莱茵在，布罗茨基不可能不谈到过去，不可能不谈起他的故乡圣彼得堡。书中有个细节很打动我：在大运河岸边的露天咖啡馆，布罗茨基和莱茵终于谈起他的故乡，"在数小时之内'重返'自己出生的城市，互相抢着朗诵关于圣彼得堡的诗句"。其时，布罗茨基离开故乡已经 21 年，还为自己的传记设定了"不再返回"的结局，但这并不妨碍他和莱茵想象重返圣彼得堡的情景——首先要去哪里（从瑞典乘轮船，直接到瓦西里岛博利绍伊大街那儿的海湾），而他回乡时的行头则是"穿着考究但已揉皱的雨衣，头戴一顶布尔萨林诺礼帽，嘴里叼着不变的美利特牌雪茄"。思乡之情溢于言表。因此，当亚科维奇问布罗茨基是否怀念圣彼得堡时，布罗茨基答道："非常想，经常想。"问题是，那已经是另一个国家，另一座城市，很多人他也不再认识。布罗茨基继续说："每当谈及故乡，我经常语无伦次。"

的确，从他滔滔不绝的语速中，能感受到布罗茨基对故乡的怀念，以及决定不再重返的决绝。悖论的是，后者恰恰是前者怀念之深的证明，就像布罗茨基自己所说："那里已经有了另外一些年轻人，那里已经属于你们这一代人了。我对现实不太感兴趣，对未来也不太感兴趣。我珍视我曾经爱过的和正在爱着的，也将带着这种感情长眠于地下。"显然，对布罗茨基来说，年少时在圣彼得堡的经历弥足珍贵，他宁愿像一个完美的梦境一样守护着它，而不让"重返"的杂质对它造成丝毫可能的伤害。那么，从威尼斯远眺圣彼得堡恰是一个合适的距离，威尼斯犹如圣彼得堡这个梦境的拓片，布罗茨基恍然置身于和圣彼得堡相似的情境，可以远距离谈论圣彼得堡，可以和老友一起回忆它的种种细节，却不会毁坏那个美妙而纤弱的梦——"这是帝国领土上最好的东西。圣彼得堡就是我希望国家未来成为的那个样子。"

事实证明，亚科维奇把拍摄地定在威尼斯非常正确，布罗茨基喜欢威尼斯的一个明显原因是，这里很像他的故乡圣彼得堡。早在 18 世纪初，当彼得大帝决定在荒凉的涅瓦河口建造一座城市时，他心中的蓝图正是像阿姆斯特丹和威尼斯这样的水上都市。布罗茨基自己也说，他总是冬天来到威尼斯，因为威尼斯冬天的荒凉和严酷更容易让他想起圣彼得堡，而作为一个更高纬度的城市，圣彼得堡不可能有威尼斯夏天那样的明亮、闷热和喧嚣。在随笔集《水印》中，布罗茨基夸张地说："总之，我将永远不会在夏天来到这里，哪怕是在枪口的威胁下也不来。"——他不忍目睹故乡之梦被一群群穿短裤的喧闹的游客毁掉。

顺着布罗茨基心中升腾的思乡之情，亚科维奇很自然地将话题转向了更广阔的俄罗斯和布罗茨基早年被迫害的经历。在布罗茨基谈兴正浓的时候，亚科维奇不失时机地询问他对当下转型期俄罗斯的看法，布罗茨基坦率作答："你们问一个已经在国外生活了 21 年的人。从理论上讲，你们甚至不应该问他，因为按照俄国的传统，他没有权利谈论这些东西。"还好，这不是电话交谈，否则布罗茨基就该挂电话了。还好，这是在他喜爱的威尼斯，通过几天的交流拍摄，布罗茨基和亚科维奇已经建立起某种信任感，他继续说道："这百年来，俄罗斯人承受了任何一个居住在欧亚大陆北部的民族都不曾承受过的命运。我们看见了绝对赤裸的、真正赤裸的生命体。我们被脱净，被扒光，被示众，被置于极端的严寒中。我认为，结果不应当是彼此嘲讽，而应是相互同情。"

和布罗茨基一贯的态度一样，在这部纪录片中，他也敏感地使自己避免成为急于控诉的受害者（事实上他当然是确凿无疑的受害者，无论肉体还是精神上），而是从更超然的态度谈论彼时发生在俄罗斯的种种巨大变化。在我看来，这正是品格高尚的标志——从前他不屑于充当为一己之苦难控诉的受害者，如今他也不屑于落井下石。此时，布罗茨基强调的反而是"彼此同情"，尽管他马上不无遗憾地补充道："然而，这个我未曾见到。我既没有在政治生活中见过同情，也未在文化中感受到。因为那些文化人，都或多或少是机智的人，是喜欢挖苦讥笑的人。这让我非常不喜欢。"

从布罗茨基的这些谈话中，可以看出这是一位以善意的眼光打量世界的诗人，尽管他也曾以极大的勇气抵抗压迫。在我看来，这是一体两面。诗人的骄傲和对世界的爱都使他不屑于持有"安全"的观点——哪怕是"安全"的控诉。他总是从少数人的视角思考问题，从更博大的爱的维度拥抱事物。因此，当我们看到布罗茨基在为苏联的制度说好话的时候，尽管颇为诧异却不是不可理解的："这种制度在我国存在的七十年里，催生了一些很好的东西——社会中的平等意识，贫穷与灾难中的兄弟情谊。这些应该保存。"当然，他的观点我们未必全盘接受，但是作为一个不愿意落井下石、更愿意独立思考的诗人，布罗茨基个人的品格是值得尊重的。在一个纷乱的、变迁的时代，布罗茨基所重视的东西也许是弥合分歧的唯一机会："似乎从未有人对他们说过，必须理解与爱所有人，爱每一个人。"这掷地有声的语句，大概算得上是诗人所信仰的唯一宗教吧。

从圣彼得堡到莫斯科，话题在故国的上空盘旋，布罗茨基很自然地谈起他早年的经历（尽管抹去了被迫害的背景）："还有那么一段时间，我开始在北方生活，在一个国营农场里工作。那是一个很糟糕的地方，我非常不喜欢它。早晨6点，天气很不好，冬季，严寒。而如果在秋天，那甚至会更糟。你走出家门，穿着靴子、棉袄，去村子里拿全天的派工单。你穿过这片田野，没膝深的——什么都可能有。"布罗茨基在磕磕绊绊地回忆着，亚科维奇、莱茵在一旁静听，大家都知道那是什么地方——是的，那是苦难在诗人嘴里的另一种表达。

在布罗茨基这段近乎"语无伦次"的回忆之后，亚科维奇也以回忆的笔触描写了1993年春天，专程造访布罗茨基当年的流放地阿尔汉格尔斯克州诺连斯卡亚村的情景。在那年的早些时候，即1993年1月，布罗茨基已经在纽约病逝，因此亚科维奇对这一俄罗斯北方边地的造访有了一种庄重的祭奠的意味。"布罗茨基看到的诺连斯卡亚曾经是一个大村庄，有俱乐部、邮局、茶馆和图书馆。当我们抵达时，这里仅剩下十来座还像点样子的原木屋。那时这里住着五位老太太，他们都清楚地记得那位奇怪的房客。到2012年，报道里说，整个诺连斯卡亚村只剩下一个人了。"这座村庄似乎慢慢沦为布罗茨基的陪葬品，消逝于一片虚空和沼泽之中。

所幸，亚科维奇1993年的造访为我们留下了一些痕迹。在佩斯捷列娃家糊着报纸的房间里，"他用军用水壶在煤油气炉上煮过咖啡，在烛光下写过诗——当时还没有电灯——'我的蜡烛放射着昏暗的光'。"一个1993年还健在的村民老太太日丹诺娃回忆了布罗茨基给她们拍照片的情景，她还记得布罗茨基对她说："人们还会想起我的。"而日丹诺娃则满腹狐疑："哦，怎么回事呀，一个流放犯，还要想他吗？于是我说：'也许吧，我们不会忘记你的。'"而日丹诺娃的另一段话，则在一定程度上道出了亚科维奇的心声："当我得知他过世的消息——我叹了一口气，脑袋疼了起来。我说：'愿你早升天国，名垂千古。约瑟夫。你白受苦了，白受苦了。'为什么这么晚才想起他来呀？"

对于《与布罗茨基漫步威尼斯》这本书，这段描述是个插曲，但也恰能表明亚科维奇拍摄纪录片和编撰此书的用心所在。有关威尼斯的风光和历史，任何一部旅行文学都可能记载得更详尽，但当布罗茨基站在圣马可广场或坐在"弗洛里安"咖啡馆，这座城市似乎拥有了一个活的灵魂。而且这个灵魂还有一个长长的影子，从威尼斯一直拖到圣彼得堡，拖到阿尔汉格尔斯克的诺连斯卡亚村。

和所有愉快的交谈一样，纪录片里的话题是随机和跳跃的。在书中某一处，布罗茨基突然对亚科维奇说："对一个俄罗斯人来说，最有趣的不在这里，而在你们背后。圣米凯莱墓地就在那儿，那里安息着斯特拉文斯基和佳吉列夫。这条运河就通向圣米凯莱岛。运河流向哪儿，斯特拉文斯基便去向哪儿。"

在书的开篇，仿佛是为了定下全书表面活泼愉悦实则哀婉悲伤的基调，亚科维奇特意描写了和布罗茨基在参观圣马可广场教堂时偶遇送葬船的经历。布罗茨基告诫他们："不要摄像，那里在安葬"，紧接着又说："走吧。"然后他们就跟着送葬队伍走开了。湖面上飘荡着两艘汽艇，灵柩被放置在一艘汽艇上，撒满鲜花，亲人们则坐在另一艘汽艇上。"它们驶向'墓地岛'的红色砖墙——圣米凯莱公墓。"

圣米凯莱公墓在书中出现了若干次，仿佛是死亡间歇性的垂视。尽管亚科维奇有一种预感，因为布罗茨基在拍摄期间频频服用治疗心脏病的药片，而且还有一次因为胸口疼而改变了拍摄计划，但他们谁也没想到仅仅两年多一点，布罗茨基就因心脏病去世，而且最终被埋葬在他热爱的威尼斯，埋葬在他口中有趣又美丽的圣米凯莱岛，与伟大的斯特拉文斯基和佳吉列夫的墓地为邻。——是啊，运河流向哪儿，布罗茨基便去向哪儿。

布罗茨基是卓越的诗人，可以想象在拍摄期间他的嘴里翻飞着多少美妙的诗句——巴拉丁斯基的，普希金的，维亚泽姆斯基的，蒙塔莱的，阿赫玛托娃的，茨维塔耶娃的。拍摄的第三天，布罗茨基亲自选定了圣芳汀学院——那是一座用白色的伊斯特拉岩石建造于17世纪的房屋。他坐在蒙着紫红色台布的桌子旁，显得很激动，也许是因为某些往事——1973年，布罗茨基被苏联当局强行驱逐出境不到一年，曾在这间房子里朗诵过——挑动了诗情，布罗茨基开始在大厅里朗诵自己的诗篇：

> 三位老妇人坐在深椅中编织，
>
> 在大厅里谈论教亲所受的苦，
>
> "学院"公寓迎来圣诞之际，
>
> 整个宇宙都在麦鸣中漂浮。

读完，布罗茨基意犹未尽，向亚科维奇说："我能再读一首吗？它在这里显得很应景。"的确，回忆和气氛是诗歌最重要的助产士。在与布罗茨基漫步威尼斯的过程中，我们有幸一再看到这样的情景。

在并非可有可无的一章《可有可无的一章》中，亚科维奇记下了布罗茨基许多零碎的箴言般的语句，其中就有他随口念出的他热爱的俄罗斯诗人茨维塔耶娃的几句诗。我不知道这些诗句出自茨维塔耶娃的哪首诗，但它们确实非常美妙，仿佛是布罗茨基在威尼斯向我们做出的永恒道别：

> 在诀别的最后时刻
> 他们转向了星空——
> 即将灭绝的种族，
> 谢谢您！

附录 "我们晓得墓地中没有死者"

　　我和也斯是纯粹的编辑和作者的关系。很多年前，我在《书城》做编辑时，曾向也斯约稿，他很快给我回信，附了几篇文章和几首诗让我选用，我记得刊发了其中的一篇文章和一首诗。文章的名字记不清了，但那首诗我至今记得，是《维也纳的爱与死》。多年后，我读到台湾旅美诗评家奚密对也斯诗歌的评论《"鸿飞那复计东西"：读梁秉钧的〈东西〉》，其中就引用了该诗末两节：

　　　　我们写诗

　　　　我们爱与被爱

　　　　我们的容貌

経过阳光经过雨

经过爱

一点点地改变

一尾蛇无声蜿蜒游过

　　我想当初从也斯寄来的数首诗中选中这首，大概也是被这几行诗中所透露出的面对人生无常、人世变化时的那份坦然淡定所打动吧。

　　和也斯的第一次见面是在 2007 年的珠江诗歌节上，第一天的晚宴是自助餐，从各地风尘仆仆赶到广州的诗人，一边用餐一边和久未谋面的诗友打招呼寒暄。我知道也斯也会来参加此次诗会，特意把在香港青文书店购买的也斯早期诗集《雷声与蝉鸣》带在身边，请他签名。但我之前从未见过他的照片，直到旁边的诗人提醒，那位个子稍矮稍胖脸上挂着友善微笑的人就是也斯。我上前和他打招呼，因为之前有过邮件往来，也斯便颇为热情地和我聊起来，并送我他刚在香港牛津大学出版社出版的新作《东西》。当时，我已在《南都周刊》任书评编辑，还特意让两位年轻记者给也斯做了一个专访。在诗歌节的几天，因为活动安排比较密集，我们并没有深入地聊诗。但我记得他说过，他对那种格言式的精雕细刻的诗不感兴趣，对他来说，一首诗的整体或者说一首诗在铺陈过程中带出的某种深意，才是诗之正道。在也斯漫长的写作生涯中，无论诗风如何变化，这一观念始终统领着他。

几天的诗会很快结束，分手之际，他说 2007 年末他所在的岭南大学将举办一场香港文学研讨会，会邀请大陆和台湾、香港地区的一些优秀学者参加，到时请我前去采访。几个月后，果然收到也斯电邮，告诉我研讨会的具体时间及会议流程。因为有事耽搁，研讨会第二天我才赶到。

岭南大学在屯门的青山公路边，出了地铁站就感觉气氛和港岛九龙很不一样——街道上除了喧嚣的汽车，行人很少，气氛有点像惊悚片。我直接找到会议室，研讨会正在进行中，一个大圆桌子旁坐满了两岸三地的学者。我记得有内地学者北师大研究当代诗歌的王光明，有台湾中研院的李奭学，以及同在岭南大学任教的许子东、沈双。也斯正在主持，他的声音仍旧不紧不慢，但表情却比在广州见到时严肃不少。会议流程很严格，每位学者的发言时间是五分钟，到时间铃声响起，也斯就会果断喊停。在两种不同场合，我见识了两个不同的也斯，一个和气温婉，一个自带几分严肃，从中亦可看出也斯做事的认真。

当天散会后，也斯特地带大家去他的一个美食家朋友开的餐厅吃饭，那位美食家大腹便便，上过不少香港的美食节目。也斯给大家介绍各种菜式，显然对于饮食是个行家里手，后来我才知道他很早就在香港报纸上开过美食专栏，而且终于将他后半生文学创作的灵感献给了食物，写出了诗集《蔬菜的政治》、小说集《后殖民食物与爱情》，他还有几本书的书名也和食物有关，比如《人间滋味》《三鱼集》。在食物这一大多数诗人都不会给予些微关注的"非诗"领域，也斯找到了诗歌发力的爆破点，亦找寻到诗歌的后现代意蕴，以及日常生活和诗意之间幅度最大的张力。从这样的观念，我们可以见出也斯是一位有着很深理论修养的诗人，他的诗之所以引起评论界持续的兴趣，除了语言层面上的效果，显然也得益于语言背后的诗学观念，得益于他多年来从日常生活出发、从香港本土经验出发去寻找诗意的可能。

加州大学洛杉矶分校的史书美教授也参加了此次研讨会，恰好她评论中国现代主义文学的专著《现代的诱惑》（中文版）刚刚出版，我对此颇感兴趣，便向也斯提出要采访史书美。让我意外的是，也斯有点不悦，原来他是希望与会学者能更投入地参与会议本身的讨论。这时，史书美出来打圆场，提出第二天中午她为主持下午的会议做准备时可以顺便接受我的专访。这是一个小小的插曲，却也体现出也斯认真严肃的一面；话说回来，一个一团和气的人是没法写出也斯那样复杂的诗作的。诗人内在的尖锐和骄傲，也斯一点也不缺少，这是他作为杰出诗人最核心的动能。

大概是 2008 年底，我在香港还见过一次也斯。当时旅美诗人张耳携刚编竣的英文版诗集《别处的合集——中国当代诗选》到香港，和黄灿然、廖伟棠等朋友在库布里克书店搞了个小型诗歌朗诵会。朗诵会进行到一半，也斯也赶来了，先是悄悄坐在后面，被大家发现后，也斯上台朗诵了诗歌。朗诵会结束后，与会的诗人又到附近的茶餐厅吃夜宵，也斯当晚有事，吃到一半就先行告辞了，但他和蔡炎培的一番对话还是给我留下了很深的印象。蔡炎培是香港诗歌界的老顽童，一个颇单纯的性情中人，大家都很喜欢他，但对他的一些说法也不是太当真。那天大概是有点兴奋，蔡老先生扬言要请人把他的诗译成瑞典文，去角逐诺贝尔文学奖。听闻此言，也斯有点不以为然，虽然脸上还是微笑着，但说话却很不客气——"写诗为什么要想着得奖？"对于这样的态度我是非常认同的，因而记住了那次短暂的见面。

2009 年初，我去《时代周报》编专栏，在酝酿作者时，我想起了也斯，便给他发了约稿邮件，也斯爽快答应，专栏名叫《越界书简》——当然，没有比也斯更擅长越界的香港作家了。专栏节奏并不快，两周一篇，一方面介绍也斯当时正在研究的 20 世纪五十年代香港作家（包括刘以鬯、力匡、张爱玲、唐涤生等），偶尔也会写写他参与过的西方的一些文学活动（包括 2009 年法兰克福书展、迪拜国际诗会以及葡萄牙的一个诗歌活动等）。我们的电邮一般比较简短，每隔两三周我会去信提醒他供稿，一般几天后就能收到他的稿件。虽然比我年长很多，但也斯在信中一直称呼我"凌越兄"，显出他老派文人谦和的风范。偶尔也会在信中告知他的现状，如下是 2009 年 5 月 25 日给我的邮件：

凌越兄：

前两星期往法兰克福开会，兼有事到欧洲其他几个城市。工作疲累之余，眼睛感染发炎，不能对计算机工作。看了医生吃了药，逐渐痊愈。明天十时前一定把续稿传上。

学校考试改卷正进行中。六月初会陆续告一段落。若有时间六月中很想到广州一行，到时可见面谈谈。也可看看港粤两地诗歌有什么可以进一步交流的办法。

对于他信中提到的病情，我当时并未在意，只是回信请他保重身体，但现在想来，那时也斯已年过花甲，过于繁忙的工作大约终于伤害到他的身体。也斯有着香港人式的勤劳，不仅写作不辍，产量很大，而且对港粤两地诗歌交流颇为挂心。如果也斯身体一直健康，想必港粤诗歌交流将会有实质性的动作，这也是让人深感遗憾的事情。信中谈及的见面，因为也斯临时有事延至七月下旬。2009 年 7 月 31 日也斯来信说起此事：

凌越兄：

很高兴在广州见到你和你的诗人哥们！看来广

州诗风颇盛哩！来雨兄也是写诗及在南方周末工作吗？

今早在广州汇丰开了个户口，比想象中还顺利！我把资料以附件传上。

希望广州跟香港更多交流！

祝编安！

信中提及的"来雨兄"即当时在南方都市报文化部工作的王来雨，想必当时聚会南都的一众编辑朋友也是在座的。2009年末我所在的报纸突然改版，专栏版积存的稿件都来不及刊出。2009年11月16日——一个特殊的日子——也斯来信问询：

凌越兄：

前周传上有关书展一文不知是否有问题，未见刊出？我已小心尽量没有涉及敏感问题。不知是否另有原因？

我立刻去信告知报社的状况，不久专栏版神奇恢复，不过我再也没有约也斯继续写稿，而11月16日的信也是他写给我的最后一封信。

2009 年 12 月初，我去香港采访北岛策划的国际诗歌节，一到香港便听朋友说起也斯得了肺癌。第二天是诗歌节的朗诵会，也斯应邀抱病参加了此次诗歌节，他在台上依然以舒缓的语调用粤语朗诵着自己的诗篇，一如既往的淡定从容，丝毫看不出半点病相，而我知道他已经开始接受化疗了。朗诵会结束，我们简单寒暄了几句，我送他一本自己的诗集就告别了。

这是我们最后一次见面，之后不断从朋友处听到也斯的消息，至少在表面上病魔似乎没怎么影响到他，他依然写作，依然参加文学活动。2011 年秋在香港我还向黄灿然问起也斯的近况，灿然说前不久刚看见过也斯，还和他畅快地论诗，这让大家对也斯战胜病魔都有了信心。可不久噩耗还是传来。

也斯的病逝让人沉重，尽管我和他并没有深入交往，几次见面也都是在公众场合，没有畅快谈诗的机会，但是每一个诗人都是不可取代的个体，他多年勤奋的写作已经为香港当代文学竖起了一个标杆。换句话说，没有也斯的香港文学是难以想象的，无论是就他的写作水准还是就他超强的组织能力而言。

一座城市在文化上的分量是由它所拥有的文人的数量和分量决定的，也斯的去世是商业气息浓重的香港的损失，也让香港文学在一瞬间苍白了许多。

也斯的诗我认真读过的是早期诗集《雷声与蝉鸣》，收录他 18 岁到 28 岁间创作的诗作，这些诗创作于 20 世纪六七十年代。考虑到当时中国大陆诗歌创作的荒芜状态，《雷声与蝉鸣》中耀眼的现代主义色彩格外引人瞩目。像这样的诗句出现在 1969 年，绝对算得上震撼：

黑夜盖上空虚的被褥

蓝色灯光睡着了

天色也围拢过来

你在淋漓的街道上

找不到一个终点

当大陆朦胧诗的先驱们还在陈旧的浪漫主义意象中学习发声的时候，也斯早已完成了现代主义意象的转换。电线轮辐、股票公司、煤气灯、玻璃杯、机器、广告、面包铺子等城市意象在《雷声与蝉鸣》中大量出现，这一方面来自现代主义观念（肇始于波德莱尔），另一方面也是也斯追求扎实诗风自然获得的结果。

也斯在早期（20 岁左右）写过一段较为抽象的抒情诗，但很快香港的地名和意象开始涌入也斯的诗歌，且看这些诗名：《傍晚时，路经都爹利街》《五月八日在柴湾坟场》《北角汽车渡海码头》《罗素街》《拆建中的摩罗街》《中午在侧鱼涌》《新蒲岗的雨天》。看到这些诗名，很自然地让我想起波德莱尔《恶之花》中的"巴黎风光"一辑，同样是以对城市意象的经营区别于以自然意象为核心的传统浪漫主义，但也斯的"香港"比之"巴黎风光"多了一份白描式的稳重，少了一束犹如白炽灯光般精神强光的照射。也斯后来的诗作固然在观念上有诸多值得探究之处，但诗风失之于过分平实，这大概也是我后来没有再仔细研读的原因。

除了诗作，也斯在许多文类上都有涉猎，且有骄人的成绩。我手头有也斯在大陆出版的三本随笔集《书与城市》《香港文化十论》《昆明的除夕》。这些著作说明也斯涉猎之广泛、笔头之勤快。也斯在这些文章中谈电影谈饮食谈各路文人，笔调轻松，信息量大。真希望也斯的著作能更多地在内地出版，包括他那些广受好评而我从未读过的小说。

就用也斯自己的诗句给这篇零散的文章作结吧。对用心极深的诗人而言，诗句都是某种程度上的谶语，愿也斯在天之灵安息：

　　　　殉难士兵的坟场

　　　　墓碑整齐地排满地面

　　　　当我们晓得墓地中没有死者

　　　　而活鸟的啁啾更响了

　　　　同一大幅青绿上

　　　　不同年份的石碑

　　　　只有我们走过

　　　　感觉足下的柔软

后记

整理书稿是一件心绪复杂的事情。有时候，在几乎遗忘的旧文中，你会被自己一些新颖的观点和表述所打动，仿佛那是一个和你无关的写作者，你会由衷地觉得那家伙写得还不错；而当那些尘封已久的文章抹去尘埃之后，依然有其新鲜的一面。但更多的时候，你会被一种沮丧感所左右，重复和平庸是这种情绪的催化剂，因为重复，许多原本不错的想法被拖累而变得平庸。

在整理这部书稿时，我发现在写于不同时期的两篇文章里分别引用了庞德的同一句格言，这当然足以说明我对庞德那句话印象之深。在权衡之后，我自然是删除了某一处的引用，可这突然使我对记忆仓库里的存储状况心生疑窦——难道存货只有那么不堪的几件？我还删除了好几处口头禅"也就是说",删去之后,文章并没有损失什么,而是变得更加简洁。

这些局部的改动相对容易,可一篇文章的基本模样却没法在整理书稿时改头换面。所评书籍的内容有的已记不太清,但可以确定的是,就算推倒重来,我也未必能写出一篇水准更高的文章。于是,要么接受它,以文章中吉光片羽般的几处见识来安慰自己——它们到底是有益于读者的;要么抛弃它,事实上,我没有收入任何文集的文章是大量的。因此,尽管有点惴惴不安,我还是要斗胆说,收入《为经典辩护》里的二十多篇文章,或多或少都有可取之处。

书中绝大多数文章是我近年撰写的书评,主要涉及文学和历史两大领域。文学是我一以贯之的兴趣所在,因为同时有一本诗歌批评的集子正在写作中,所以书中涉及文学的文章,大多是有关小说和作家传记的书评。集中有两篇文章写到了诗人,一篇是写布罗茨基在威尼斯拍摄纪录片的经历,一篇是有关聂鲁达传记的书评。这两篇文章主要以两位诗人的经历和生平为主,较少涉及对其诗歌的品评,所以让它们与康拉德传、昆德拉传、加缪传的书评为伍显然更合适。

整理书稿时，我才发现自己居然写了六七篇作家传记的书评，所有这些文章都是来自媒体朋友的约稿。我一直认为，小说家、诗人的形象之所以成立，首先在于他们作品的成立，他们所写的小说、诗歌中自有一种神秘的魅力，自有一个恢宏的宇宙，很多时候它们可以脱离寄主（作者），自在地旋转或遨游，仿佛它们真是借某位作家之手让自己降生。从作家经历的角度去探寻宇宙的奥秘，通常的结果就是误入歧途，因为所有作家诗人的经历（即使那些最富戏剧性的人生经历），如果放在宏大的人类背景中，即刻就会变得平淡无奇，换言之，在作家的经历中并不存在一把解析其作品的万能钥匙。

另一方面，再优秀的传记作者，和传主的文笔相比，都存在明显差距。掌握详尽的材料，加上流畅的文笔，就可以造就一位优秀的传记作家。但杰出的小说家和诗人，却是上天奇特又罕见的馈赠，他们的作品和文笔一定是独一无二的，他们的文学地位和文体上的创造性通常是相辅相成的。因此，杰作本身百转千回的文字之美，是一般的传记难以企及的。

但我这些年依然读了不少作家传记，并写下书评。

我欣然答应编辑朋友的约稿，主要是因为这些作家都是我喜欢乃至热爱的，自然就对他们的人生经历生出好奇心。传奇般的人生通常并不产生杰作，但以那些杰作为出发点逆推，那些创作者的生涯——有的比一般人还要平淡——必定以某种方式整合进他的作品中。作品文本的确有其自在自为的一面，但作者的阅历也是极少数可以引导读者通向其作品的幽径，至少在较为粗糙的情感层面，它可以让我们知道，作家为什么写这部作品，在那些精彩的文字背后究竟隐藏着怎样一个痛苦（经常如此）的灵魂。只要你不把作家的经历视为解析其作品的灵丹妙药，那么，了解作家的生平，了解他的爱与恨，起码在氛围上将有助于进一步理解他的作品。

　　我对历史的兴趣要来得晚一些，尽管我知道写作者应该收窄写作的入口，以便更专注于一个较小的领域，并期望在深度方面有所突破。但我还是按捺不住自己日益驳杂的阅读趣味，试着写了几篇历史类书评。好在文学的历史也是广义的文化史的一部分，在某种更内在的准则里，两者之间有暗通款曲之处。这也使两者有可能更好地理解彼此——从历史的角度理解文学作品，或者从文本的角度理解历史事件。也许不妨说得再极端一点

——对文本的理解力就是对历史的理解力，反之亦然。

书名"为经典辩护"原是为卡尔维诺《为什么读经典》撰写的书评标题，以它为书名，首先是因为我实在不想再用偏正结构的书名了 ——《寂寞者的观察》《尘世之歌》《见证者之书》《飘浮的地址》，诸如此类。再者，"为经典辩护"也是我全部书评写作的一个中心思想，我有兴趣阅读并撰写书评的书籍，多是经典作品。

经典作品有时看起来不够时髦，甚至不可避免地沾染了时间的尘埃，但所有经典作品都有一股隐藏的扑不灭的活力，英国作家伍尔夫曾将这种活力比喻为大洋里"深沉的潜流"。正是这不易察觉的潜流，带动人类思潮向前运动，并将人们带往他们自己都不敢相信的崭新的未来。相对而言，我较少关注流行读物，这使我避免了奥登所说的在批评劣作时容易流露出的虚荣心，而且它们在光鲜一阵子后，就会消失无踪，根本无须书评人额外付出"埋葬的劳动"。

随着纸媒无可挽回的衰落，通常作为纸媒副刊的书评类版面，更是率先消失于人们的视野。就在十几年前，书评作为和时评一同兴起的文体，还是一副兴盛的模样，书评版面在扩大，从事书评写作的优秀书评人也在不断涌现。照那个势头发展下去，出现一本堪比《纽约书评》的中文书评媒体，似乎是可以期待的事情。但我并非没有预见到近年纸媒的突然衰败。六年前在接受一家媒体采访时，我说过，一份优秀的中文书评媒体的出现，至少需要两个条件：一是相对自由的言说环境，一是书评媒体相对稳定的经营环境。这大概就是我近年书评写得较少的一个客观原因，另一个原因则是我对写诗和翻译倾注了更多的热情。

书评作为一种文化产品，需要时间的沉淀，需要几份长期经营的媒体，需要几家具有稳定办刊方针的"老店"，如此，才会渐渐培养出专事书评写作的优秀书评人。小说和诗歌的写作动力，往往来自作者内在的表达冲动，就算没有任何发表的可能，也阻止不了写作者自我表达的需求。但书评作为一种文化品，必须依赖于意见市场的需要。因此，书评作为广义的"意见"之一种，必然会随着社会对于"意见"的抵触和反感而日益萎缩。这多少是件让人伤感的事情，但伤感的不仅仅是书评写作在上升期的戛然而止，也是以此为象征的整个文化市场的日渐衰落。

感谢朱天元先生，因为相近的文学趣味，我和他愉快合作多年，为他曾经供职的《经济观察报》书评版撰写了不少书评，收入本书的就有五篇之多。感谢陈卓先生，在读书类媒体急剧压缩的今天，仍然策划推出这套漂亮的"斯文丛书"，并将拙著纳入其中，这是一种有担当的出版行为，和我在文章中不厌其烦谈论的理想主义色彩的写作是一回事。

2022 年 7 月 6 日于广州

图书在版编目(CIP)数据

为经典辩护 / 凌越著. — 南京：南京大学出版社，
2022.11

ISBN 978 - 7 - 305 - 25974 - 6

Ⅰ.①为… Ⅱ.①凌… Ⅲ.①世界文学－文学评论－
文集 Ⅳ.①I106 - 53

中国版本图书馆 CIP 数据核字(2022)第 136739 号

出版发行　南京大学出版社
社　　　址　南京市汉口路 22 号　邮　编　210093
出 版 人　金鑫荣

书　　　名　为经典辩护
著　　　者　凌　越
责任编辑　陈　卓
书籍设计　周伟伟
印　　　刷　南京爱德印刷有限公司
开　　　本　787×1092　1/32　印张 11.125　字数 180 千
版　　　次　2022 年 11 月第 1 版　2022 年 11 月第 1 次印刷
ISBN 978 - 7 - 305 - 25974 - 6
定　　　价　58.00 元

电子邮箱　Press@NjupCo.com
网　　　址　http://www.njupco.com
官方微博　http://weibo.com/njupco
官方微信　njupress
销售热线　025 - 83594756